Erste Auflage

Satz und Herausgabe:
Carma Conrad
Postfach 110108
42301 Wuppertal

ISBN: 978-3-7597-6891-9

Verlag: BoD • Books on Demand GmbH, In de
Tarpen 42, 22848 Norderstedt
Druck: Libri Plureos GmbH, Friedensallee 273,
22763 Hamburg

Carma Conrad

DER GRAF

&

DER KREIS DER VERGELTUNG

Prolog

*Das Forschungsinstitut,
„Das Quartett"
gibt es nicht mehr.
Vor zwei Jahren wurde das Camp
dem Erdboden gleichgemacht.
Die Freunde von damals sind
immer noch engagiert, Leute zu
unterstützen, die ein neues Organ
bekommen haben.
Jetzt, nach zwei Jahren passieren
ungewöhnliche Dinge.
Ganze Familien sind wie vom
Erdboden verschluckt. Sie kommen
aus ihrem Urlaub nicht mehr
zurück.*

*Hanna, die Journalistin nimmt sich
dem an.
Dabei erfährt sie Dinge, die sie
lieber nicht wissen wollte, aber
sie wittert eine neue Sensation!*

Kleine Anmerkung

Es gibt bereits das Buch

<u>Das Quartett</u>
<u>&</u>
<u>Das Tor des Todes</u>

Es wäre sinnvoll, dieses Buch zuerst
zu lesen, dann ist es einfacher
die Charaktere der Freunde besser
zu verstehen.

Vielen Dank!

*U*rlaub in Valencia

Joschua und Hedda freuten sich auf ihren gemeinsamen Urlaub in Cabo de San Antonio. Etwas abseits, und doch nur fünfzehn Minuten zum Strand.
Sie hatten es gebucht, weil jemand kurzfristig abgesprungen sei und sie es günstig bekommen konnten. Seit ihr kleiner Sohn Adrian geboren wurde, kamen sie nicht mehr raus. Einfach mal die Seele baumeln lassen, hatte Hedda gesagt, keine Sorgen machen, wenn nicht mal alles nach Plan läuft.
Hedda hatte ihren Job als Sekretärin aufgegeben, als Adrian zur Welt kam. Joschua, ihr Mann, arbeitete als Geschäftsführer eines großen Unternehmens.

Ihnen ging es finanziell sehr gut.
Trotzdem waren sie sehr sparsam.
Sie hatte das Haus, in dem sie wohnten,
von ihren Eltern geerbt, als sie bei
einem Autounfall um Leben gekommen
waren.
Sie zogen in das Haus, das schon
schuldenfrei war und nahmen nur einige
Veränderungen vor.
Jetzt hatte sie das erste Mal Urlaub, wo
der Kleine dabei war.
Joschua beschloss, er wäre jetzt alt
genug und so könnte er mit seinem
Sohn eine Burg buddeln. Wobei er sich
sicher war, dass mehr er buddeln
würde.
Jetzt saßen sie im Flieger und flogen
nach Valencia. Von da aus gab es noch
einen Transfer nach Cabo de San
Antonio, von ungefähr 1,5 Stunden.
Es war Juni und die Temperaturen
ließen sich noch aushalten.
Als sie endlich in ihrem Zimmer
untergebracht wurden, waren sie
überrascht von so viel Luxus.
Hedda meinte: „Ich werde mich hier
verwöhnen lassen, den ganzen lieben

langen Tag. Und essen werde ich ohne Ende, bis ich kugelrund bin."
Joschua lachte und umarmte seine Frau. Er gab ihr einen sanften Kuss auf die Nasenspitze und flüsterte:
„Ich liebe dich so sehr."
Wie gerufen meldete sich der Kleine und quakte.
„Sorry, können wir vielleicht etwas später weitermachen, wenn ich den Kleinen versorgt habe?" Ein schelmisches Lächeln ging von ihr aus.
Ihr Mann flüsterte: „Sehr gerne."
Hedda nahm Adrian auf den Arm.
„Du hast bestimmt auch so einen Hunger wie deine Mama, gell? Komm, lass uns rüber gehen und gucken, was wir da noch so alles bekommen."
Als sie aus ihrem Bungalow, der etwas abseits war, gerade rausgehen wollten, kam ihnen Pablo entgegen.
Das ist der junge Mann, der ihnen das Zimmer gegeben hatte.
Er schob einen Servierwagen mit allerhand Leckereien drauf und sagte:
„Oh, ich wollte ihnen gerade noch etwas zu essen bringen, weil unsere Küche

leider schon geschlossen hat,
entschuldigen sie bitte.
Aber ich habe vorgesorgt und ihnen
etwas zusammengestellt."
Also gingen alle wieder zurück. Joschua
wollte Pablo einen kleinen Schein
zustecken, der aber hob, die Hand und
lehnte das ab.
„Das ist mein Job und ich mache ihn
gern. Wenn sie irgend etwas wünschen,
bin ich sofort für sie da." Damit
verschwand er wieder.
Hedda sagte: „Die sind aber sehr
zuvorkommend hier. Das werde ich mir
merken und wiederkommen."
Ihr Mann konnte das nur bestätigen.
So saßen sie auf ihrer Terrasse und aßen
alle zu Abend. Es schmeckte
hervorragend und für alle war etwas
dabei.
Danach waren sie zu müde, um noch
ihre Koffer auszupacken und legten sich
schlafen.

Am nächsten Morgen wurde das
Zimmer gereinigt und eine neue Familie
zog ein.

Der Graf

Pablo wartete ungeduldig beim Treffpunkt.
Er schaute auf die Uhr. Schon Zehn Uhr.
Die Sonne machte sich bereits auf den Weg, heute besonders heiß zu werden.
Wieder schaute er auf die Uhr. Erst eine Minute vergangen.
Nach weiteren zehn Minuten rollte ein Wagen vor.

Schweiß bildete sich auf der Stirn von Pablo.
Eine schwarze Scheibe wurde heruntergelassen. Aber nur halb. Pablo ging auf das Auto zu, nicht um sich vorher nochmal zu vergewissern, dass ihn niemand sieht.

Drinnen saß ein Mann mit Sonnenbrille
und schwarzen, längeren Haaren zum
Zopf gebunden. Gut gekleidet, was
Pablo sehen konnte. Es war der Graf,
persönlich.
Er steckte einen Umschlag ein, den er
durch das Fenster bekam, ein.
„Gute Arbeit." Mehr kam nicht vom
Grafen.
Das Fenster schloss sich wieder und das
Auto fuhr wieder los.
Pablo drehte sich wieder um, aber es
hatte ihn niemand gesehen.
Verstohlen tastete er nach dem dicken
Umschlag in seiner Innentasche. Ein
Lächeln huschte über sein Gesicht. Dann
lief er zurück ins Hotel. Die nächsten
Gäste vorbereiten.

Der schwarze Wagen hielt am
Flughafen.
Die hintere Tür wurde von dem
Chauffeur geöffnet und der Graf stieg
aus.

James, morgen machst du das nochmal und überbringst das Kuvert, dann ist wieder vier Wochen Ruhe. Ich fliege jetzt nach Portugal.
Der Graf übergab ihm einen Umschlag in braun und einen in weiß mit den Worten. „Der weiße ist für dich."

„Sehr wohl Herr Graf, meinen Dank."
Damit ging der Graf zu seiner Privatmaschine und flog nach Portugal.

ortugal

Wiebke und Cleo sind die allerbesten Freundinnen. Sie kennen sich schon aus der Schulzeit.
Selbst, als Cleo etwas weiter weggezogen war, telefonierten sie fast täglich. Es gab nichts, was die eine nicht von der anderen wusste.
Wiebke hatte dunkle Haare, die bis kurz über die Schultern reichten. Mit der Figur ist das so eine Sache, sie möchte gerne abnehmen, schafft es auch, aber nicht lange.
Dann nimmt sie wieder zu. Die Kleidergröße vierzig, manchmal zweiundvierzig passte zu ihren Rundungen. Sie arbeitete an der Kasse bei Aldi, da bewegt man sich nicht so richtig. Sie meinte, dass sie daher noch keinen Mann gefunden hatte, der zu ihr passt, und das mit 29 Jahren.
Cleo sieht da schon etwas anders aus. Sie hatte schon eine Ehe hinter sich und

ist dreißig geworden. Ein Grund zum Feiern?

Ja, aber nicht zu Hause, sondern in Portugal mit ihrer besten Freundin.

Portugal am Atlantik, da weht immer ein toller Wind und man wurde schneller braun.

Cleo hatte kurze blonde Haare und etwas von Brigitte Nielson. Ihre Kleidergröße war 36-38. Und sie konnte so viel essen, wie sie wollte, sie nahm nicht zu.

Ihre Ehe hatte nur drei Jahre gehalten, dann brannte ihr damaliger Mann mit einer Jüngeren durch. So schnell kann es gehen.

Jetzt standen sie am Flughafen mit ihren großen pinkfarbenen Koffern.

Beide konnte sich nicht entscheiden, was nun unbedingt im Koffer landen soll, und so hatten beide Übergewicht. Sie zahlten 50,- Euro drauf, stiegen ins Flugzeug und ab ging es nach Lissabon.

Am Flughafen Lissabon angekommen wurden sie von Lucia herzlich begrüßt und im hoteleigenen Wagen abgeholt. Lucia ist eigentlich Italienerin, arbeitet aber hier in Portugal für einen echten

Grafen, der hier in der Nähe wohnt und jede Menge Ferienhäuser vermietet. Er ist sehr reich und wenn sie mal am Strand eine Jacht sehen sollten, die den Namen Zakk hat, sollten sie mal winken. Das ist nämlich die Jacht des Grafen.
Cleo fragte nach, ob sie da mal mitfahren dürften.
Lucia meinte, sie würde mal nachfragen, aber eigentlich schon. Der Graf hat öfter mal ein paar Mädels auf der Jacht. Sie würde dann Bescheid geben.
Gut gelaunt kamen sie an ihrem Bungalow an und waren schlicht weg begeistert. Und das für so einen Preis. Eine Flasche Champagner stand auf dem Tisch neben einem Obstkorb.

„Wie aufmerksam," meinte Wiebke, und öffnete die Flasche sogleich. Nach dem Begrüßungsschluck nahmen sie die Flasche mit und liefen zum Strand, setzten sich in den Sand und tranken ihren Champagner aus der Flasche. Überglücklich gingen sie danach zurück und packten ihre Sachen aus. Jetzt machten sie sich ausgehfertig und gingen rüber ins Hotel zum Essen.

Wiebke sagte: „Also abnehmen kann ich hier nicht Cleo, das ist dir doch wohl hoffentlich klar." Beide gackerten.

Sie genossen drei Tage nur mit, essen, ausspannen und rumgammeln am Strand.

Am dritten Tag kam Lucia und suchte nach den Beiden. Cleo sah sie und winkte ihr zu.

Freudestrahlend kam sie zum Tisch.

„Hallo, ihr Zwei, wollte mal fragen, ob ihr zufrieden seid, oder gibt es was zu beanstanden?"

Wiebke antwortete: „Das Essen ist zu viel, das Wetter zu gut und unsere Laune bestens." Dabei lachten alle.

Lucia: „Ich habe mal angefragt beim Grafen.

Morgen spät Nachmittag würde er euch mit einem Motorboot abholen lassen.

Dann geht es zur Jacht raus. Wenn ihr wollt?"

Die Mädels strahlten, beide nickten aufgeregt.

Cleo: „Was müssen wir denn anziehen?"

„Am besten, etwas Elegantes. Der Graf
ist der reichste Mann hier auf der Insel
und nicht nur hier. Da würden Jeans
nicht so gut kommen."
„Klasse," sagte Cleo. „Ich ziehe mein
rotes Kleid an."
„Und was soll ich anziehen?" Wiebke
zog einen Flunsch.
„Wir gehen morgen Vormittag noch
etwas Schönes kaufen," tröstete Cleo
sie.
Dann ging Lucia auch schon wieder weg.
Wiebke schob daraufhin ihren Teller
weg und sagte: „Dann esse ich bis
morgen nichts mehr, nicht dass der Graf
noch etwas Schlechtes von mir denkt."
Sie tranken aber noch reichlich Wein
und gingen dann zeitig ins Bett. Jede
träumte von der Jacht und vom Grafen.

Malle

Die Kegelbrüder freuten sich wie Bolle auf ihr verlängertes Wochenende. Das Sauf und Feier Wochenende, das einmal im Jahr stattfand, ohne Frauen natürlich.

Maximilian, also Max, weil ihn alle so nannten, hatte etwas Günstiges auf Mallorca gefunden. Er und seine Kegelbrüder wollten in die Nähe von El Arenal. Da es nicht so weit zum Ballermann ist.
Max hatte alles gebucht. Seine Freunde verließen sich auf ihn.
Wie vereinbart trafen sich die fünf am Flughafen. Sam, wie immer kam er als letzter angetrabt. Alle hatten wenig Gepäck, weil sie keinen Koffer für die

paar Tage aufgeben wollten.
Handgepäck reichte völlig.
„Wo bleibst du Sam, wir wollen durch
die Kontrolle. Immer der Letzte,"
meckerte Max.
„Ich habe uns noch Kondome besorgt,
man weiß ja nie, wie die Dinger da
drüben sind. Nachher reißt so ein Ding."

Alle lachten. Julian gab seinen Senf
dazu:
„Du weißt schon, dass Ben und ich die
einzig glücklich Verheirateten sind.
Da bleiben nicht mehr ganz so viele
übrig. Max, deiner ist eh zu klein für die
Malle Mädels, aber dann reißt das
Kondom wenigstens nicht."
Ein Gejohle kam zur Bestätigung des
Gesagten.
Dann wurde noch schnell ein Gläschen
getrunken und schon ging es ab durch
die Kontrolle. Im Flugzeug wurde kräftig
weiter getrunken. Die Stewardess
kannte das schon von den anderen
Flügen und sagte nichts dazu. Auf dem
Hinweg sind immer alle euphorisch und

auf dem Rückweg schläft alles, wie immer.

Als sie endlich ankamen, wurde es ein kurzer Transfer.

Sie begutachten die Zimmer aus dem „Hotel", was man auf den ersten Blick nicht erkennen konnte, dass es eins war. Sie zogen sie sich um, nachdem sie geduscht hatten und machten sich auf zum Ballermann sechs. Es wurde geflirtet und reichlich getrunken. Gegen 05:00 Uhr morgens hatte keiner mehr die Kraft zu dem 200 Meter entfernten Hotel zu laufen. Jeder Schritt war zu viel. Also beschlossen sie am Strand auf den Liegen ein zwei Stunden zu schlafen, um sich dann etwas später auf den Weg zum Hotel zu machen.

Nach etwa eine Stunde wurden sie allesamt unsanft geweckt.

Die spanische Polizei war da.

Unsanft wurden sie alle in einen Polizeitransporter geschubst.

Sam schlief einfach weiter, er war viel zu betrunken.

Max versuchte zu fragen, wo es denn hingeht. In Englisch und gebrochenen

Deutsch fragte er: „You uns bringen ins Hotel?"
Er bekam keine Antwort. Er fragte vorsichtig nach: „Gefängnis?" Dabei legte er seine Hände über Kreuz.
Der eine Wachmann nickte nur.
Schöne Scheiße, dachte Max.
Als sie im Polizeipräsidium angekommen waren, kam ein anderer Mann und tuschelte mit dem einen Polizisten. Sie hätten auch laut reden können, verstand eh keiner.
Die Tür wurde geschlossen. Christian wurde wach: „Was ist los? Wo sind wir? Mir ist so schlecht." Dann übergab er sich direkt auf die Füße von Max. Der sprang panisch nach hinten: „Hey, pass doch auf, Idiot!"
Die Tür wurde geöffnet und eine hübsche junge Frau sah hinein.
„Hallo, sagte sie auf Deutsch, ich bin eure Dolmetscherin. Wir geben jedem eine Spritze, damit sich der Alkohol im Blut verdünnt. Ihr habt am Strand geschlafen, das ist hier verboten, sogar streng verboten. Aber der Chef wird nochmal eine Ausnahme machen und

euch, wenn ihr wieder nüchtern seid,
gehen lassen."

„Danke, sagte Max, das ist sehr nett von
ihm, sage ihm das bitte.

Sie übersetzte das und er nickte nur.

Dann gab sie erst den schlafenden eine
Spritzte. Dabei sagte sie, das geht
schneller, um wieder nüchtern zu
werden.

Zum Schluss kam Max dran, der
angewiderte wegguckte, weil er keine
Spritze sehen konnte.

Die Schönheit lachte. Er fragte mit
einem Lächeln noch: „Wie ist dein
Name?"

„Eloisa," kam zur Antwort. Dann
verschwamm alles und er sackte weg.

Traurig ging sie wieder raus und nickte
dem Polizeipräsidenten zu.

Er überreichte ihr einen Umschlag und
setzte sich an Steuer, allein. Die anderen
Polizisten waren schon ins Präsidium
gegangen, weil sie das kannten.

Er fuhr los, nach ca. zwei Stunden Fahrt
war er da, wo er hinwollte.

Er fuhr zum Hintereingang.

Ohne ein Wort zu sagen, wurde die Tür
am Auto geöffnet und die regungslosen

Körper wurden aus dem Transporter gezogen.
Der Polizeichef sagte nur: „al procesamiento
(zur Verarbeitung.)
Dann erhielt er einen braunen dicken Umschlag für die Personen.
Zufrieden verschloss er die Tür und fuhr freudestrahlend zurück. Jetzt konnte er seine Frau die neue Couch kaufen, die sie sich schon so lange wünschte.

akk

Cleo und Wiebke hatten etwas Schönes für Wiebke zum Anziehen gefunden.
Über zwei Stunden am Nachmittag hatten sie sich aufgehübscht.

Jetzt standen sie am Strand und hielten Ausschau nach einer Jacht mit dem Namen Zakk.

Es kamen ein paar nette Jungs vorbei und sprachen die Mädels an.

„Hey, ihr seid ja geile Bräute, wo wollt ihr denn hin, so aufgebrezelt wie ihr seid.

Wiebke übernahm das Wort: „Wir werden gleich vom Grafen auf seine Jacht abgeholt."

Eine Junge äffte sie nach: „Oh, wir werden gleich vom Grafen auf seine Jacht abgeholt."

In dem Moment kam tatsächlich ein Motorboot und sie sahen Lucia vom weiten winken.

Die Mädels winkten zurück.

Die Jungs, es waren drei standen wie blöd da und schauten zu dem Motorboot.

Dann sagte ein anderer Junge: „Und wo ist die Jacht?"

Wieder Wiebke: „Da werden wir jetzt hingebracht und wenn du genau schaust, siehst du sie weiter hinten."

Die Jungs schauten alle auf s Wasser.

Tatsächlich stand eine schneeweiße Jacht weiter hinten. Die Jacht hatte einen Buck, wo die Spitze richtig nach vorn schoss.

Wieder ein andere Junge sagte so in Gedanken:

„Da ist bestimmt Wumms dahinter. Wie kommt es, dass ihr da mitfahren dürft?"

Jetzt übernahm Cleo das Wort: „Ich kann ja mal fragen, ob ihr auch mitkönnt?"

Sie fand den einen nämlich sehr attraktiv.

„Echt, das wäre super."

Lucia war angekommen mit einem herzlichen „Ola".

„Ola Lucia, die Jungs fragen hier, ob sie mitdürfen, wir kennen sie aber nicht. Sie kamen hier nur zufällig vorbei."

Wieder der erste Junge: „Gehört die Jacht wirklich einen Grafen?"

Lucia horchte auf. Sie wollte nicht, dass Leute vom Grafen wissen, das mag er gar nicht. Also sagte sie: „Habt ihr nichts Besseres zum Anziehen?

Wo wohnt ihr denn?"

„Wir haben einen Bungalow, da schlafen wir zu Dritt drin. Mein Name ist Harry", sagte der gutaussehende.

Dann stellte sich der nächste mit Thomas und der dritte mit Ralf vor. Wie Lucia feststellen konnte, übernachteten auch diese drei in einem Bungalow des Grafen. Das wussten sie aber nicht.

Harry bot an, sich umzuziehen, aber Lucia winkte ab und schmunzelte:

„Ach was, kommt einfach mit. Ich frage den Grafen und wenn es nicht passen sollte, fahre ich euch wieder an Land."

Schon stiegen alle Fünf Personen in das Motorboot, was geschickt vom Fahrer gewendet wurde mit dem Ziel, zur Jacht zu fahren.

Als sie ankamen war laute Musik am Board und anderen Menschen lachten und hielten alle ein Glas in der Hand. Entweder Champagner oder Cocktail. Die Mädels bekamen sofort ein Glas Schampus in die Hand gedrückt. Die Jungs mussten warten.

Lucia sagte: „Wartet hier, ich frage nach."

Die drei nickten und warteten. Dabei schauten sie den Gästen zu. Harry meinte:

„Das sind mit Sicherhand alle so reiche Leute, ist nichts für uns, komm lass uns wieder verschwinden."

Lucia kam und sagte: „Kommt mit."

Harry hielt Lucia am Arm und meinte: „Da passen wir nicht rein, wir gehen wieder. Die sehen alle so reich aus."

Lucia konterte: „Mehr Schein als Sein, kommt schon mit."

Die drei trotteten hinter Lucia her.

Sie kamen an einer Kabine an. Sie meinte: „Da könnt ihr euch ein bisschen was aussuchen und euch umziehen. Ihr dürft alles benutzen, was da so rumliegt. Ich hole euch in dreißig Minuten wieder ab. Dann könnt ihr Party machen, dass die Bude kracht."

Damit verschwand sie.

Ralf zappelte nicht lange und zog den feinen Zwirn an, der wie angegossen passte.

Thomas sah eine Rolex da liegen und zog sie an: „Ob die echt ist?" Ralf erwiderte: „

Spinnst du, das ist eine Attrappe, die ist nie im Leben echt. Du hast doch gehört, mehr Schein als Sein, hatte sie gesagt."

Nach dreißig Minuten kam Lucia und holte die Jungs ab. Sie brachte sie nur nach oben und sagte sie: „Viel Spaß!"

Sie nahmen sich was zu trinken und mischten sich unter die Leute.

Einen Augenblick später gab es ein Riesengetöse. Der Motor wurde gestartet.

„Meine Herren, ist das ein geiles Teil," rief Harry.

Dann wurden die Personen gebeten, bitte sich alle kurz anzuschnallen und sich setzten sollten, gerne auch mit Getränk. Alle nahmen sich noch schnell was und dann nahmen die Gäste Platz.

Durch ein Lautsprecher wurde: Herzlich willkommen auf der Jacht Zakk des Grafen.

Warum die Jacht so heißt, sollte jetzt demonstriert werden.

Ganz langsam zog die Jacht an, dann etwas schneller und noch schneller und noch schneller. Die Leute schrien vor Freude. Cloe und Wiebke hatten ein wenig Angst. Die Jungs grölten nur wie die Blöden.

Harry rutschte zu Cleo vor und legte beschützend den Arm um sie. Cleo nahm es dankbar an.

Nach circa dreißig Minuten war der Spuk vorbei und es wurde wieder ruhiger. Das Einzige, was jetzt noch laut war, war jetzt die Musik. Es wurde ein Büffet gereicht vom Feinsten. Alle durften wieder aufstehen und Tanzen, feiern und Trinken. Es wurde schon spät und die Abenddämmerung kam. Trotzdem war es eine laue Nacht, aber nur für die Jungs, die schon so einiges Intus an Alkohol drin hatten. Die Mädels froren. Cleo wollte Lucia fragen, ob sie ihr eine Jacke leihen könnte und suchte sie unter Deck. Sie ging weit nach hinten durch. Sie sah durch ein Bullauge. Da sah sie einen Mann in einem Sessel sitzen. Der sah richtig gut aus. Eher ehrfürchtig. Seine schwarzen Haare glänzten, die aber zu einem Dutt zusammengebunden waren.

Er hatte einen weißen Anzug an und ein schwarzes Hemd und eine knallrote Krawatte.

‚Ob das der Graf war, er hatte sich den ganzen Abend nicht sehen lassen, warum nicht? Ist er zu schüchtern. Es ist doch seine Veranstaltung.'
„Guten Tag junge Frau, treten sie doch ein. Erschrocken zuckte sie zusammen. *‚Wer hatte mit ihr gesprochen, wo kam die Stimme her?'*
Unsicher verschwand sie wieder nach oben. Auf der Treppe nach oben kam ihr Wiebke entgegen. „Wo bleibst du denn?" ich war auf Klo und dich konnte ich nicht finden."
„Ich habe Lucia gesucht," kam von Cleo zur Antwort.
Als sie wieder oben waren, kam diese ihr entgegen.
„Hallo ihr zwei, die Jungs wollten sich noch verabschieden, hatten euch allerdings nicht gefunden, die sind jetzt schon zurückgebracht worden. Was ist mit euch, wollt ihr hier übernachten oder wollt ihr auch zurück?"
Cleo war überrascht: „Wieso, wir müssen doch erst einmal wieder zurückfahren, oder nicht?"
Lucia: „Ihr habt es gar nicht gemerkt, aber die Jacht ist schon ganz langsam

wieder zurückgefahren. Im Schritttempo
sozusagen. Die Jungs wollten gerne mit
euch fahren, aber ihr wart nicht
aufzutreiben.
Aber schöne Grüße soll ich ausrichten.
Beim nächsten Mal sind sie wieder mit
dabei."
Wiebke wollte jetzt auch nach Hause,
Cleo allerdings ging dieses Bild nicht aus
dem Kopf, vom Grafen.
Aber sie willigte ein und beide wurden
in das Motorboot gesetzt und wurden
zurückgebracht. Todmüde gingen sie ins
Bett.
Da erzählten sie sich aber noch von den
außergewöhnlichen Abend, dann
schliefen beide völlig erschöpft ein.

Zur gleichen Zeit auf der Jacht.
„Hat alles funktioniert?"
„Ja Herr Graf, die Jungs werden auf den
kürzesten Weg in die Klinik gebracht zur
Verarbeitung. Im letzten Getränk war
ein Schlafmittel drin, was sofort gewirkt
hatte.

Die Mädchen sind wohlbehalten wieder
in ihr Bungalow, würden sich aber
freuen, nochmal mitzukommen. Die
Blonde war enttäuscht, den Grafen nicht
persönlich kennengelernt zu haben.
Deshalb würde sie sich freuen, sie
kennenlernen zu dürfen."
Der Graf holte einen braunen Umschlag
und übergab sie Lucia.

„Gute Arbeit," sagte der Graf noch.
Lucia bedankte sich und ging aus der
Kabine.

Maximilian wurde wach. Er hörte
Stimmen, also ließ er seine Augen noch
geschlossen.
Die Stimmen entfernten sich. Vorsichtig
blinzelte er. Es war noch alles
verschwommen. Bei der Konzentration
die Augen ganz zu öffnen, hörte er
wieder Stimmen. Schnell schloss er die
Augen wieder. Die Stimmen wurden
leiser.
Wieder öffnete er die Augen. Er sah
einen Raum, der weiß war. Wo war er
bloß, was ist passiert? Er sah unter die
Bettdecke und bemerkte, dass er ein
OP-Hemd anhatte. Vorsichtig bewegte
er langsam alle Glieder.

Max erinnerte sich, dass die junge Frau
seinen Freunden und ihn eine Spritze
gesetzt hatte, um den Alkohol zu
verdünnen. Dann wurde alles dunkel um
ihn. Wo waren seine Freunde?
Verdammt, was passiert hier?
Als er nach seinen Bettnachbar sah,
bemerkte er, dass es Ralf war. Er stand
auf und versuchte ihn wachzurütteln.
Der schlief wie ein Toter.

Wieder hörte er Stimmen. Schnell legte
er sich wieder hin und schloss die
Augen. Sie nahmen Ralf mit und
schoben ihn nach draußen. Er wollte
schreien, aber seine Stimme
verstummte. Als sie weg waren, stieg er
abermals aus dem Bett. Er suchte seine
Klamotten, fand sie aber nicht. Ein
Instinkt sagte ihm, dass er hier schnell
verschwinden sollte. Er ging zum
Fenster, da waren überall Gitter vor.
Er ging zur Tür, der Gang war leer.
Schnell huschte er mit seinem OP – Kleid
den Gang hinunter. Er sah eine Tür, das
Treppenhaus. Wieder hörte er Stimmen
von unten, also ging er eine Etage hoch.
Zwei Pfleger unterhielten sich, aber er
konnte nicht verstehen über was. Sie
gingen in die Etage, wo er gerade
rauskam. Schnell lief er nach ganz
unten. Er öffnete die Tür einen Spalt.
Es waren einige Leute da, die teilweise
mit Tropf auf den Flur hin und her
gingen. In diesem Outfit kann er sich
schlecht sehen lassen. In dem Moment
ging die Tür ganz auf.
„Hallo junger Mann, wo wollen sie denn
hin, sagte eine etwas ältere Patientin.

Der OP ist hier aber nicht. Sie trug einen grünen Herrenbademantel.

„Äh, entschuldigen sie, aber können sie mir für einen klitzekleinen Augenblick ihren Bademantel leihen. Ich will nur schnell zum Kiosk, mir eine Zeitung holen. Ich kann ihnen auch was mitbringen, wenn sie wollen?"

„OH, ja, Schokolade wäre wunderbar," strahlte sie. Dabei gab sie bereitwillig ihren Bademantel ab und sagte: Ich bin dann in meinem Zimmer, Nr. fünf, ja?"

„Wunderbar, so machen wir das," erwiderte er freundlich. Dann schlich er raus.

Eine Krankenschwester kam ihn entgegen. Er drehte ab und ging in ein Zimmer.

Da lagen Leute, die ihn erstaunt anguckten.

„Sorry, ich habe mich in der Tür geirrt," stammelte er und schon war er wieder draußen. Vor dem Haupteingang saßen die Raucher. Es war angenehm warm.

Ein Mann seine Füße auf einen gegenüberliegenden Stuhl liegen und

war barfuß. Seine Sandalen standen neben der Bank. Ohne es zu bemerken, schlich er sich dahin und zog die Sandalen einfach über.
Zu klein, macht nichts. Er ging zügig und als er etwas weiter weg war, fing er an zu rennen. Im Ohr hörte er eine Sirene. Ob sie es bemerkt hatten, dass er weg war? Wo ist er hier überhaupt?
Nachdem er eine Stunde nur gerannt ist, setzte er sich auf eine Bank und überlegte, was er machen sollte.
,Zur Polizei konnte er nicht, der Polizeichef persönlich hat dafür gesorgt, dass ihm und seinen Freunden etwas passiert.
Irgend jemanden Fragen, ist auch nicht so toll, weil er spricht kein Spanisch.
Das Hotel muss mindestens zwei Autostunden von hier entfernt sein und ohne Geld kommt er hier nicht weg.
Wie hieß das Mädchen nochmal? Eloisa. Wie soll er die finden, es ist wie einen Stecknadel im Heuhaufen.'
Während er seine Gedanken sortierte, warf ihm jemand ein Geldstück vor die Füße.

Verdutzt schaute er ihn nach, nahm
aber das Geldstück hoch.

Er muss wie ein Penner aussehen.
Er schlenderte weiter in die Stadt. Da
waren Souvenirläden. Draußen hingen
aufgeblasene Delfine, Luftmatratzen,
Spielzeug für die Kleinen, Sonnenbrillen.
T-Shirts und Shorts. Drinnen war es zu
voll, als dass sich jemand für ihn
interessierte.
Er suchte einen schorts aus, ein T-Shirt
und eine Sonnenbrille.
Einen Strohhut nahm er auch. Dann
rannte er um sein Leben. Aber eigentlich
hätte er das gar nicht gebraucht, weil, es
wurde noch nicht mal bemerkt. Er ging
in den Park und zog die Sachen an.
Schon fühlte er sich besser.
Und jetzt? Er musste zurück ins
Krankenhaus, um zu sehen, ob seine
Freunde noch da sind. Langsam, ganz
langsam ging er zurück zum
Krankenhaus.

Cleo

Cleo musste immerzu an dieses Bild denken. *‚Ein wunderschöner Mann im hellen Anzug und seine Haare als Dutt gebunden. Dazu seine gebräunte Haut. Warum hat er sich nicht blicken lassen. Während die anderen ausgelassen auf seine Kosten feierten, blieb er unter Deck, und zwar den ganzen Abend.*
Ist er zu schüchtern oder was sollte das?‘
Wiebke wollte ein bisschen einkaufen gehen, Cleo hatte nicht so richtige Lust. Also blieb sie allein zurück.
Als sie völlig in ihren Gedanken war, klopfte es an der Tür.

,*Nanu, hat Wiebke ihre Karte vergessen?*'
Als sie die Tür öffnete, stand Lucia vor der Tür.
„Oh, hallo Lucia, was verschafft mir die Ehre?"
„Ola Cleo, ich soll besonders dir vom Grafen ausrichten, wenn du Lust hast, ein Luxusfrühstück bei ihm auf seiner Jacht einzunehmen. Er würde dich gerne näher kennenlernen."
Cleos Herz schlug bis zum Hals.
„In einer halben Stunde würde dich wieder der Fahrer mit dem Motorboot abholen, aber nur wenn du magst."
„Ja, ne, klar, warum nicht, ich muss aber warten bis Wiebke wieder da ist. Ich muss ihr Bescheid sagen, sonst macht sie sich Sorgen."
Was hältst du davon, wenn ich das übernehme, denn so eine Einladung kommt vielleicht einmal im Jahr bei dem Grafen vor."
Ich bin schon in der Dusche. In einer halben Stunde bin ich soweit, ich fliege……."
Schon war sie weg.

Lucia sagte per Handy den Grafen Bescheid.

„Sehr gut. Sage der anderen Bescheid, so in drei Stunden," antwortete der Graf.

Dann legte er auf.

Fünfundzwanzig Minuten später stand Cleo abfahrtbereit.

Es war derselbe Fahrer, wie beim letzten Mal. Nur dieses Mal war sie allein, ohne Wiebke. *‚Hoffentlich ist sie nicht beleidigt,'*

Als sie am Board gingen kam ihnen ein Steward entgegen und begrüßte sie wie eine Lady. *„Guten Morgen, gnädige Frau, wenn sie mir bitte folgen möchten."*

Cleo dachte: ‚Gnädige Frau, das würde mir auch auf Dauer Gefallen.'

Der Steward brachte sie zu der gleichen Tür, wo sie ihn das letzte Mal gesehen hatte.

Als sie nach dem Anklopfen eintraten, sagte der Steward: „Herr Graf, die gnädige Frau ist jetzt anwesend."

Der Graf stand mit dem Rücken zu uns.

„Danke, ab hier übernehme ich," sagte er mit seiner rauchigen Stimme.

Der Steward verließ das Zimmer und
ließ uns allein.
Cleo stand ein bisschen unsicher da,
aber als sich der Graf umdrehte,
verschlug es ihr dem Atem. Er sah noch
umwerfender aus, als beim letzten Mal.
Jetzt lächelte er sie an und eine
makellose weiße Zahnreihe kam zum
Vorschein.
„Hallo, wie geht es ihnen? Cleo, richtig?
Cleo nickte nur noch.
Nehmen sie doch am Tisch da drüben
Platz." Erst jetzt sah sie einen Tisch
voller Leckereinen. So ein Frühstück
hatte sie noch nie gesehen. Es war sogar
Champagner und Kaviar darauf.
Sämtliche Brötchen und Brotsorten,
alles an Süßspeisen, wie Marmelade und
Honig. Käse und Wurstsorten. Frisches
Obst, alles Mundgerecht zugeschnitten.
Trotzdem drehte sich vor Aufregung ihr
Magen um.
Sie setzte sich und er goss, nachdem er
gefragt hatte, Kaffee ein und ein
Gläschen Schampus.
Er nahm sich ein Brötchen und schnitt es
auf, dann reichte er ihr es, mit der
Frage: „Auch so eins?"

Sie nahm es dankend an und er schnitt
ein neues Vollkornbrötchen auf. Er tat
keine Margarine oder Butter unter,
sondern belegt es mit einer Scheibe
Käse und legte Gurkenstückchen drauf.
Weil Cleo völlig überfordert war, tat sie
ihm das gleich.
Er erhob sein Glas: „Auf ein nettes
Frühstück," prostete er ihr zu.
Dann nahm sie sich ein Herz und fragte:
„Darf ich sie etwas fragen?"
„Nur zu," gab er zur Antwort.
„Warum laden sie mich hier ein?
Ich meine, sie hätten ja auch Wiebke
einladen können, oder eine von den
anderen schönen Frauen, die hier
waren?"
Er nahm nochmal sein Glas und trank
ein Schluck. „Wissen sie, von den
ganzen anderen Frauen, die hier waren,
war keine so neugierig und traute sich,
bis vor meiner Tür zu treten und durch
das Fenster zu sehen." Clos Kopf wurde
knallrot. Meine Herren, war das
peinlich.

Sie stotterte rum: „Ja, äh, ich hatte Lucia
gesucht, weil es so kühl wurde ohne

Jacke und da, äh, wollte ich sie fragen, ob sie eine für mich hätte, äh, und für Wiebke."

Der Graf sagte gar nichts dazu, sondern schaute ihr nur in ihre Augen.

Sie wusste gar nicht, wo sie hingucken sollte, so unangenehm war ihr die Situation.

Dann drehte er sich wieder weg und trank einen Schluck Kaffee.

Innerlich atmete sie erleichtert auf.

Cleo platzte heraus: „Haben sie keine Frau?"

Im selben Moment hielt sie sich die Hand vor dem Mund und murmelte: „Tschuldigung."

„Es ist schon gut, nahm er ihr die Frage ab. Ich hatte eine Frau, eine wunderschöne, aber ich weiß nicht, ob sie mit einem anderen durchgebrannt ist, oder ob sie tot ist. Ich habe seit zwei Jahren nichts mehr von ihr gehört."

„Warum lassen sie sie nicht suchen," hakte Cleo nach.

„Glauben sie mir, das habe bereits veranlasst, aber ohne Erfolg. So, nun genug von mir geredet, was ist mit Ihnen. Wartet ein Traummann zu Hause auf sie?" Dabei lachte er so herzhaft, dass sie kurz davor war, sich in ihn zu verlieben.

Cleo schüttelte den Kopf, nein. Ich habe noch nicht den Richtigen gefunden, leider," setzte sie noch nach.

„Sind sie so wählerisch?"

Jetzt lachte auch Cleo. „Nein, überhaupt nicht, aber es war noch nicht der richtige dabei."

Sie unterhielten sich noch eine Zeitlang, bis der Graf auf seine Uhr guckte.

Cleo nahm das sofort wahr.

„Oh, ich stehle ihnen ihre kostbare Zeit."

Nein, nein, das ist es nicht, aber wir sollten nach oben gehen. Wir bekommen noch Besuch." Verwundert guckte sie ihn an. „Aber ich kenne doch gar keinen hier."

„Oh doch, oh doch." Dann schob er sie nach draußen. Gerade mit dem Motorboot angekommen, winkte Wiebke.

„Hallo, ist das nicht großartig, wir werden richtige Delfine sehen. Der Graf hat uns eingeladen," rief sie nach oben.

Cloe schaute verwirrt zu den Grafen. Er

machte ihr ein Knieps Auge und meinte:
„Ja, ist das nicht großartig?"
Dabei lachte er wieder so herzhaft.
Bumm hat es gemacht und Cleo hatte
sich genau in diesen Augenblick in ihn
verliebt. Was ist das nur für ein
sensationeller Mann.
Sie starteten den Riesenmotor und
rauschten über das Wasser.
Als sie in der Nähe Setúbal waren,
wurde der Motor abgeschaltet. Der Graf
erklärte den beiden Mädels, dass im
Flussdelta des Sado eine Gruppe von 27
große Tümmler sind.
Der Fischvorrat wir hier reichlich
geboten und die Delfine brauchen es
nicht zu teilen.
Für die Öffentlichkeit gibt es bestimmte
Zeiten, die Delfine zu bewundern. Da
gibt es strenge Regeln. Lucia erzählte:
„Da aber der Graf im Jahr eine Millionen
spendet, hat er seine eigene Zeiten." Die
beiden Mädchen waren hin und weg. So
hatten sie Delfine noch nie gesehen.
Sie bemerkten gar nicht, dass sich der
Graf zurückgezogen hatte. Nach etwa 30
Minuten war das Spektakel zu Ende und
die Jacht zog sich langsam von den

Delfinen wieder zurück. Dann erst
wurde der Motor gestartet und sie
fuhren zurück.
Am Treffpunkt wurden sie mit dem
Motorboot wieder abgeholt. Cloe fragte
noch: „Können wir uns denn vom
Grafen verabschieden und uns
bedanken?" Das wurde verneint.
Also fuhren sie wieder zurück zu ihrem
Strand. Cleo war in der Bauchgegend
ganz grummelig zumute.

Es hatte sie erwischt, aber wie.

Max versuchte unbekümmert zum
Krankenhaus zurückzukehren. Er wollte
wissen, was mit seinem Kumpels ist.
Er schlich zum Hintereingang.
Gerade noch rechtzeitig, als ein
Polizeitransporter um die Ecke bog und
vor der Tür hielt.
Max linste um die Ecke. Was er da sah,
verschlug ihm allerdings den Atem. Der
Polizeichef persönlich stieg aus und
öffnete die hinteren Türen.
Dann sagte er auf Spanisch:
„al procesamiento." (Zur Verarbeitung)

Er steckte sich eine Zigarette an und sah
sich um, nun klopfte er zweimal gegen
den Transporter. Auf der Beifahrerseite
stieg ein Mädchen aus. „Das ist doch das
Mädchen, Eloisa." Sie bedankte sich und
nahm einen weißen Umschlag entgegen.
Dann verabschiedete sie sich und ging
genau in seine Richtung. Max duckte
sich.
Was soll er jetzt machen, warten was da
noch passiert oder Eloisa hinterher.
Er entschied sich für das Zweite.

Als sie ging, drehte sie sich immer
wieder um, als wenn sie vor etwas Angst
hätte.
Im sicheren Abstand folgte er ihr. Dann
verschwand sie in einem der bunten
Häuser.
Er ging zum Haus, aber all die Namen
sagten ihr nichts. Also ging er ein Stück
zurück und beobachtete die Fenster. Im
ersten Stock wurde die Gardine ein
Stück zur Seite genommen und siehe da,
Eloisa schaute vorsichtig auf die Straße.
Dann verschwand sie wieder und zog
die Vorhänge zu.
Nach circa einer Stunde kam eine ältere
Frau und suchte in ihrer Tasche nach
dem Schlüssel. Er ging auf die Frau zu.
„Ola, kann ich ihnen behilflich sein?"
Die Frau guckte ihn nur an und verstand
kein Wort. Er versuchte es erneut und
meinte: „Cita Eloisa?" was so viel hieß
wie Verabredung.
Jetzt lächelte die Frau und zog ihren
Schlüssel aus der Tasche. Dann gab sie
ihn ein Zeichen, ihn zu folgen.
Er nahm ihr die Taschen ab. Sie hatte ein
paar frische Lebensmittel drin. Im ersten
Stock schloss sie die Tür auf und rief: Ola

Eloisa, Traje vsitantes conmigo!" Was heißt, ich habe Besuch mitgebracht. Schon schoss Eloisa um die Ecke. Sie sah Max und fragte: „Was machst du denn hier? Was willst du, verschwinde, sonst rufe ich die Polizei. Die Omi fragte erstaunt nach: „Poicia?" Eloisa beruhigt ihre Oma und sagte zu Max. Stelle die Tasche da ab und komme mit nach hinten." Als sie hinten waren, fragte sie nochmal: „Was machst du hier?"

Erst jetzt kam Max zur Antwort: „Ich bin aus dem Krankenhaus geflohen. Deine Dröhnung hatte wohl für mich nicht mehr ganz gereicht. Meine Freunde sind noch alle da, oder schon tot? Ich weiß es nicht. Ich habe dich beobachtet mit dem, ach so netten Polizeichef. Na, was hat er dir gegeben, dass du Menschen verrätst. Was passiert mit denen? Nun sag schon, sonst werde ich ungemütlich! Was passiert mit den Menschen im Krankenhaus, verdammt nochmal!"

Max wurde so laut, dass ihre Omi nachschaute und fragte, ob alles in Ordnung sei. Eloisa beruhigt sie und sie schloss die Tür wieder von außen.

„Nun, ich höre," bohrte Max weiter.
Aber sie sagte nichts.
„Gut, sagte er und stand auf, dann frage
ich deine Oma. Mal sehen, was die zu
deinen Geschäften sagt." Damit wollte
er zur Tür gehen. Sie hielt ihn zurück.
„Ich werde erpresst, sagte sie und fing
an zu weinen. Die Tränen kullerten nur
so über ihre Wangen.
„Wer erpresst dich und was passiert mit
den Leuten, die da abgeliefert werden?"
„Warte sagte sie und ging raus. Sie kam
mit einem Krug erfrischendes Wasser
mit Zitrone und Minze wieder. Sie stellte
zwei Gläser ab und schenkte jedem ein
Glas Wasser ein. Dann fing sie an zu
erzählen.

*„Ich war Krankenschwester in diesem
Krankenhaus. Wir hatten immer sehr
viel zu tun. Da war nicht mal eine kleine
Pause drin.*
*Eines Tages wurde mein Großvater mit
einem Schlaganfall eingeliefert. Meine
Großmutter war völlig am Ende. Wir
hatten eh kein Geld und dann das? Mein
Großvater hatte nach diesem
Schlaganfall einen Gehirnschlag.*

Er war klinisch Tod, wurde aber noch am Leben erhalten, weil ein Mann Geld geboten hatte, wenn die noch einige gute funktionstüchtige Organe entnehmen dürfen. Sie haben uns fünftausend Euro angeboten. Meine Omi wusste von nichts. Also habe ich einen Organspenderausweiß gefälscht und habe das Beatmungsgerät, als es so weit war abgeschaltet.

Als meine Omi und ich trauerten, klopfte es zwei Tage später an unserer Haustür. Die Polizei hatte mich verhaftet.

Dann kam der Polizeichef und machte mir ein Angebot. Als ich es ablehnte, sagte er, dann würde ich für mindestens fünf Jahre ins Gefängnis und meine Oma würde zu Grunde gehen. Er hatte mich in der Hand. Den Rest kennst du ja."

Max hörte aufmerksam zu. Nun stand er auf und nahm die weinende Eloisa in die Arme.

„So ein Schwein. Weißt du, was mit den Leuten da drinnen passiert?"

„Ich bin mir nicht sicher, aber ich denke, denen werden die Organe entnommen

und bei anderen Leuten, die sich das leisten können, eingesetzt."
Jetzt kamen auch Max die Tränen, weil er wusste, er hatte seine Freude verloren.

Sie schniefte: „Was machen wir den jetzt?"
Maximilian überlegte und sagte: „Es gibt eine Organisation in Deutschland. Da ist sowas Ähnliches auch mal passiert. Aber die meisten sind Tod.
Nur durch ein paar Leutchen wurde das aufgedeckt. Wie hieß die noch....warte mal, ja Hanna König hatte damals einen Artikel geschrieben. Die hatte sich nämlich selbst in Gefahr gebracht. Die arbeitet für den größten Stadtanzeiger. Wenn wir die informieren, kann die uns vielleicht helfen? Und ich gehe zur Botschaft und versuche Papiere zu bekommen."
„Und was soll ich machen?" Eloisa überlegte dabei, als sie das fragte."
„Du versuchst rauszubekommen, ob vielleicht noch einer von meinen Freunden lebt. Ach ja, was heißt: al procesamiento?"

„Zur Verarbeitung!"
„Oh mein Gott, wir müssen dringend
etwas tun. Wer weiß, wie viele
Menschen schon ungläubig dran
glauben mussten."

*D*ie *F*reunde

Das Institut „Torben Antorf Institut"
hatte viel zu tun. Hanna schaffte es
kaum noch, sich auf ihre eigentliche
Arbeit zu konzentrieren, den
Journalismus.
Hanna hatte Lasse das Jawort gegeben,
weil er sie nach der Befreiung vor zwei
Jahren aus dem Camp auf Händen vom
Auto half und er sie nicht mehr loslassen
wollte.

Es war spontan gewesen. Etwas später hatte er sich noch etwas anderes einfallen lassen.

Beim romantischen Abendessen hatte er bei ihrem Lieblingsitaliener einen Tisch herrichten lassen, wo ein großartiger Blumenstrauß mit Frühlingsblumen sie überraschte. Er hatte sich mit ihr da verabredet und er kam etwas später nach.

Lasse hatte eine rote Rose quer im Mund und ihr Lieblingslied „Andrea", im Hintergrund gespielt. Wie er so kniete vor ihr und seinen Text aufsagte, konnte sie nur Ja sagen. Ein halbes Jahr später haben sie geheiratet. Lasse heißt jetzt auch König mit Nachnamen, das hatte sie zu Bedingung gemacht.

Hanna und Lasse König.
Eigentlich sollte als nächstes ein Baby zur Welt kommen, aber das funktionierte noch nicht.

Deshalb nahmen sie weiter mit ihren Schäferhund Greif, den sie damals gerettet haben, am Leben teil.

Thorsten und Samira sind immer noch in Kanada. Thorsten hat eine Praxis

eröffnet mitten in Vancouver. Samira
hilft Menschen, die ein neues Organ
haben, sich damit zurecht zu finden.
Dann unternimmt sie mit denen Touren.
In Kanada fühlen sie sich wohl.
Lee, (ausgesprochen Lie) lebt mit seiner
Frau Zoey und den gemeinsamen Sohn
Jin nur ein paar Häuser weiter als Hanna
und Lasse.
Sie alle haben ein Institut eröffnet, wo
Menschen geholfen wird, mit ihrem
neuen Organ zurecht zu kommen. Das
machen sie Ehrenamtlich.
Lasse geht wieder zur Polizei, wo er
damals beurlaubt worden war, er aber
gerne nebenbei im Institut hilft.
Zoey arbeitet ganz da und macht
nebenbei die Buchführung und Lee hat
einen Job bekommen als
Medieninformatiker.
Aber immer, wenn die Zeit reicht,
kommt er und hilft auch.
Hanna war freiberuflich immer noch in
der Redaktion. Aber so ein dicker Fisch,
wie damals das Camp ist ihr nicht mehr
unter die Nase gekommen.

*

Das Telefon klingelte und Zoey nahm
wie immer ab.

*"Institut Torben Antorf
Mein Name ist Zoey,
was kann ich für sie tun?"*

*

*"Guten Tag, hier ist Maximilian Teus,
kann ich bitte mit einer Frau Hanna
König sprechen, es ist sehr wichtig,
bitte!"*
*"Um was geht es denn bitte, vielleicht
kann ich ja auch helfen?"*

*

*Ich glaube nicht, es geht um
Organraub!"*

*

Eine unheimlich Stille breitete sich aus.
Zoeys Magen drehte sich um. Sie hatte
das Gefühl, sich gleich zu übergeben.
Dann sagte sie:

*„Einen kleinen Augenblick bitte,
ich verbinde sie."*

*

„Danke schön."

*

Geduldig wartete Max auf seine
Verbindung.
Auf der anderen Seite rief Zoey Hanna
zu, was sie gerade gehört hatte. Auch
bei Hanna zog sich der Magen sofort
zusammen.
Dann nahm sie das Gespräch an.

*„Hallo, hier ist Hanna König, was kann
ich für sie tun?"*

*

„Hallo, hier ist Maximilian Teus, kurz
Max genannt. Sind sie die Reporterin,

die damals den Artikel von Organraub geschrieben hatte?"

*

„Ja, die bin ich, wieso?"

*

„ich denke, so etwas wird hier in Spanien auch gemacht. Ich war mit meinen Kumpels hier auf Sauf, äh, Urlaub machen. Wir sind ein Kegelklub. Dann wurden wir von der Polizei aufgegriffen und……lange Rede, kurzer Sinn….in einem Krankenhaus unter Schlafmittel gesetzt und „zur Verarbeitung" freigegeben. Ich konnte fliehen. Den Rest erzähle ich ihnen, wenn sie hier sind. Meine Sachen und Papiere sind mir entnommen worden."

*

„Und woher wollen sie wissen, dass es um Organe geht?"

*

Hanna fragte vorsichtshalber nochmal nach.

Weil ich hier bei einer Krankenschwester untergekommen bin, ihr Name ist Eloisa.

Zu dieser Adressen müssen sie auch
kommen, da können wir uns ungestört
unterhalten, aber nur, wenn sie
möchten."

*

Hanna überlegte: ,Eigentlich hatte sie im
Moment nichts Spannendes zu
schreiben. Lasse ist auch nur noch
arbeiten, warum eigentlich nicht.
Was ist mit Greif, unseren Hund, den
müsste ich vielleicht bei Zoey
unterbringen. Also könnte ich......'

*

"Sind sie noch dran?"

*

"Äh ja natürlich. Ich habe nur überlegt,
wie schnell ich kommen könnte. Ich
denke, in den nächsten zwei Tagen
werde ich da sein.
Dann sehen wir weiter. Und bitte, kein
Wort zu niemand, auch nicht, dass ich
komme, es ist zu gefährlich, wenn
wirklich etwas an der Geschichte dran
ist. Geben sie mir bitte die Adresse

*durch, wo ich hinkommen soll. Vielleicht
schaffe ich es auch morgen schon."*

*

Max war begeistert und gab ihr die
Adresse durch. Dann verabschiedete er
sich. Er sagte zu Eloisa: „Wollen wir
doch mal sehen, wer dahintersteckt."

Sie nickte erleichtert, als wenn man ihr
eine Bürde abgenommen hätte.

 reunde

Gegen 20:00 Uhr hatten Hanna und
Lasse ihre Freunde Lee und Zoey

eingeladen. Sie hatten kurzfristig einen Babysitter für Jin bekommen, der ja schon um 19:00 Uhr ins Bett musste. Sie hatten Samira und Torsten, die ja in Kanada leben schon per Skype unterrichtet, um was es ging. Die Antworten, was sie davon hielten, konnte Hanna den anderen am Abend erklären.

Nach einem kurzen hallo und ein Getränk platze es Hanna nur so raus, was ihr heute für ein komisches Telefonat nicht mehr aus dem Kopf ging. Lasse meinte dazu: „Da hat sich jemand einen Scherz erlaubt. Ich würde es ignorieren."

Hanna antwortete: „Nein, auf gar keinen Fall, was mir Max erzählte, war nicht frei erfunden. Ich glaube ihn."

„Du kennst diesen Max doch gar nicht. Dann fliegst du da hin und was dann? Was willst du machen. Du bist da in Spanien, Hanna."

Lee machte ein nachdenkliches Gesicht. Zoey kannte ihren Mann, also fragte sie: „Lee, wie denkst du darüber?"

Er räusperte sich und sagte nachdenklich:

„Also Viktor ist tot, der hat damals Selbstmord begangen, obwohl das eigentlich gar nicht seine Art war. Aber die Polizei hat es bestätigt und den Mann beschrieben.

Dunkler Anzug mit weißen Hemd. Seine Initialen waren eingraviert.
Schwarze zurückgegelte Haare.
Er trug sogar seine dämliche Rolex am Arm.
Und er hatte viel Geld bei sich und einen Ausweis mit seinem Namen.

Was mich nur wundert ist, dass Hektor nicht auffindbar ist. Da es aber im Krankenhaus gebrannt hatte, denken sie, dass er da ums Leben gekommen ist.
Vielleicht handelt es sich hier in diesem Fall um Trittbrettfahrer, die meinen, das schnelle Geld zu machen.
Aber es nützt alles nichts, Hanna, du musst erst einmal dahinfliegen, um genaueres rauszubekommen. Wenn du alles weißt, meldest du dich und sagst: Rock 'n Roll. Dann weiß ich, ich komme sofort und Lasse auch. Wenn du aber

sagst, wie schön das Wetter und das Essen ist, war es eine Finte. Dann machst du dir ein paar schöne Tage. Ich denke mal, wir sollten alles und jedes Gespräch Ernst nehmen. Wenn wir denen schon nicht glauben, wer dann. Denkt mal darüber nach, wie das bei uns war. Wir konnten uns das damals auch nicht vorstellen, und was war? Es war noch viel schlimmer."

Zoey bewunderte ihren Mann und ergänzte:

„Das war mal eine Ansage!"

Hanna nickte und fand den Vorschlag gut, nur Lasse war ein wenig geknickt, weil er jetzt nicht frei bekam von der Arbeit, um seine Frau zu begleiten. Hanna sagte erst jetzt, dass sie mit den Freunden aus Kanada geskypt hätte, und sie hatten beide auch gesagt, dass man es ernst nehmen sollte. Mit so etwas macht man keine Witze. Also war das eine beschlossene Sache, und Hanna buchte einen Flug nach Malle.

Sie hatte Glück gehabt, weil zwei Passagiere kurzfristig absagen mussten,

wegen Krankheit und deswegen wäre
das kein Problem.

 Mallorca

Am nächsten Tag schon, kam Hanna am
Flughafen von Mallorca an. Sie nahm
sich ein Taxi und gab dem Fahrer die
Adresse.
Er fuhr eine gute halbe Stunde. In einer
verwinkelte Straßengasse hielt er an
und zeigt auf ein Haus. Die Häuserreihen
waren hier bunt und überall waren
Blumen an den Häusern auf den
Balkonen zu sehen. Man merkte, dass
sich das hier voll auf Marrukinisch hielt,
gegenüber dem Tourismus in der Stadt.
Sie schaute auf die Klingel und fand den
Namen, den ihr Max durchgegeben
hatte. Sie dachte:

‚Na das stimmt schon mal.'
Von Balkon rief eine freundliche Stimme:
„Einen Moment bitte, ich komme sofort runter!"
Eine Minute später standen ein junger Mann und eine junge Frau vor ihr.
„Hallo, ich bin Max, wir haben telefoniert.
Und das ist Eloisa. Ich hatte sie kurz am Telefon erwähnt." Die junge Dame gab ihr schüchtern die Hand.
„Guten Tag," sagte sie brav. Dann bat sie Hanna rein. Max nahm ihr den kleinen Rollkoffer ab. Die Wohnung war klein, aber gemütlich eingerichtet. Eine ältere Dame kam an und fragte Eloisa etwas. Die erzählte ihr kurz, dass das eine gute Freundin von Max wäre. Dann fragte sie noch, ob sie ihr ein Gästezimmer herrichten soll oder ob sie bei Max im Zimmer schläft.
Sie fragte Hanna, ob sie eine Unterkunft auf Mallorca hätte, sie verneinte es und nahm das Angebot gerne an. Sie würde es auch bezahlen, bot sie an. Die Omi strahlte und freute sich.

Dann gingen sie in die obere Etage und Hanna nahm erst einmal ein großen Schluck von dem herrlich gekühlten Wasser, was ihr Eloisa anbot.

Nachdem sich Hanna ein wenig frisch gemacht hatte, ging sie zurück ins Zimmer von Eloisa, wo beide schon auf sie warteten. Alle waren sich einig, dass sie sich duzten.

Nach kurzem Smalltalk sagte aber Hanna, dass sie die ganze Geschichte haarklein erzählen sollten.

Max fing an und später bei den Spritzen übernahm Eloisa, dann wieder Max und den Abschluss machte das junge Mädchen, weil sie Hanna auch die Geschichte erzählte, warum sie das getan hatte.

Als sie mit allem durch waren, Hanna hatte aufmerksam zugehört, überlegte sie, was man machen könnte.

Gespannt lauschten die jungen Leute, was Hanna sagen wird.

„Am besten und einfachsten ist, dass wir das wiederholen müssten, um zu sehen, wo genau die Reise hingeht und wer evtl. dahinter steckt."

Die zwei atmeten nicht mehr. Max fing
sich als erstes.
„Was? Ich bin froh, dass ich das überlebt
habe!"
Hanna sah das erschrockene Gesicht
von Max und beruhigte ihn.
„Nein, keine Angst, das wird wohl
jemand anders machen müssen.
Es kann gut sein, dass sich der
Polizeipräsident an dich erinnern
könnte.
Ich werde Verstärkung holen. Ich habe
einen liebevollen Ehemann und einen
sehr guten Freund. Denen sage ich
sofort Bescheid.
Dann sehen wir weiter.
Kurze Zeit später rief Hanna Lee an und
sagte: „Rock'n'roll mal zwei."
Lee wusste Bescheid. Hanna hatte die
Adresse automatisch einmal dagelassen
und Lee informierte Lasse.

isiko

Zwei Tage später waren Lee und Lasse auf Mallorca angekommen. Lasse hatte Schwierigkeiten, freizubekommen. Er mochte nicht sagen, um was es wirklich geht. Aber dann hatte es ja doch noch geklappt.
Bei Lee war das kein Problem, der bummelt jetzt Überstunden ab.
Gegend Abend kamen sie erst an der Adresse an. Hanna freute sich, Lasse wieder in ihre Arme zu schließen. Auch freute sie sich über Lee. Die Omi von Eloisa bekam jetzt aber schon Panik, diese Leute auch noch alle hier unterzubringen.

Aber Lee meinte gleich, sie solle sich keine Sorgen machen, er hätte eine Pension unmittelbar hier in der Nähe zwei Zimmer gebucht. Das sagte er ihr auf Spanisch, auch diese Sprache beherrschte er.

Alle sind gegen Abend etwas essen gegangen. Hanna hatte Max mit Geld ausgeholfen, damit er sich etwas Anständiges zum Anziehen kaufen konnte. Bei der deutschen Botschaft waren Hanna und Max auch schon, um Papiere zu bekommen, damit er bald das Land wieder verlassen kann. Beim Abendessen war Eloisa nicht mitgegangen, weil sie schon wieder den nächsten Auftrag entgegennehmen musste. Sie wollte aber penibel darauf achten, wie es genau abläuft, damit sie später den andern das mitteilen kann.

Sie aßen Tapas und bestellten sich eine große Karaffe Sangria.

Max erzählte alles nochmal haarklein und ließ auch nichts aus.

Als Max mit seinen Erläuterungen fertig war, meinte Hanna: „Wir müssen das Risiko eingehen, und den genauen Ablauf selbst erleben." Lasse kommentierte: „Das ist der blanke Horror."

Lee wiederum sagte ganze ruhig: „Hanna hat recht. Wie beide müssen so tun, als wenn wir Volltrunken sind.

Wie begießen unsere Klamotten mit Bier und Whisky und gurgeln ordentlich durch.

Dann legen wir uns auf die Liegen und warten ab. Wenn die Polizei uns dann einsammelt, wird Eloisa kommen und uns das angebliche Schlafmittel spritzen. In Wirklichkeit ist es eine Vitaminspritze. Wir tun so, als wenn wir schlafen und bekommen alles mit. Wohin es geht. Was gesagt wird. Ich verstehe Spanisch, das ist ein Vorteil. Wenn wir dann im Krankenhaus sind, sehen wir weiter."

Lasse wurde rot und antwortete: „Dann sehen wir weiter? Bist du verrückt, wenn etwas schief geht, sind wir für die wie ein gefundenes Fressen und neben sich alle Ersatzteile aus unserem Körper!"

Lasse war erregt.

Hanna mischte sich ein: „Hast du einen besseren Vorschlag?"

Lasse trank sein Glas Sangria mit einem Zug leer, stand auf und sagte so lapidar: „Ich muss nachdenken und gehe eine Runde sparzieren, allein." Er sagte es, weil Hanna und Lee im Begriff waren aufzustehen.

Sie ließen ihn in Ruhe. Hanna kannte das schon von zuhause. Wenn ihn etwas beschäftigte, musste er das mit sich selbst
ausmachen. Lee und Hanna blieben mit Max allein zurück.
Lee tätschelte Hannas Hand und sagte beruhigend: „Lass ihn ein bisschen Zeit, wir sehen dann morgen weiter.

Am nächsten Morgen trafen sich alle zum Frühstück bei Omi. Die freute sich, auch mal andere Gesichter zu sehen, außer Eloisa.
Lasse hatte sich beruhigt und das Risiko bestätigt, auch wenn es verrückt war.
Eloisa erzählte, dass alles immer nach demselben Plan abläuft. Eigentlich kann nichts schiefgehen. Sie wollten direkt am Abend anfangen und sich in der Nacht dann zum Strand machen. Eloisa besorgte die Vitaminspritzen und sah zu, dass sie fast nicht zu unterscheiden waren.

Hanna wollte mit Max das Krankenhaus
absolvieren, aus sicherem Abstand,
und sie wollte es mit ihrer Kamera
festhalten.

Am Abend ließen sich Lasse und Lee im
Bierkönig blicken. Dabei ist Lee
aufgefallen, dass im regelmäßigen
Abständen zwei von der Policia
vorbeischauten, um zu sehen, dass alles
richtig läuft.

Lee informierte Lasse und immer, wenn
er sie kommen sah, tranken sie Bier,
oder taten nur so. Sie lallten auch schon
kräftig, um den Anschein zu vermitteln,
dass die zwei Deutschen so richtig was
abkönnen. Zwischendurch kleckerte sie
über ihre T-Shirts, damit auch alles nach
Alkohol stank.
Gegen vier Uhr morgens, als wieder die
Policia vorbeischaute, lallten beide an
ihnen vorbei und gingen zum Stand. Lee
meinte leise: „Die folgen uns."
Sie schmissen sich auf die Liegen und
hielten sich noch jeder eine Bierflasche

an den Hals. Dann taten sie so, als wenn
sie schliefen.

Lasse schnarchte und Lee versuchte
wach zu bleiben, um evtl. Gespräche
mitzubekommen. Und tatsächlich.
Einer telefonierte und meinte am
Telefon:
„Zwei Personen, voll bis oben. Liegen im
Abschnitt 21, A. Polizeiwagen schicken.
Zehn Minuten später kam der
Polizeiwagen mit noch zwei Leuten.
Jetzt waren sie zu viert. Sie trugen die
Jungs ins Auto, verschlossen die Türen
und fuhren los. Nach etwa fünfzehn
Minuten blieben sie stehen.
Lee hörte einer der Männer sagen: „Vier
Männer hinten." Der Polizeichef
persönlich öffnete hinten die Tür. Er
wich einen Schritt zurück, weil es so
stank, und wedelte sich frische Luft mit
der Hand zu.
Lasse war wach, hatte aber seine Augen
geschlossen. Lee tat so, als wenn er
gerade wach wird und fragte: „Was ist
den los, wo bin ich. Er sah, dass die
Polizisten, die sie hergebracht hatten,
sich zurückzogen. Der Chef persönlich

und Eloisa waren zu sehen. Er konnte noch einen Schatten sehen, noch eine Frau, eine sehr junge Frau. Der Chef sagte auf spanisch: „Du weißt, was du zu tun hast, erzähle denen immer das gleiche und hier habe ich ab heute noch eine kleine Unterstützung für dich, damit du auch mal freihast." Dabei ging er mit seinen schmierigen Fingern leicht über den Busen von Eloisa. Sie wich einen Schritt zurück.

Lee bemerkte, dass Eloisa unruhig war und immer zu dieser Frau guckte.

Das sie ausgerechnet heute eine Hilfe hatte, damit hatte keiner gerechnet. Als Hanna Lee erklärte, das der Polizeipräsident noch mal eine Ausnahme macht und sie jetzt nur ein Mittel gespritzt bekommen, damit sie den Alkoholgehalt schneller verlieren, stimmte Lee zu. Eloisa desinfizierte den Arm von Lee und setzte, wie besprochen die Vitaminspritze. Augenblicklich viel er in einem Schlaf.

Als Eloisa sich gerade an Lasse vordringen wollte, sah sie wie das neue Mädchen ihn schon eine Spritze setzte,

aber leider das Schlafmittel.
Augenblicklich fiel Lasse in einem
wirklichen Tiefschlaf. Er bekam nichts
mehr mit.

*C*leo & *W*iebke

Über eine Woche hatten sie schon um.
Sie genossen jeden Tag am Strand. Cleo
konnte es nicht verhindern, dass sie
immer wieder auf das Meer schaute.
Vielleicht erscheint die Jacht des Grafen
am Horizont. Wie war noch gleich der
Name, ach ja, Zakk.

Aber die Tagen vergingen wie im Fluge, und es war keine Jacht zu sehen.
Morgen gegen Abend fliegen sie zurück nach Deutschland.
Cleo war richtig ein bisschen verknallt in den Grafen.
Er ist so ein feiner Mann, so rücksichtsvoll. Auch Wiebke dachte mal an ihn. Nicht so wie Cleo, aber immerhin.
Als die beiden am Strand *Beachball* spielten, kam ein Quad Fahrer mit einer ziemlichen Geschwindigkeit auf die Beiden zu. Die Mädels standen beide mit den Füßen im Wasser. Kurz, bevor er sie vollspritzte mit Wasser und Sand, blieb er stehen.
Dann winkte er die Mädels zu sich. Er hatte einen Brief für sie.
„Seid ihr Cleo und Wiebke?"
Beide nickten. Dann übergab er Cleo einen Brief und verschwand wieder.
Sie gingen zu ihren Handtücher und machten den Brief neugierig auf.

EINLADUNG

Sie sind heute herzlich eingeladen auf
der Jacht mit dem Grafen zu dinieren.
Sie werden beide um 20:00 Uhr vom
Bootsfahrer abgeholt.
Um vornehme Kleidung wird gebeten.
Herzlichst
Graf $HO\beta\tau Y\chi\delta$

Wiebke fragte nach: „Wie heißt der?
Das kann kein Schwein lesen." Cleo
sagte: „ich frage ihn einfach mal, ich
lese da ein Horst raus, glaube ich aber
nicht, hi, hi."
Ihr war es egal, wie er hieß, Hauptsache,
sie sieht ihn nochmal. Was sollte sie
anziehen? Am besten, das rote Kleid
nochmal.
„Ich kann mir nicht noch ein Kleid
kaufen."
Wiebke entschied sich für eine weiße
Hose. Sie würde über ihr üppiges
Untergestell einen Pulli binden und
wenn es kühl wird, hat sie was, was sie
anziehen könnte.
Sie waren sofort vom Strand
verschwunden, weil sie den Nachmittag
damit zubrachten, sich zu duschen, eine
Packung für die Haare, ein

Gesichtspeeling. Fingernägel lackieren,
und, und, und.

Um 19:45 Uhr standen sie wie immer
am Strand und warten darauf, abgeholt
zu werden. Um 19:50 Uhr kam der
Fahrer über das Wasser gefahren und
holte sie ab. Er sah Wiebke gierig an,
was ihr wiederum nicht passte. Deshalb
sagte sie pampig: „Was glost du denn so
blöd, das werde ich dem Grafen
erzählen. Dann fliegst du."

Cleo beruhigte sie: „Wiebke, reißt dich
mal zusammen. Vielleicht mag er dich?"

Der Fahrer fragte nach der Einladung?"
Cleo überreichte sie ihm. Er steckte sie
ein und fuhr weiter.

Die Jacht war noch nicht zu sehen, nur
so ein alter Kahn.

Der Fahrer meinte, er müsste noch
schnell auftanken, dann würde es weiter
gehen.

Er bat die Mädels so lange auszusteigen,
sonst könnte man nicht sehen, wieviel
Sprit da rein musste. Mit den Beiden
hätte er zu viel Gewicht. Wiederwillig
und völlig genervt gingen sie eine
Strickleiter hoch.

Oben wurden sie von einen schmierigen Mann, der aussah, als hätte er in einem alten Ölfass übernachtet, entgegengenommen. Er sprach kein Deutsch. Der Fahrer von unten rief hoch:
„Er will euch eine Flasche Champagner mitgeben und mit freundlichen Grüßen an den Grafen.
„Also gut, sie gingen mit dem schmierigen Typen hinterher durch enge Gänge. Eine Tür neben der anderen waren zu sehen und es stank bestialisch nach Schweiß, und Alkohol.
An einer Tür blieb er stehen. Er öffnete sie und zeigte den Mädels, das sie eintreten sollten. Beide taten wie befohlen.

Als beide drinnen waren, sahen sie eine ganze Horde Männer um eine Matratze im Schneidersitz sitzen. Cloe wollte gerade wieder gehen, aber der Typ hinter ihr, gab ihr einen Schubs. Dann sagte er auf Deutsch:
„Meine Freunde und ich wollen nur ein wenig Spaß, mehr nicht."

Gierig grabschten Hände nach ihnen.
Cloe bekam Panik. Sie zogen an ihr
Kleid. Sie sah, dass manche Männer ihr
Glied rausholten und wie wild anfingen
zu Masturbieren. Die Mädels weinten,
aber je mehr sie weinten und sich
wehrten, um so größer das Gejohle der
Männer.
Jetzt kam der Fahrer rein und zeigte auf
Wiebke, sofort wurde Wiebke zu Boden
gerissen und ihr die gesamten
Klamotten vom Leib gerissen. Sie hielten
sie an den Armen und Beinen fest.
Der Fahrer hatte eine Zigarettenkippe
im Mund.
Er holte sein Glied raus, kniete sich
runter und begrabschte erst einmal
genüsslich den prallen Busen.
Dann vergewaltige er sie, während die
andern Männer jubelten. Einige hielten
Cleo fest und zwangen sie, dabei
zuzuschauen. Sie wusste, dass sie auch
noch drankommen wird. Sie wollte
lieber sterben. Die Frage, die sie sich
stellte, war:
‚Weiß der Graf davon?'

Champagner

Der Graf freute sich, dass er den Jungs einen kleinen Gefallen getan hatte. So hatten sie ein wenig Abwechslung. Und Cleo war schon eine Augenweite.
Wenn sich alle vergnügt haben, gehen die Mädels zur Verarbeitung weiter.
Er musste das Geld, was er extra ausgegeben hatte, mindestens hundertfach wieder reinholen. Er grinste über das ganze Gesicht, goss sich auf seinen Einfall ein Gässchen Champagner ein und war mit sich voll zufrieden.
Am nächsten Tag machte er sich auf den Weg nach Mallorca. Er hatte gehört, dass wohl einer geflohen wäre aus dem Krankenhaus. Er wollte sich

vergewissern, dass alles sauber abläuft,
ohne Spuren zu hinterlassen.
Vorher fragte er aber noch seinen
Fahrer, ob mit den Mädels alles so lief,
wie erwünscht.
Der Fahrer vergewisserte ihm, dass die
Mädels sich richtig gefreut hätten und
auch ihren Spaß mit uns hatten.
Danach hatten sie den beiden ein
Schlafmittel gegeben,
obwohl auch nach 20 Stunden feiern, sie
so geschlafen hätten, aber sicher ist
sicher. Dann haben sie die Fracht
abgegeben. Also alles so, wie der Graf es
wünschte.
Der Graf nickte und meinte:
„Der Bote ist unterwegs mit dem
Braunen Umschlag.
„Wir werden jetzt eine vierwöchige
Pause einlegen, danach melde ich mich
wieder."

Der Fahrer bedankte sich und legte auf.
Der Graf ging zum Kapitän und befahl:
„Wir legen ab und steuern Mallorca an!"
„Zu Befehl," kam zurück.

*L*asse in Gefahr

‚Scheiße, scheiße, scheiße, dachte Lee.
Wieso konnte so etwas passieren?'
Er bekam mit wie Eloisa das Mädchen
auf spanisch anschimpfte.
Dann kam der Polizeichef nach hinten
und fragte, was los sei. Eloisa sagte, dass
die Neue einfach was gespritzt hat, was
für beide sein sollten. Sie ergänzte noch,
dass damit dieser junge Mann in größter
Lebensgefahr sei. Man müsste ihn sofort
den Magen auspumpen.
Der Polizeichef winkte ab und sagte,
dass er soundso direkt losfährt, er
wurde da Bescheid geben. Kein Grund
zur Sorge.
Eloisa fragte, ob sie wieder mitfahren
dürfte.
Er grinste und sagte: „Si."
Schon saß Eloisa auf dem Beifahrersitz.

Die Neue wollte auch mit, aber da der Chef noch etwas anderes wollte, sagte er ihr:

„La proxima vez." (Beim nächsten Mal) Dann setzte er sich ans Steuer und fuhr los.

Unterwegs versuchte er seine Hand auf das nackte Knie von Eloisa zu legen, aber sie wehrte sich und schob die Hand weg. Der Chef grinste.

Knappe zwei Stunden später waren sie da.

Eloisa sprang aus dem Auto und stürzte ins Krankenhaus.

Der Chef ging nach hinten und öffnete die Tür. Die vier schliefen fest, dachte er zumindest, aber Lee tat nur so.

Eloisa kam mit einem Sanitäter und sagte zu ihm, der Magen muss dringend ausgepumpt werden. Er sah den Polizeichef und fragte:

„Al procesamiento?" (Zur Verarbeitung) „Si," (Ja) antwortete er nur.

Beide lachten und dann kam ein zweiter Pfleger, der den Lee auflud und Lasse wurde auf eine andere Liege gelegt.

Der Chef zog eine Augenbraue hoch und fragte Eloisa, ob sie wieder mit zurück möchte. Sie verneinte es und verschwand im Krankenhaus.
Der Polizeichef erhielt seinen braunen Briefumschlag und setzte sich brummig wieder ans Steuer. Hätte er gewusst, dass das Mädel nicht mit zurückfährt, hätte er sich schon auf den Hinweg an ihr vergangen.
Er bekam einen Funkspruch gesendet.
„el Conde esta en camino."
(Der Graf ist auf den Weg)
Er fluchte, dann gab er Gas.

Eloisa begleitete die Jungs, um sicher zu sein, dass Lasse der Magen ausgepumpt wird. Die Zwei wurden in ein Zimmer geschoben. Ein Arzt kam herein. Eloisa versuchte ihm zu verklickern, dass er Gift genommen hätte und wenn man ihn nicht sofort half, es in Venen fließen würde und damit seinem Herzen eine

Vergiftung und zum Schluss einen
Herzstillstand geben würde.
Der Arzt verschwand darauf wieder und
erkundigte sich, was für OPs anstanden,
ob man nicht diesen jungen Mann
vorziehen könnte, zur Verarbeitung.
Aber leider wurde der Empfänger noch
nicht telefonisch erreicht.
Also mussten sie wohl oder übel Lasse
erst behandeln, um ihn dann später zu
Verarbeitung zu übergeben.
Erleichtert atmete Eloisa auf. Sie
drückte von Lee den Arm noch, so dass
es keiner mitbekam, um ihn eine kleine
Sicherheit zu geben.
Aber Lee hatte alles mit angehört. Sie
wurde aus dem Zimmer gebeten.

Angekommen

Auf Mallorca war der Graf schon länger nicht. Nach seiner Ankunft am Hafen, ließ er sich sofort zum Polizeichef fahren. Dort wurde er herzlich begrüßt.

Er kam auch gleich zur Sache und fragte, wie viele zur Verarbeitung in den letzten vier Wochen ins Krankenhaus eingeliefert wurden.
Es waren vierzehn, aber einer ist aus dem Krankenhaus entwischt, also dreizehn.
„Das wird ihnen abgezogen, mein Lieber. Ich möchte mir die Gegebenheiten selbst anschauen. Lassen sie uns in Krankenhaus fahren, danach gehen wir eine Kleinigkeit Essen." Der Übersetzter, der mit Anwesend war, übersetzte es. Der Polizeichef war erschrocken und fragte nach: „Ahora!"(Jetzt)
„Si, antwortete der Graf und drehte sich um zum Auto. Wie ein Trottel lief der Chef im Laufschritt hinterher. Im Wagen dachte der Polizeichef nach: ‚Hoffentlich sind wenigstens die Letzten was. Der eine war schon fast vorher tot. So ein

Mist, dass der Graf ausgerechnet jetzt da ist.'

Ein Stopp ließ ihn aus seine Gedanken reißen. Die Ampel war rot.

Der Graf löcherte ihn mit Fragen, wie er was macht und er musste Fragen und Antwort stehen.

Die Idee, die Betrunkene einzusammeln und dann abzutransportieren, fand er gut. Mal was anderes.

Trotzdem meinte der Graf, dass es jetzt eine Pause geben wird, sonst fällt es auf. Der Chef nickte brav.

Lee wartete eine günstige Gelegenheit ab.

Er stand auf und schlich zur Tür. Er dachte nach: *,Wo verdammt haben sie Lasse hingebracht, das darf doch alles nicht wahr sein.* Im Flur war keiner*, aber ich kann doch nicht nur mit einem Hemdchen bekleidet ihn suchen gehen. An alles haben wir gedacht, aber nicht an so etwas, Mist.'*

Er versuchte in ein anderes Zimmer zu
kommen. Da lagen auch zwei, nicht
ansprechbar. Die Schränke waren leer.
Er versuchte durch das Treppenhaus in
eine andere Etage zu kommen. Da war
schon mehr los. Er verschwand in einem
Zimmer, aber nur, weil ihm ein Pfleger
entgegenkam. Da lag nur eine Person
und der schlief. Leise öffnete er den
Schrank:
„Bingo." Er nahm sich ein paar
Klamotten und zog sie hastig an. Dann
ging eine Tür auf.
Er erschrak. Eine Krankenschwester
meinte: „Was machen sie hier? Es ist
keine Besuchszeit, steht doch groß und
breit an der Tafel vor der Tür," maulte
sie ihn an.
„Tschuldigung," mummelte er zwischen
den Zähnen., und verschwand schnell.
Zwei andere Krankenschwester kam ihn
entgegen.

Die nahmen aber gar keine Notiz von
ihm, sondern unterhielten sich über
einen Grafen, der unterwegs war in ihr
Krankenhaus. Das war aufregender.

Ein Pfleger sagte durch sein Walkie-Talkie, dass der Graf in Anmarsch wäre, alle müssten in die Position.

,Was machen die denn alle für ein Heckmeck wegen so einen Grafen.'

Er war kurz vor dem Ausgang, da fuhr ein Wagen vor. Davor zwei Motorräder mit Blaulicht. Er versteckte sich hinter dem Getränkeautomaten. Es musste schnell gehen.

In Nullkomanichts füllte sich die kleine Halle mit sämtlichen Angestellte im Foyer. Jetzt standen alle Leute vor dem Getränkeautomaten.

Er konnte nichts sehen.

Ein leises Getuschel von einigen Krankenschwester waren zu hören.

Dann trete sich ein Arzt um uns auch sie verstummten.

Er versuchte zwischen den Leuten der Maschine irgend etwas zu erkennen, aber leider konnte man nur ein Stück von einen beigen Anzug sehen.

Dann sagte er etwas und Lee dachte sich verhört zu haben. Er sagte nur zwei Worte:

„mis amigos," (meine Freunde) aber irgendwie kam ihn die Stimme bekannt vor. Er wusste nur nicht woher.

Dann ging dieser Graf, begleitet durch zwei Ärzte zum Lift uns sie fuhren nach oben. Der Pulk löste sich auf.

Eine Krankenschwester meinte zu einer anderen: „que hombre. „

(Was für ein Mann.)

Maximilian

Max und Hanna warteten vor dem Krankenhaus mit Kleidung, aber es kam keiner raus, weder Lee noch Lasse.

„Hoffentlich ist da nichts passiert," bibberte Hanna.

Dann sahen sie eine Limousine an ihnen vorbeifahren.

Sie fuhr zum Vordereingang.

Max meinte zu Hanna: „Ich gucke mal, ob sich vorne etwas tut, bleibe du hier."
Hanna nickte und schaute weiter gespannt zum Hintereingang des Krankenhauses.
Als Max nach vorn lief, sah er drei Männer aus der Limousine steigen.
Einen kannte er, es war der Polizeichef.
Sofort zog er sich seine Kappe weiter ins Gesicht. Dann stieg ein Mann aus und öffnete die hintere Tür.
Ein Mann mit Pferdeschwanz und beigen Anzug stieg aus. Er trug eine Sonnenbrille.
Max hatte den noch nie gesehen.
Er versuchte näher ranzukommen. Schemenhaft konnte er sehen, wie alle im Foyer standen und diesen Mann begrüßten.
Es war nur kurz, dann wurde etwas gesagt, was er nicht verstand, und die Gruppe löste sich wieder nach einem Applaus wieder auf.
Jetzt versuchte Max näher ranzukommen. Hierbei bemerkte er, dass sich der Getränkeautomat bewegte. Eine Gestalt schlüpfte hervor. Es war Lee.

Max pfiff und Lee drehte sich erschrocken um. Dann sah er Max. Er machte ein Zeichen, dass er zum Hintereingang kommen sollte. Max verstand es sofort und duckte sich wieder runter. Er schlich wieder zu Hanna und flüsterte leise.

„Lee kommt gleich raus. Suche bitte die Sachen für ihn raus."

Ein Strahlen ging über ihr Gesicht.

„Und was ist mit Lasse, hast du ihn gesehen?" Hanna sah Max erfreut an.

Max schüttelte den Kopf.

Da kam auch schon Lee und rannte zu den Beiden rüber. Alle versteckten sich im Gebüsch.

„Wo ist Lasse?"

„Dem wird gerade der Magen ausgepumpt."

„Was! Wieso?"

„Der hatte aus Versehen eine echte Ladung Schlafmittel bekommen. Eloisa hatte sich aber sofort darum gekümmert, dass ihm der Magen ausgepumpt wird."

Hanna war außer sich.

„Kann ich zu ihm?"

„Im Moment sicher nicht. Irgendein Graf ist wohl gerade eingetroffen. Es ist alles in heller Aufruhr. Ich konnte aus meinem Versteck aber nur einen beigen Anzug sehen und nicht sein Gesicht."
Max ergänzte dazu: „Ich habe ihn gesehen, aber ich kenne ihn nicht. Er hatte einen Pferdeschwanz und eine Sonnenbrille."
Lee sagte noch: „Er sagte nur einen Satz, aber seine Stimme war so vertraut, ich weiß aber nicht mehr, wo ich sie schon mal gehört habe."

Hanna wurde unruhig.
„Wir müssen Lasse da rausholen."
Lee zog die Sachen an, die Hanna ihm gab und meinte: „Ich gehe nochmal rein und suche Lasse.
Gib mir die Klamotten im Rucksack mal mit. Vielleicht kann ich auch etwas über diesen Grafen in Erfahrung bringen.
Einst ist aber klar. Hier wird definitiv mit Organen gehandelt."
Hanna wurde flau im Magen und fing an zu weinen.

„Warum haben wir nicht auf Lasse
gehört. Jetzt schwebt er in
Lebensgefahr."
Lee schulterte seinen Rucksack und
verschwand wieder durch die Hintertür.

*I*biza (Kanaren)

„Juhuuuu, endlich Urlaub," rief Hannes,
als er von seinem letzten Arbeitstag in
seine große geräumige Wohnung
stürzte.
Hannes war seit drei Jahren mit Julia
verheiratet. Sehr glücklich und vor zwei
Jahren kam die kleine Sofia zur Welt.
Ein quirliges kleines Mädchen, das erst
Ruhe gab, wenn sie abends um 18:00
Uhr im Bettchen lag. Um 06:00 war sie
meistens ausgeschlafen und machte sich

auch sofort bemerkbar, was den Eltern manchmal viel zu früh war.

Hannes lief direkt ins Schlafzimmer, weil er seiner Frau da vermutete und richtig, sie war am Koffer packen.

„Hallo Schatz, endlich Urlaub, freust du dich?" Liebevoll umarmte er seine Frau und gab ihr einen Kuss. Schon meckerte die Kleine, die sofort auch vom Papi begrüßt werden wollte.

Er nahm sie hoch, dann machte er Nasi-reibi, was sofort zum Gackern anregte, und knuddelte sie. Eigentlich heißt es Nasenbegrüßung. Beide kommen mit der Nase aufeinander zu und begrüßen sie mit den Nasen. Sofia liebte es und sagte dazu Nasi-reibi.

„Hast du mit Javier oder Valeria gesprochen? Geht alles klar? Holen sie uns vom Flughafen ab?"

Hannes setzte die Kleine wieder runter.

„Ja, alle gut, morgen um diese Zeit sind wir schon in Ibiza.

Javier und Valeria waren kinderlos, leider. Sie hatten alles versucht, um ein Kind zu bekommen. Fehlanzeige.

Aber sie freuten sich auf Hannes, Julia und vor allem auf die kleine Sofia.

So ein Kind hatte sich Valeria schon immer gewünscht. Die beiden standen schon vor einer Trennung, aber die Liebe war immer stärker. Valeria hatte sich nichts mehr gewünscht, außer ein süßes kleines Baby.

Die Verantwortung für ein Kind zu übernehmen. Javier wusste es, aber er konnte nicht machen, oder vielleicht doch?

Am nächsten Tag landeten sie auf den Flughafen Ibiza. Der Flug war angenehm, keine Turbulenzen und Julia hatte auf dem Tablet, die Biene Maja geschaut.

Javier und Valeria standen schon in der Eingangshalle, wo die ersten Passagiere rauskamen.

„Hallo, hier sind wir," winkte Valeria aufregend und schon nahm man sich in die Arme.

Die vier hatten sich vor drei Jahren in Ibiza kennengelernt und sich sofort angefreundet.

Sie boten den beiden an, in ihrem Haus Urlaub zu machen, kostenlos.

Dafür würden sie gerne mal nach Deutschland kommen.

Bisher hatte es aber nur einmal funktioniert, dann wurde Julia schwanger.

Valeria kannte die Kleine nur vom Video, also Skype.

Sie hatte sich sofort in die Kleine verliebt.

Die lief ihr auch gleich in die Arme, als sie Valeria sah. Dann sah sie den großen Teddybär, dem Javier auf seinen Arm hatte. Der war fast größer als Sofia selbst.

Mit guter Laune fuhren sie zurück nach Sant Rafel.

Zu Hause bei Valeria und Javier gab es einen kleinen Imbiss. Das große Essen sollte es erst am Abend geben. Paella! Das hatten sie sich gewünscht und als Getränk sollte es Sangria geben.

Nach dem Essen fuhren alle zum Meer.

Sofia konnte es kaum abwarten, ins Wasser zu hüpfen.
Also machten sich die drei auf nach Sant Antoni de Portmany. Da fährt man nur fünfzehn Minuten hin.
Während die drei Deutschen im Meer planschten, hatte Javier etwas anderes zu tun. Er telefonierte mit jemanden, der alle seinen Probleme löste.
„han llegado. en una semana es el momento. Adios.
(Sie sind angekommen, in einer Woche ist es so weit, tschau.)

Lee versuchte nun Lasse zu finden. Er
hatte einen Rucksack auf, damit Lasse
sich eventuell umziehen konnte.
Dann wurde Lee am Arm gepackt.
Erschrocken sah er sich um. Eloisa war
es nur. Er atmete erleichtert auf.
„Hast du mich erschreckt." Er packte
sich ans Herz.
„Was machst du hier, du bist zu
leichtsinnig.
Wenn dich jemand hier findet, bist du
der nächste."
„Ich suche Lasse, weißt du, wo er ist?"
„Ja klar weiß ich es. Sie haben ihn den
Magen ausgepumpt. Er müsste jetzt auf
sein Zimmer sein."
„Dann bringe ihm die Sachen."
Er überreichte Eloisa den Rucksack.
„Vorsicht!" Lee nahm Eloisa am Arm
und zog sie hinter dem Schrank.
Auf dem Flur erschien der Graf mit
seinem Gefolge. Das heißt, ein Chefarzt
und zwei Krankenschwestern und zwei
Pfleger schwänzelten um ihn herum Der
Polizeichef mit einem anderen Mann,
wahrscheinlich der Übersetzter,
trottenden hinterher.

„Sie gehen in das Zimmer von Lasse,"
flüsterte Eloisa. Lee wurde weiß wie
eine Wand. Er konnte den Grafen nur
von hinten sehen und dann auch nur
den Kopf. Er trug einen Pferdeschwanz.
„Der sieht aus wie eine Frau," kicherten
beide. Dann kamen alle sehr schnell
wieder raus.
Der Arzt meinte auf Spanisch, er hätte
sich im Zimmer verirrt. Der Übersetzter
ging jetzt rückwärts vor dem Graf, um
ihn das zu übersetzten. Der nickte aber
nur mit seiner Sonnenbrille und sagte
nichts. Gerne hätte er nochmal die
Stimme gehört.
Würde ihm aber verwehrt.
Als sie im nächsten Zimmer waren,
stürzten sie in das Zimmer, wo Eloisa
Lasse vermutete, aber das Zimmer war
leer.
Lee schaute zu Eloisa und fragte: Ist das
nun gut oder schlecht?"
Sie zuckte mit den Schultern, weil sie
sich jetzt auch keinen Rat mehr wusste.
Eine Krankenschwester kam gerade.
Eloisa fragte sie auf Spanisch, wo den
der Patient von dem Zimmer sei. Dem

sei doch nur der Magen ausgepumpt worden.

Die Krankenschwester öffnete das Zimmer, tat erschrocken und lief an den Beiden vorbei zum Telefon, um dann Alarm zu schlagen.

Die Zwei machten, dass sie wegkamen. Sie gingen nach draußen, wo ganz aufgeregt Hanna ihnen entgegenkam.

„Wo verdammt ist Lasse?"

Sie kochte vor Wut.

Eloisa antwortete: „Wir wissen es nicht, auf seinen Zimmer ist er nicht mehr, der Magen wurde ihm wohl ausgepumpt. Jetzt ist er wie von Erdboden verschwunden."

Hanna sackte zusammen. Lee konnte sie gerade noch auffangen. Langsam kam sie wieder zu sich. „Wir müssen die Polizei benachrichtigen, sofort!" Hanna war nicht mehr zu halten. Lee beruhigte sie.

„Schon vergessen, der Polizeichef persönlich ist gerade da drin, weil er gesunden Menschen die Organe

rausnehmen lässt, damit er Geld
verdient."

*

Lasse verhielt sich ruhig, er versuchte
seinen Atem anzuhalten, als er Stimmen
hörte. Er verstand nicht, was sie
sprachen, denn er konnte keine
Spanisch, sowie sein Freund Lee. Als
Lasse aufwachte, war er an einem Tropf
angeschlossen.
Er entschied sich nicht zu warten und
machte sich auf den Weg in den Keller.
Hier lagen einige Personen, die wohl
Tod waren oder Hirntod. Die Körper
waren abgedeckt mit weißen Laken.
Trotzdem waren sie an einen Apparat
angeschlossen. Das kannte er noch aus
dem Camp, vor zwei Jahren. Damit hält
man die Organe fit, bis sie entnommen
werden können. Er hörte auf einem Mal
Stimmen. Schnell versteckte er sich
unter einem Laken, was gerade frei
geworden war.
Sie sprachen Spanisch und Deutsch.

Der Deutsche sagte: „Komm, lass uns wieder gehen."

Er kannte die Stimme, konnte sie aber nicht Zuordnen.

Als sie wieder verschwanden, stand er auf und schaute unter die Laken. Einer war übel zugerichtet, der hatte noch Klamotten an. Lasse zog ihm die Hose aus und das Hemd, zog es über und erbrach sich sofort.

„Dafür bin ich nicht geschaffen," jammerte er, dann verschwand er aus einer Hintertür.

Hanna sah ihn als erstes: „Lasse, Mensch, Lasse!" Sie lief ihm entgegen und umarmte ihn. „Schnell, wir müssen hier weg, rief er leise. Dann bei den anderen, zog er erst mal seine Kleidung an, die andere entsorgten sie in der nächsten Mülltonne. Dann liefen alle schnell in die Wohnung von Eloisa.

*M*ama & *P*apa

„Jetzt ist schon eine Woche vorbei von unseren schönen Urlaub," flüsterte Julia ihren Hannes ins Ohr.

„Die Kleine ist doch gerade mit Valeria beschäftigt, da könnten wir doch uns mal um uns kümmern." Dabei knapperte Hannes zärtlich am Ohr vor seiner Frau.

„Nein nicht," stöhnte sie mehr, meinte aber, es ist ein sehr gute Idee.

Er zog seiner Frau das luftige Kleid über den Kopf. Sie hatte mit Absicht vergessen, etwas darunter zu ziehen. Sofort erregte es Hannes.

Hastig zog er seinen Shorts aus. Dann lagen sie auch schon auf dem Bett und liebten sich, wie am ersten Tag.

*

Javier hatte alles vorbereitet. Das Boot würde in zwei Stunden am Treffpunkt sein.
Alle machten nämlich einen Ausflug mit einer großartigen Jacht. Sie würden gut essen und ein wenig trinken und sehr viel Spaß haben.

Als die zwei Verliebten fertig waren, gingen sie glücklich nach draußen.
Sofort schrie die kleine Sofia: „Mama, Papa, wir fahren gleich mit dem Dood."
Javier korrigierte sie und meinte: „Boot, du meinst Boot. Obwohl es eher eine Jacht ist.
Wir wollen draußen mal sehen, ob wir Meeresbewohner sehen."
Hannes war begeistert: „Das ist ja super, wann geht es los? So in einer Stunde."

„Soll ich Sofia nochmal für eine Stunde schlafen legen, nicht, dass sie später nichts mitbekommt, wenn es spannend wird und sie dann schläft," sagte Julia.
Javier antwortete:

„ich glaube, es lohnt nicht, wir können sie später in einer Kajüte legen, das ist kein Problem. Ich kenne den Besitzer."
„Dann ziehe mir aber noch etwas Schickes an und du, sie zeigte auf ihren Mann, solltest dir auch etwas sauberes anziehen."
Dann verschwanden sie wieder nach oben
Valeria guckte ihren Mann nachdenklich an.
Der nickte nur und dann nahm er sie in den Arm und flüsterte: „Alles wird gut."

Auf der Jacht war eine ausgelassene Stimmung Die Besatzung war sehr nett und Sofia durfte sogar die Jacht lenken, mit ein wenig Unterstützung.
Zur Begrüßung gab es eine Spezialität des Hauses. Aufgesetzter. Er war Blutrot und schmeckte wie ein Kräuterlikör.
Der Aufgesetzter war Pflicht, sonst müsse man am nächsten Hafen wieder vom Bord gehen.

Sie wurde nicht im Glas serviert,
sondern aus einer Bota – Trinkbeutel.
Der Beutel war aus Leder und hatte die
Form eines Vollhorns.
Erst durften die Gäste trinken, das heißt
Hannes und Julia. Dann war die Flasche
leider leer und eine neue Bota wurde
hergeholt. Julia verschluckte sich.
Hannes gab richtig an und trank einen
großzügigen Schluck. Julia lief es schon
an den Mundwinkel runter. Sie trag, bis
sie sich verschluckte. Alles jubelte.
Für Sofia hatten sie eine Kinder Bota mit
Saft. Sie fand es außerordentlich
spannend aus so einen Beutel zu
trinken. Sie durfte ihn behalten.
Sofia fand es außerordentlich spannend.
Trotzdem war sie müde. Aber nicht nur
sie war müde, auch Hannes und Julia
waren kaputt.
Sie sagte noch zu Hannes: „Ich bringe
Sofia jetzt ins Bett und lege mich kurz
dazu Schatz. Du hast mich heute
geschafft, aber es war sehr schön, so ein
Quicky."
„Ich bin auch platt, aber ich kann den
Leuten schlecht sagen, ich bin kaputt,
weil ich mit meiner Frau geschlafen

habe. Sie küsste ihn und sagte: „Ich liebe dich, du überragender Mann." Er erwiderte: Ich liebe dich, du bildschöne Frau und großartigen Mutter."
Dann ging sie mit Sofia in die Kajüte. Der Kleinen fielen schon die Augen zu vor Müdigkeit. Zwei Minuten später schliefen sie selig Arm in Arm.
Hannes hatte noch nicht genug und fragte nach dem kostbaren Zeug. Das wurde ihn prompt serviert und nicht nur der gute Aufgesetzter wurde in seinen Hals gespritzt, es war auch eine Menge Schlafmittel drin.
Valeria ging nach circa zwanzig Minuten in die Kajüte und nahm ihr die schlafende Sofia aus dem Arm.
„Komm her, Kind, jetzt hast du eine neue Mutti. Ich werde dich lieben, ich werde dich achten, Respektieren und immer für dich da sein……mein Kind………."

✶

Als sie wieder zu Hause waren, und
Sofia irgendwann fragte: „Wo ist Mama
und Papa?"
„Komm her mein Kind, ich muss dir jetzt
etwas sagen, du musst jetzt ganz stark
sein.
Mama und Papa sind in den Himmel
gestiegen und schauen dir zu von oben,
verstehst du?"
Die Kleine verstand nichts davon,
sondern fing laut an zu weinen………..

Freunde fürs Leben

Erleichtert saßen die Freunde
zusammen. Hanna hielt die Hand von
Lasse ganz doll fest. Man sah ihr die

Erleichterung an, dass ihm nichts Schlimmes passiert ist.

Lee erzählte den anderen, wie so ein Transport ablief, da er ja sehr gut Spanisch sprach und auch gut verstand.

„Es ist ganz eindeutig, dass der Polizeichef von Mallorca die ahnungslosen Person ranschaffen lässt, sie dann betäuben lässt, zum Krankenhaus fährt, sie unter den Code ‚Zur Verarbeitung' abliefert und einen Umschlag mit sehr viel Geld bekommt. Zur Polizei brauchen wir also schon mal nicht gehen."

Lasse setzte das Gespräch mit den Worten fort: „Das würde alles passen. Als ich wieder das Bewusstsein hatte und in den Keller ging, sah ich mehrere Leute, teilweise schon ausgenommen, sorry, aber so ist es, teilweise noch an Geräten angeschlossen sind, aber demnächst zur Verarbeitung zur Verfügung stehen.

Ich habe das dumpfe Gefühl, das dieser Graf hinter der Sache steckt. So, wie die alle strammstehen, wenn er erscheint. Weiß jemand etwas über diesen Grafen?"

Lasse schaute in die Runde.

Lee antwortete, er trug einen beigen Anzug, weiße Schuhe und er hatte schwarze Haare, die zum Zopf zusammengebunden waren.

Leider trug er eine Sonnenbrille, so dass man seine Gesicht nicht erkennen konnte.

Als er einen Satz sprach, meinte ich, diese Stimme schon mal irgendwo gehört zu haben, aber ich bin mir sicher, dass das ein Wunschdenken war."

„Ging mir genauso," gab Lasse seinen Senf dazu.

Max meldete sich: „Ich bin der Meinung, dass wir den Grafen auswendig machen müssen. Ich würde mich gerne umhören, aber mein Spanisch ist ziemlich bescheiden."

Eloisa winkte dazwischen: „Das kann ich übernehmen, wenn ihr möchtet. Zufälliger weise kann ich Spanisch," dabei lachte sie herzhaft, was Max zum Träumen brachte.

Lee übernahm wieder das Wort: Eloisa,
es ist gefährlich. Du weißt, dass der
Polizeichef etwas von dir will."
„Aber nur über ihn kommen wir an
Daten. Vielleicht hat er etwas auf dem
Schreibtisch, was uns weiterhelfen
kann."
Lasse: „Das ist richtig gut, weil sonst
schwimmen wir alle nur hilflos auf dem
offenen Meer."
Max meinte: „Was kann ich tun?"
Lasse antwortete:

„Gehe zur Botschaft und hole dir erst
einmal Ersatzpapiere und so nebenbei
fragst du mal nach einen Grafen hier auf
Mallorca." Max nickte.
Lee fiel etwas ein: „Als der Graf
angekündigt wurde, waren alle ganz
hektisch und sie haben von einer Jacht
geredet. Ich höre mich mal um,
vielleicht bekomme ich etwas raus."
„Hanna ergänzte: „Ich werde Lasse
keinen Augenblick mehr allein lassen
und das Krankenhaus und die
Gepflogenheiten zu kennen, ok,
Liebling?" Verliebt schaute sie zu ihm
rauf. Er sah jetzt schon etwas anders

aus, seitdem er seinen Zopf nicht mehr
hatte.

Im Camp damals war es keine Problem,
aber seit er wieder im Dienst ist, musste
er sich von seinem Zopf trennen.
Trotzdem tat es seinem Aussehen
keinen Abbruch.

Als alle Bescheid wussten, was zu tun
ist, gingen alle zum Essen. Eloisas Omi
hatte für alle Paella gemacht. Sie freute
sich, dass endlich mal etwas los in ihrem
Leben.

Hungrig langten alle zu.

 Kanada

Samira und Torsten sind seit zwei Jahren
fest zusammen. In diesem Jahr sollte
eigentlich Hochzeit sein, aber Torsten
wird erst in diesem Monat geschieden.

Dazu muss er nach Deutschland reisen und nimmt seine Samira mit, um bei den Freunden danach ein Wiedersehen zu feiern.

Heute Abend hatte sich ein Skype Anruf von Hanna angekündigt. Sie warteten gespannt und wollten ihnen die Neuigkeiten überbringen zeitnah nach Deutschland zu kommen.

Um 12:00 Uhr mittags, die Praxis hatte gerade Pause, klingelte es.

Auf dem Bildschirm waren, Hanna, Lasse und Lee zu sehen. Bei denen in Spanien war es 21:00 Uhr. Auf der anderen Seite, also in Kanada, warteten gespannt Thorsten und Samira.

Ein herzliches Hallo und eine Freude waren auf beiden Seiten.

Nachdem man Höflichkeiten ausgetauscht hatte, meinte Thorsten: „meine Scheidung von meiner damaligen Frau ist in einer Woche. Ich wollte Samira mitnehmen und wir wollten Fragen, ob ihr einen Unterschlumpf für uns habt, oder sollen wir uns ein Hotel nehmen?"

„Nonsens, meine Hanna, ihr könnt immer bei uns übernachten, aber wir sind gar nicht da. Lasse, Lee und ich sind zurzeit auf Mallorca."

„Oh, macht ihr Urlaub? Das wussten wir gar nicht," zwitscherte Samira dazwischen.

„Nein, leider nicht, wir haben einen Anruf bekommen wegen Organraub und sind auch schon ein paar Tage hier. Das Gesagte hat sich leider bestätigt," erklärte Hanna weiter.

Samira wurde weiß wie eine Wand und stammelte: „Viktor?"

„Blödsinn, Viktor ist Tod, schon vergessen?"

Torsten beruhigte sie sofort.

Dann kam Lee in den Vordergrund des Bildes: „Nein, wir glauben, dass ein Graf dahintersteckt. Wir kommen im Moment nicht weiter mit unseren Ermittlungen.

Torsten, du hast doch so gute und hilfreiche Kontakte, vielleicht kannst du ja was auswendig machen. Hier auf Mallorca steckt der Polizeichef dahinter."

„Das ist ja ein Annatoback, die Leute
schrecken auch vor nichts zurück.

Meint ihr, dass es sich um
Trittbrettfahrer von der damaligen
Situation handelt?"
Torsten wurde nervös, weil Samira
neben ihm völlig verstummte.
Jetzt kam Lasse in den Vordergrund.
„Nein, glaube ich nicht. Ich denke mal,
dass es Organraub auch in anderen
Ländern gibt, nicht nur in Deutschland.
Nur, wir bekommen das nicht mit.
Wir müssen denen einen Riegel
vorschieben. Aber vielleicht hast du ja
mehr Glück und bekommst irgend etwas
raus, was mit einem Grafen zu tun hat.
Er trägt wohl immer einen hellen Anzug,
aber leger und hat längere Haare zum
Zopf gebunden, so wie ich mal früher.
Vielleicht hat er auch ein Boot, oder
eine Jacht."
„Gut, ich melde mich in zwei Tagen
nochmal. Macht es denn Sinn, Samira
mit nach Deutschland zu nehmen?"
Torsten sah sie an. „Natürlich helfe ich
auch mit. Ich bin nicht aus Zucker."

Alle lachten und sie beendeten vorerst das Skype- Gespräch.

Torsten machte sich sofort dran, seine Berufskollegen anzuschreiben, ob irgendwer etwas gehört hätte, was anders ist als sonst. Oder ob Personen vermisst werden. Ob sie schon mal, was von einen Grafen gehört hätten und so weiter.

„Wenn Max sein Ersatzvisum hat, müsste ich erst einmal zurück nach Deutschland. Ich habe nicht ewig Urlaub," meinte Lasse.

„Dann kann Max zu Hause zur Polizei gehen und zumindest erzählen, dass seine Kumpels verschollen sind," gab Lee noch seinen Senf dazu.

„Gute Idee. Ich bleibe hier mit Lee. Wir halten die Stellung und versuchen hier etwas rauszubekommen," ergänzte Hanna.

„Das passt mir aber gar nicht." Lasse legte seinen Arm um Hanna und gab ihr auf der Stirn einen Kuss.

„Wir können Eloisa nicht allein hier lassen mit dem Polizeichef," gab Max noch dazu.

„In spätestens einer Woche bin ich wieder da und ich bringe Verstärkung mit. Ich werde mit meinen Boss darüber reden," versicherte Lasse. Dann tranken noch alle Sangria und es wurde wieder heiß diskutiert.

*T*ürkei

„Ne, ich habe keinen Bock mit meinen Eltern in den Urlaub zu fliegen. Ich will mit meinen Kumpels lieber nach Ibiza," maulte der
16-jährige Lennard. „Das ist voll öde!"
„Ich dachte, du wolltest Designer Klamotten kaufen, die sind in der Türkei eben günstiger," versuchte seine Mutter Jutta ihn zu besänftigen.
„Lass ihn doch, wenn er keine Lust hat. In seinem Alter hatte ich auch keine Lust mehr mit meinen Eltern irgendwo

hinzufliegen," gab Freddy, sein Vater seinen Beitrag dazu.

„Siehste, Papa sagt das auch."

„Keine Wiederrede, das kannst du machen, wenn du achtzehn bist. Du kommst mit und damit basta!" Seine Mutter war die Rigorose.

Der Vater versuchte zwar sich durchzusetzen, aber nach ein paar Sätzen gab er sich geschlagen.

Wutentbrannt stürzte Lennard nach oben in sein Zimmer und schlug die Tür zu.

„Lenny!"

Seine Eltern nannten ihn wie seinen Freunde Lenny.

Er fand es zwar zu verniedlich, aber er hatte sich dran gewöhnt.

Jetzt musste er erst einmal seinen Jungs absagen. Die saßen gerade zusammen und tranken ein Bierchen. Ein Gelächter, dass er ein Muttersöhnchen sei, blieb nicht aus.

Deprimiert legte er auf.

‚Immer muss ich der Blöde sein, dachte er.

*Warum kann ich nicht mit Thiemo,
Pascal und Olli nach Ibiza. So eine
Scheiße.'*
Er schmiss sein Handy in eine Ecke,
leider hatte es zu viel Geschwindigkeit
und es landete gegen eine Wand. Es
splitterte.
Das Handy hatte einen richtigen großen
Riss auf der Frontseite.
„Scheiße!" Er schrie so laut, dass sein
Vater ins Zimmer stürmte.
„Was ist los?" Er sah seinen Sohn mit
Tränen in den Augen, das hatte er bei
ihm noch nie gesehen.
„Was los ist? Das ist los." Er zeigte
seinen Vater sein Handy.
„Ach du armes Elend, wie hast du denn
das hinbekommen?"
„Es ist mir vom Schreibtisch gerutscht,
„log er.
„Weißt du was, das Handy war eh schon
veraltet. Ich kaufe dir ein neues Hand,
wenn du mit in die Türkei fliegst."
Dann nahm er seinen Sohn einfach in
den Arm. Er durfte das. Mit seinem
Vater verstand sich Lenny auch besser.
Der konnte ihn wenigstens verstehen.

„Aber das erzählen wir deiner Mutter lieber nicht, gell?" Dabei lachte Freddy und auch Lenny hatte wieder Lust, ein kurzes Lächeln zu zeigen.

Am Flughafen Antalya angekommen, wurden sie von einem freundlich Herrn mit dem Namen Selim abgeholt. Er konnte gut Deutsch, weil er mal in Deutschland gelebt hatte und einen Deutschkurs machen musste. Die zweite Person, die im Auto auf uns warteten, hieß Cam, der Fahrer, der nur Türkisch sprach.
Danach gab es eine ewig lange Strecke zu fahren, von circa zwei Stunden in die Nähe von Incekum.
So hatte man uns das gesagt.
Der Fahrer telefonierte mit einem Handy am Ohr, was in Deutschland nun gar nicht geht und wollte einen Tarkan sprechen. Als er dran war, der sprach so laut, sagte unser Fahrer nur:

„Islemek icin!" (Zur Verarbeitung)
Nach etwas über eine Stunde Fahrt,
stoppte der Wagen. Es gab eine
Sperrung.
Vermummte türkische Männer, die Tarn
Kleidung trugen, ihr Köpfe in Tüchern
gewickelt hatten und man nur die
Augen sah.
„Cool, wie im Krieg," witzelte Lenny.
„Sei ruhig," herrschte ihn seine Mutter
an.
Die Straße war etwas abgelegen. Links
und rechts der Straße waren nur Büsche
und Wälder.
Ein Typ kam mit einem
Maschinengewehr auf das Auto zu. Er
starrte nach hinten und sah drei
Deutsche. Er grinste.
„Aussteigen," sagte er auf Türkisch, was
der Übersetzer, der auf dem
Beifahrersitz saß, genüsslich weitergab.
Alle stiegen aus. Als Freddy so dastand
mit erhobenen Händen, konnte seine
Frau sehen, dass sich ihr Mann in die
Hose macht.
„Mein Gott, was bist du für eine
Memme, steh doch mal deinen Mann."

Der nette Mann mit dem
Maschinengewehr wollte sofort die
Übersetzung.
Lenny ging es auch nicht besser. Er
nestelte an seinem Hosenstall und ging
einfach ein paar Schritte zum
Straßenrand und fing seelenruhig an zu
pinkeln.
Die anderen Männer grinsten.
Als der Übersetzer allerdings das
Übersetzt hatte, was Jutta ihren Mann
gesagt hatte, ging er einen Schritt auf
die Frau zu und zog ihr den
Gewehrkolben durchs Gesicht.
Blutüberströmt sackte sie zusammen.
Lenny erkannte die Situation sofort und
fing an zu rennen, mit offener Hose
wohlgemerkt. Durch das Geschehende
wurde es unruhig in der Gruppe.
Ihr Ehemann ging sofort auf dem Mann
zu, der seiner Frau geschlagen hatte und
schüttelte ihn einfach.
Der lachte aber nur.
Einer von den vieren Männer ermahnte
zu Vernunft und ein anderer winkte
aufgeregt, das einer entwischt ist.

Zwei nahmen die Verfolgung auf. Die anderen schafften das Ehepaar mit verbundenen Händen in ihr Wagen.

Freddy fragte Selim. „Wohin bringen die uns?"

„Ich weiß es nicht.

„Die Frau wischte mit einem Taschentuch ihr Blut aus dem Gesicht.

„Fragen sie ihm, was mit Lenny passiert, wenn sie ihn finden?"

Er fragte nach. Die Antwort war nicht so schön.

„Sie werden ihn erschießen."

Die Eltern weinten leise vor sich hin.

Jutta machte sich Vorwürfe: ‚*Warum wollte ich auch unbedingt in die Türkei, warum habe ich nicht wenigstens Lenny nach seinen geliebten Ibiza gelassen.*

*D*etektei Holzmann

„Detektei Holzmann, sie sprechen mit Gabriel Holzmann. Welchen Auftrag kann ich für sie entgegennehmen.
„Reden sie keinen Unsinn, hier spricht der Graf, sagen sie mir lieber, ob sie endlich etwas über meine Frau gefunden haben?"
„Lieber Herr Graf, es gibt diese Person einfach nicht in Deutschland. Ich habe alles veranlasst.
Aber einen guten Ratschlag habe ich für sie: Sie sollten nicht die Asche anbeten, sondern ein neues Feuer entfachen, gell?"
„Sie können mich am Arsch lecken. Sie sind entlassen und Geld bekommen sie auch keins mehr!" Damit knallte der

Graf den Hörer auf die Gabel, mit den Worten:
„Ich kriege dich, du Miststück, darauf kannst du dich verlassen!"
Er seinen Kapitän und einen Vertrauten und sagte: „Ich brauche eine neue Party und viele Frauen!"
„Sehr wohl Herr Graf."

*L*ennard

Lenny rannte um sein Leben, sein Glied schleuderte immer noch hin und her aus seiner Hose. Schüsse fielen. Lenny hatte Angst, aber so richtig. Jetzt zahlte sich

das aus, dass er im Sport immer so gut war. Laufen war seine Leidenschaft, neben Zocken natürlich.
Aber beim Laufen konnte er denken. Er hatte da auch ein großes Vorbild, Joey Kelly.
Der gab auch nie auf, auch wenn er Schmerzen hatte, immer weiter und weiter. Er wurde immer schneller, weil ihm die Kraft des Glaubens half.
Er blieb kurz stehen, um zu hören, ob er seine Verfolger abgehängt hatte. Dabei versteckt er sein Glied wieder in die Hose und schloss sie. Es war ruhig. Trotzdem lief er noch weiter in den tiefen Wald hinein.

Die Männer kehrten zurück und zuckten die Schultern. Freddy sah, dass sie seinen Jungen nicht eingeholt hatten, er grinste zufrieden.
Die zwei, die sie abholten, erhielten ein Kuvert. Sie schauten rein und nickten zufrieden. Dann nahm er einen Umschlag wieder zurück und entnahm Geld. Daraufhin wütete Selim. Freddy

dachte, weil der Junge entkommen ist und jetzt eine Gefahr für sie bedeutet.

Die Mutter wischte immer noch Blut aus ihrem Gesicht. „Meinst du, Lenny kann Hilfe holen," flüsterte sie zu ihrem Mann.

Schon wurden sie angeschnauzt, sie sollen ruhig sein, sonst….

Einer hob wieder seinen Gewehrkolben. Schon verstummte das Gespräch.

Dann fuhren sie los. Die Augen wurden ihnen verbunden, so dass sie gar nichts sehen konnten. Nach einer Zeit hielt der Wagen und sie wurden aus dem Auto gezerrt. Als ihm die Augenbinden abgenommen wurden, stand ein Arzt vor ihnen. Freddy drehte sich um. Die Männer waren weg, alle.

Jutta fing an zu weinen, und schrie: „Polizei, schnell, wir sind überfallen worden. Hören sie, Polizei." Aber der Arzt nahm sie und untersuchte ihre Verletzung am Kopf.

Eine Krankenschwester kam und nahm sie mit in ein sauberes Zimmer. Beiden wurden ein Zugang gelegt und eine Infusion tropfte beruhigt durch ihre Vene.

Beide beruhigten sich und schliefen
einen Augenblick später ein.

*

Lenny hörte nach circa zwei Stunden auf
zu laufen. Der erste Mal setzte er sich
hin auf einen Baumstumpf. Was sollte er
jetzt machen. Was ist mit seinen Eltern
passiert?
Er ließ seinen Tränen freien Lauf.
Er ging immer weiter, und weiter, bis er
eine Straße hörte.
„Autos, hier fahren Autos," sagte er
überraschend.
Er stellte sich am Straßenrand und hielt
seinen Daumen raus. Lenny musste
sehen, dass er in irgendeine Stadt kam
und dort zur Polizei gehen.
Nach dreißig Minuten hielt ein Auto an
und er fragte nach der nächsten Stadt.
„Incekum," kam zur Antwort. Er durfte
sich nach hinten setzten auf die
Ladefläche. Aber das war Ihm völlig egal.
Hauptsache weg.

Gabriel

„Was denkt er, wer er ist, der Graf, dass ich nicht lache. Der ist doch nicht dicht in der Birne. Mir mein Geld vorenthalten.
Was weiß ich denn, wo diese Schnepfe sich aufhält.
Ich werde zurückschlagen, mein feiner Herr. Mal sehen, ob sie dann immer noch der Star sind, Herr Graf."
So langsam beruhigt sich er sich wieder. Gabriel war Mitte fünfzig und er hatte volles graues Haar. Einen Bauchansatz hatte er, was aber seiner sonst sportlichen Figur keinen Abriss tat. Er sah gut aus und das wusste er. Die Detektei hatte er vor 26 Jahren von seinem Vater geerbt und die Tradition wurde so fortgeführt. Das

Aushängeschild der Detektei war der Erfolg.

Die stand bei 92 %. Deshalb konnte er auch gute Preise verlangen.

Gabriel hatte sieben Angestellte, darunter zwei Frauen und einen jungen Burschen von gerade mal 18 Jahren. Die vier Männer waren alle zwischen 35 Jahren und 52 Jahren. Die Mädels sind 27 und 31 Jahre. Man wusste nie, was verlangt wurde.

Oft waren es eifersüchtige Männer oder Frauen, die ihre Ehepartner beschatten ließen oder ein Treuetest zu unterziehen.

Vermisste Personen waren auch dabei, wie zum Beispiel die Ehefrau des Grafen. Ich glaube, wenn er die zwischen die Finger bekommen hätte, wäre von der Frau nicht mehr viel übriggeblieben. Vielleicht war es auch gut so, dass sie unauffindbar war.

Das Telefon klingelte, er nahm ab: „Detektei Holzmann, sie sprechen mit Gabriel Holzmann, was kann ich für sie tun, welchen Fall darf ich für sie erledigen."

„Ja schönen guten Tag, mein Name ist Hanna König, ich würde sie gerne treffen.

Wie soll ich sagen, ich hätte da einen großen Auftrag für sie. Ich komme in drei Tagen in Deutschland wieder an und würde sie am Freitag um 17:00 Uhr treffen. Geht es in dem Institut „Torben von Antorf," in der Geradenstrasse 7.

„Ja, das Institut kenne ich, super, ich werde persönlich da sein Frau König, ich freue mich, sie endlich einmal persönlich kennen zu lernen!" Hanna konnte mit dem Kompliment nicht viel anfangen und beendete das Gespräch freundlich mit dem Hinweis auf Freitag. Als Gabriel auflegte, grinste er. ‚*Institut Torben von Antorf. Das stand damals alles in den Zeitungen. Die Berichte schrieb alle Hanna König. Vielleicht schreibt sie auch was von mir und unserer Detektei, das wäre großartig.*‘

*L*ennard

Als Lenny endlich in der Stadt ankam,
ging er erst einmal zu einem Brunnen,
um sich frisch zu machen. Er war völlig
fertig. Die Haare klebten fettig an
seinem Kopf und er stank nach Schweiß.
Er durchsuchte seine Hosentaschen. Das
Handy, was diesen Riesensprung im Glas
hatte, drei kleine Geldscheine und ein
bisschen Kleingeld. In der Gesäßtasche
hatte er noch seinen Ausweis und ein
Präservativ, man weiß ja nie
Auf dem Handy konnte er nicht
erkennen, wieviel Ladekapazität noch
drauf war.
Der Sprung nahm ihn die Sicht, leider.
In der Türkei sind Klamotten
supergünstig. Also holte er sich ein T-
Shirt und eine Bermudahose. Seine
Turnschuhe ließ er an. Die hatte ihm
beim Laufen gute Dienste erwiesen. Als
er die neuen Klamotten gleich anbehielt,
fühlte er sich schon sauberer. Dann

holte er sich eine Kleinigkeit zum Essen und zu Trinken. Eine große Flasche eiskaltes Wasser.

Als er alles erledigt hatte, wollte er zur Polizei. Er suchte nach Hinweisschildern. Er sah ein rotes Kreuz. Er dachte nach: ‚Vielleicht sind seine Eltern ja im Krankenhaus. Aber wieso sollten die Entführer seine Eltern da hinbringen.'

Seine Mutter war verletzt, das bekam er noch mit.

Er entschied sich gegen das Krankenhaus und fragte mit Händen und Füssen sich zur Polizei durchzufragen. Nach über eine Stunde Laufzeit war er da.

Nun hatte er das nächste Problem. Die sprachen nur Türkisch, er leider nicht. Er versuchte es mit Englisch. Und wieder setzte er Arme und Beine ein. Zwei Polizisten tuschelten und sahen ihn komisch an. Er spürte, dass sie ihn nicht glaubten. Sie meinten, er solle morgen wiederkommen, da hätten sie einen Dolmetscher.

Resigniert verließ er wieder das Polizeirevier.

Er dachte: *‚Die können schon über alle Berge sein. Was wollen die bloß von uns. Sie hätten doch das Geld nehmen können und Tschüsikowski.'*

Er schüttelte den Kopf. Wieder kam ihn das rote Kreuz über den Weg. Diesmal folgte er dem Kreuz und tatsächlich machte sich ein Krankenhaus vor ihm auf.

Er betrat es und unten am Empfang fragte er auf Englisch die Dame nach seinen Eltern.

Sie schaute nach und dann telefonierte sie und hielt ihre Hand an der Muschel.

Sie sprach türkisch, dass hätte sie sich auch sparen können.

Dann sagte sie: „One moment please."
(Einen Moment bitte)

Also setzte sich Lenny in den Wartebereich und wartete.

Dann kam ein Mann, der aussah wie ein Doktor. Er kam freundlich auf ihn zu und begrüßte ihn herzlich, fast wie alte Freunde.

Lenny fragte, ob seine Eltern evtl. hier seien.

Der Arzt stellte sich kurz vor, was Lenny innerhalb von Sekunden wieder vergas.

Er bat ihn mit in sein
Besprechungszimmer.
Dort überreichte er den Jungen einen
Organspenderausweis, den er
unterschreiben sollte.
Er verstand nichts. Rein gar nichts.
Der Arzt sprach im gebrochenen
Deutsch: „Ihre Eltern tot, sie einen
Organspenderausweis, er
unterschreiben und gut ist."
Lenny starrte diesen Mensch an: „Nix
Gut, meine Eltern sind tot?"
Der Arzt nickte eifrig und er hatte ein
Strahlend im Gesicht. Endlich hatte der
Deutsche ihn verstanden. Dann nahm er
seinen Kuli und gab ihn Lenny.
Er zeigte auf dem Papier.
Wie benommen überschaute Lenny
dieses Stück Papier. Er dachte: ‚*Das ist
alles, was von seinen Eltern
übriggeblieben ist?*‘
Wie im Trance unterschrieb er das Stück
Papier.
Er fragte, ob er seine Eltern nochmal
sehen kann. Der Arzt nickte eifrig und
ging voraus.

Er betrat ein Zimmer. Seine Eltern lagen beide da drinnen. Sie waren an Maschinen angeschlossen.
Der Arzt zeigt mit seiner Hand fünf Minuten an. Dann schloss er die Tür von außen.
Lenny stand mutterseelenallein in diesem Zimmer mit seinen Eltern. Beide Tod.
Unsicher fing er an zu sprechen.
„Ja, hallo, ich bin es, euer Sohn Lennard….. Tränen liefen sein Gesicht runter.
Ich möchte mich bei euch endschuldigen. Ich war nicht der Sohn, den ihr immer haben wolltet und heute tut es mir leid., wirklich leid.
Mutter, ähm, Mama. Du warst sehr streng, aber ich denke, dass du es gut gemeint hast, allerdings hättest du dir diese Reise schenken können. Wenn du das nicht gewollte hättest……. Sorry, es ist mit mir durchgegangen. Du hast es nur gut gemeint.
Papa, mein Freund und Verbündeter, du schultest mir noch ein Handy, vergessen?" Er lachte ein wenig, oder war es Verzweiflung?

„Du warst der beste Papa der Welt und wisst ihr was?

Ich habe euren letzten Wunsch erfüllt und eure Organe für andere freigegeben, so wie ihr es wolltet. Aber einst kann ich euch versprechen, ich werde euch rächen, versprochen. Ich hole meine Kumpels her und dann………….

Er weinte hemmungslos und bemerkte die Krankenschwester nicht, die reinkam. Sie legte eine Hand auf die Schulter von Lenny.

Er drehte sich um und schaute in tiefschwarze Augen. Ihr Kopf war verhüllt in einem Tuch.

Sie lächelte und sagte etwas, was Lenny nicht verstand.

Sie zog ihn raus aus dem Zimmer. Dann ging sie wieder rein und verschloss die Tür.

Er setzte sich draußen im Flur hin und wartete. Er wusste nicht auf was, aber er wartete.

Er sah durch einen Schleier, wie seine Mutter an ihm vorbeigefahren wurde. Irgendwann legte er sich auf die Bank im Flur und schlief ein.

Stunden später weckte ihn dieses
Mädchen.
Er sah sie verschwommen an.
„Komm, sagte sie auf Deutsch. Sie nahm
ihn an die Hand und beide
verschwanden aus dem Krankenhaus.

*I*nstitut Torben Antorf

 Pünktlich am Freitag um 17:00 Uhr
betrat Gabriel das Institut Torben
Antorf.
Er hatte damals alles darüber gelesen
und war geschockt, dass es so etwas
mitten in Deutschland gab. Er war sogar
ein wenig nervös. Es gab einen kleinen
Empfangstresen, nichts Großes, aber
immerhin. Eine Frau saß dahinter.

„Guten Tag, sie sprechen mit Zoey, was kann ich für sie tun?"

Sein Blick wanderte zu der jungen hübschen Asiatin. „Guten Tag, mein Name ist Gabriel Holzmann, ich habe einen Termin mit Hanna König."

Zoey schaute in ihr Terminplaner.

„Die Detektei?"

Er nickte. Dann nahm sie den Hörer ab und sagte kurz Bescheid.

Zoey stand auf und gab ihm die Hand. Wir duzen uns hier alle, ich bin Zoey, kommen sie bitte."

Sie ging vor, eine Treppe nach oben. Dort öffnete sie eine Tür in eine Art Konferenzraum, nur viel gemütlicher. Es waren viele Grünpflanzen zu sehen. Ein großen Aquarium war mit sehr vielen schönen bunten Fischen ausgestattet.

Es gab keine Stühle, sondern Sessel mit Lehne im weichem Leder. Der große Tisch muss ein Unikat sein. Der wurde aus einem Baumstamm gezaubert und sah ziemlich wuchtig aus.

In der Mitte standen verschiedene Getränke und Kekse. Ein bunter

Frühlingsstrauß gab dem Tisch das besondere Ambiente.

„Einen Augenblick bitte, es geht sofort weiter. Dann verschwand sie wieder.

Sie lief nach unten, sagte allen Bescheid, schloss die Tür und ging dann wieder die Treppe herauf.

Sie klopfte an der Tür von Hanna und nickte. Sie stand sofort auf und ging in den Konferenzraum.

„Schönen guten Tag, ich bin Hanna, wir haben telefoniert."

„Ja, guten Tag auch, ich bin Gabriel von der Detektei Holzmann.

Endlich lerne ich sie mal persönlich kennen, es ist mir eine große Ehre. Ich habe alles darüber gelesen, was sie geschrieben haben Hanna." Wir können uns gerne duzen Gabriel."

„Sehr gerne, ich bin Gabriel, aber das wissen sie, äh du ja schon."

Hanna merkte seine Nervosität.

Einen Augenblick später kam Lee, der mit Hanna heute zurückkam von Malle, Lasse, der Polizist, und Zoey, die nette Empfangsdame.

Zwei sollen wohl noch kommen.

Alle stellten sich vor.

Nachdem die Verschwiegenheitsklausel und das finanzielle unterschrieben war, fing
Hanna an, zu erzählen, von Mallorca, dass Männer einfach verschwinden und nicht wieder auftauchen. Ein Mann konnte fliehen. Der bekam mit, dass es sich um Organraub im großen Stil handelt. In Mallorca ist sogar der Polizeichef mit verwickelt." Lasse unterbrach Hanna:

„Ja nicht nur Männer, sondern auch zwei Mädchen werden vermisst. Ihre Spur verlief sich in Portugal. Dann wird eine ganze Familie mit Kleinkind vermisst. Die Mutter macht sich große Sorgen, dass etwas passiert sei.
Es gib Flüge hin, aber nicht mehr zurück. Wir haben es mit mehren Ländern zu tun.
Gestern rief ein Großvater an. Sein Enkel hätte ihm erzählt, dass er und seine Eltern in der Türkei überfallen worden sind und er konnte fliehen.
Seine Eltern sind Tod und er musste eine Unterschrift leisten, damit seinen Eltern die Organe entnommen werden

dürfen. Er war so durcheinander, dass er es einfach tat."

Hanna weiter: „Wir glauben, dass es da jemanden gibt,

oder eine Organisation und an der Spitzte muss es wohl einen Grafen geben." Bei Gabriel zog sich alles zusammen.

‚Was soll ich jetzt machen? Soll ich sagen, ach ja, den kenne ich. Dann sage ich hier alles und bin mein Job schneller wieder los, als ich es mir wünsche. So schreibt Hanna nie einen Artikel über mich.‘

Deshalb sagte er erstaunt: „Einen Grafen? Einen echten Grafen?"

„Das wissen wir nicht so genau. Er trägt einen Pferdeschwanz, und die Haare sind schwarz. Dann trägt er einen beigen Anzug und immer eine Sonnenbrille. Er soll wohl auch eine Jacht haben." Hanna schaute Gabriel erwartungsvoll an.

Der dachte sich: *‚Das ist er, das ist mein Graf, der mich gerade entlassen hat, weil ich seine Schnepfe nicht gefunden habe.‘*

Es klopfte und Torsten kam mit Samira
herein. „Hallo, alle zusammen,
entschuldigt die Verspätung, aber wir
konnten wirklich nicht schneller."
Ein gut durchtrainierter Mann trat in
den Raum und eine Schönheit folgte ihn.
Gabriel stockte der Atem.
*‚Das Gesicht sah genauso aus, wie auf
dem Bild, was der Graf ihn geschickt
hatte. Nein, das kann doch kein Zufall
sein.*
*Sie sah ein wenig verändert aus, aber ja,
das könnte sie sein.‘*
Nach einem kurzem Hallo zusammen,
kamen sie wieder auf dem Punkt.
Torsten kam zu Wort:
„Also, es gibt tatsächlich einen Grafen.
Wie der jetzt richtig heißt, weiß keiner.
Er besitzt eine Jacht mit dem Namen
Zakk. Es finden immer wieder Party
darauf statt.
Was rausgefunden worden war, ist, dass
Organe gebraucht werden, mehr als
zuvor.

Durch den Hulk, der damals entstanden
ist, wurden erst vielen Leute darauf
aufmerksam darauf, dass sie teure

Organe kaufen können, wie Ersatzteile bei einem Auto.

Organe, werden entnommen und verschickt. Entweder mit einem Hubschrauber oder einen Jet, die immer bereitstehen. Der Graf entscheidet über Leben und Tod. 20.000 Euro pro Kopf gib es.

Das ist eine Menge Geld.

Die Ärzte und Schwestern arbeiten für solche Organisationen, ohne dass sie es ahnen.

Die Nieren werden verpackt in Kühlboxen, angepasst an portablen Perfektion Apparate. Die spülen Blut durch das Gewebe, damit es nicht abstirbt.

Lungen halten so acht Stunden, Leber zwölf Stunden, Herz achtzehn Stunden und Nieren sogar vier bis fünf Tage.

Man bringt den Spender zum Empfänger, oder den Empfänger zum Spender. Ein Mensch ist für den Grafen nur ein Ersatzteillager, unbezahlbar.

Aber das ist noch nicht alles. Man kommt nicht an ihn ran. Mächtige Menschen legen Ihre Hände für ihn ins Feuer. Hohe Tiere, sogar Staatsanwälte

hat er in der Hand, weil er den einen
oder anderen eine Niere oder Herz oder
einfach nur ein Leben geschenkt hat.
Es sind ja nicht nur die normalen Organe
verwendbar, sondern auch; Galle,
Sehnen, Haut, Gefäße Knochen, völlig
egal. Die Nachfrage übersteigt bei
weitem das Angebot."
Alle waren stumm geworden.
Gabriel stand kurz auf. Ihm war schlecht
geworden.
Er rannte zur Toilette und übergab sich.
Dann sagte er sich immer wieder: „Was
habe ich getan, was habe ich getan? Ich
habe einen Mörder geholfen. Ich kann
mich ebenso selbst der Polizei stellen.
Was mach ich denn jetzt nur?" Es
klopfte an der Tür.
Lasse hatte mitbekommen, dass es ihm
nicht gut ging.
Er kam raus und wischte sich den Mund
ab.
„Geht's wieder?"
Gabriel nickte und ging zum
Waschbecken, um sein Mund
auszuspülen.
Dann gingen beide wieder zurück.
Hanna übernahm das Wort:

„Wie gehen wir jetzt vor? Gabriel, du sucht den Grafen und bekommst alles raus, was du kriegen kannst, vor allem den richtigen Namen. Wenn du irgend etwas hast, sofort melden, egal bei wem, okay?"

Da sich Gabriel nicht so wohl fühlte, verabschiedete er sich danach auch gleich bei allen und versprach, sein Bestes zu geben. Die anderen blieben zurück.

Lee meinte:

„Wie in alten Zeiten, nur wir haben keine alte Eiche, um unseren Plan, wie es weiter gehen soll, fortzuführen."

Dann holte Hanna erst einmal eine Flasche Sekt und es wurde auf die zwei Kanadier angestoßen.

Sant Rafel

Valeria und Javier waren glücklich.
Endlich hatten sie auch ein kleinen
Mädchen. Sie hatten alles versucht ein
Kind zu bekommen, aber bei beiden
hatte es nicht funktioniert. Javier hatte
gar keinen andere Chance, als die Eltern
wegzuschaffen. Sie hätten es nie
eingewilligt, ihnen Sofia so zu
überlassen. Außerdem hatte er noch pro
Kopf 10.000 Euro bekommen. Valeria
ahnte etwas, sagte aber nichts dazu.
Man muss heute auch sehen, wo man
bleibt.
Aber die kleine Sofia fragte mehr als
fünfmal am Tag nach ihrer Mama oder
nach Papa. Das nervte schon, aber
irgendwie muss die Kleine das ja auch
verarbeiten, dass ihre Eltern im Himmel
sind.
Heute sollten neue Gäste kommen.
Javier wollte das Gleiche nochmal
machen und dann würden er wieder
eine Pause einlegen, so war der Plan. Er
machte sich aus dem Staub und ist
durch die Hintertür raus, um die
Geschäfte anzukurbeln.

Ein Taxi fuhr vor. Valeria sah durch das Küchenfenster zwei ältere Herrschaften aussteigen.
Sie dachte:
‚Na, die bringen nicht viel auf den Markt.'
Sie hätte sich besser informieren sollen und nach dem Alter fragen, egal. Dann machen sie es eben bei den nächsten.
Der Taxifahrer holte die Koffer aus dem Auto und stellte sie ab. Der Mann gab ihm das Geld und ein dickes Trinkgeld. Er hatte sich auch für den Fall der Fälle, die Visitenkarten von ihm geben lassen. Falls sie die Insel erkunden möchten.
Valeria kam heraus und begrüßte die Beiden freudig.
„Herzlich Willkommen, ich hoffe, sie hatten einen angenehmen Flug aus Deutschland."
„Ja, wir hatten einen sehr ruhigen Flug und jetzt sind wir froh, hierzu sein. Sind wir die einzigen Gäste oder gibt es noch mehr, die so außerhalb sich die Ruhe gönnen?"
„Nein, sie sind die Einzigen, sagen sie ruhig Valeria zu mir. Mein Mann Javier kommt sicherlich auch bald, er wollte

noch Einkaufen, damit wir ihnen ein Festmahl servieren können.

Sofia kam aus dem Sandkasten um der Ecke mit einem Eimerchen und einer Schaufel. Sie sah die ältere Dame an, dann ließ sie das Eimerchen fallen und rannte mit ausgestreckten Armen mit den Worten: „Oma!" auf sie zu.

„Sofia, schön dich zu sehen."

Valeria verkrampfte sich und lief rot an.

Ach du Scheiße,' dachte sie.

„Opa, Opa," rief sie aufgeregt. Und Opa hielt sie sogleich hoch in die Luft. Sofia war außer sich vor Freude.

Valeria hatte den ersten Schock überstanden und fragte: „Sie kennen sich?"

Der Opa, ganz mit Sofia beschäftigt, antwortete: „Aber natürlich kennen wir unser Mädchen. Wo ist Mama und Papa?"

Die Kleine fing an zu weinen und schluchzte:

„Sie sind im Himmel."

Die Oma dachte sich verhört zu haben.

„Wieso Himmel, fliegen sie gerade mit einem Rundflug über die Insel, oder was?"

„Können wir das drinnen besprechen, bitte. Sofia muss das nicht alles mitbekommen."

Valeria fluchte innerlich: ‚Wo bleibt denn Javier endlich. Immer, wenn man ihn braucht, ist er nicht da.'

Drinnen gab es einen Kaffee und ein großes Glas Wasser.

Die Koffer standen noch im Flur. Valeria erzählte, dass sie auf einem Schiff ums Leben gekommen sind.

Die Frau fing bitterlich an zu weinen. Der Mann war da resoluter: „Warum wurden wir nicht informiert?" Man muss doch die Eltern benachrichtigen. Wie hatten sie sich das denn gedacht? Soll Sofia jetzt hier wohnen, oder was?" Er war aufgebracht.

„Die Eltern hätten das so gewollt."

Valeria horchte immer wieder, ob ein Wagen kam, aber Javier ließ sich Zeit.

„Ach, sagte jetzt die Oma, das wird einfach so endschieden, oder was? Komm bitte Walter, lass uns bitte woanders hingehen. Hier bleibe ich keine Sekunde länger." Walter nickte und rief den Taxifahrer an von vorhin an. Er war noch in der Nähe und würde in zehn Minuten da sein.

Dann sagte die Oma Elfriede zu Sofia: „Kind, wo sind deine Sachen, du kommst erst einmal mit zu uns."

Sofia rannte in ihr Zimmer.

Valeria schrie: „Sofia geht nirgendswo hin. Sie bleibt hier bei uns. Es ist jetzt unser Kind!"

„Wer sagt das?" Walter stand auf.

„Ich werde die Polizei benachrichtigen, wenn sie uns unser Enkel nicht mitgeben wollen. Ach ja, wo können wir die Überführung unserer toten Kinder veranlassen?"

Keine Antwort.

Der Taxifahrer war da und hupte.

Er schaute verwundert die Großeltern an.

Dann lud er die Koffer in den Kofferraum und alle drei nahmen hinten Platz.

Sofia saß zwischen ihren Großeltern und winkte zu Abschied.

Die Großeltern nicht.

„Bitte erst einmal zum Krankenhaus
bitte und dann zeigen sie uns bitte das
beste Hotel am Platz. Es soll zu ihren
Gunsten sein."
Vierzig Minuten später kam Javier:
„Was ist denn hier los. In der Küche
waren alles Geschirr zerdeppert, Stühle
umgeschmissen, Gardinen abgerissen,
alles, was beweglich war, lag verstreut
auf dem Boden. Mittendrin saß Valeria
mit einer Flasche Wodka und ließ sie
durch die Kehle dringen.
Verheulte Augen und eine Rotznase
kamen dazu.
„Was ist los, nun sprich schon!"
„Sie haben mir mein Kind
weggenommen, einfach so und du warst
nicht da. Ich hasse dich!"
„Wie weggenommen, wer?"
„Die Großeltern waren hier und haben
Sofia mitgenommen."
Javier erschrak. Er dachte nach. Dann
nahm er seine Frau schützend in den
Arm und flüsterte:
„Wir holen uns unsere Sofia zurück,
versprochen."

$\mathcal{G}$abriel

Eilig hastete Gabriel nach Hause, er suchte sofort in den Unterlagen nach dem Bild.
Da war es. Es ist eine Ähnlichkeit, aber er glaubt nicht, dass sie das ist.
Erleichtert atmete er auf.
Dann schrieb er eine Rundmail an alle seine Mitarbeiter:

Liebe Kollegen,

morgen früh um 10:00 Uhr Meeting.
Großauftrag.
Gruß Gabriel.

Am nächsten Morgen um kurz vor Zehn
waren alle anwesend.
Gabriel war noch nicht da.
Es wurde getuschelt, um was es ging,
bei den Großauftrag, aber alle zuckten
nur mit den Schultern. Dann kam er und
er machte ein zerknirschtes Gesicht. Er
hatte grottenschlecht geschlafen.
Andauert ging ihm der Graf im Kopf
rum.
„Morgen," murmelte er, als er den
Raum betrat.
„Guten Morgen," begrüßten ihn seine
Mitarbeiter.
Dann erhob er sich, was er sonst nie tat,
und trat nach vorne.
„Leute, wir haben einen Großauftrag. Es
geht um Organraub!" Alle erstarrten,
die Mädels riefen einen kleinen Laut
aus. Er sagte das Wort, Organraub extra
etwas lauter, damit jeder Bescheid
wusste, dass es nicht einfach sein wird.
Er setzte sich wieder.

„Es wird in mehren Ländern vermutet, dass Leute spurlos verschwinden.
Sie werden überfallen, oder bekommen Betäubungsmittel und werden verschleppt. Pro Person wird ein Kopfgeld von 20.000 Euro gezahlt."
Einen Pfiff, anerkennend kam von Frank raus.
„Lass das bitte. Es geht hier um Menschenleben.
Wir müssen uns aufteilen. Jeder übernimmt einen Part.
Ihr zwei Jungs nimmt euch die Mädels und fliegt nach Mallorca. Aber vorsichtig.
Der Polizeichef persönlich transportiert die Leute ins Jenseits.
Wenn ihr nachts euch am Strand aufhält und vorher in der Bar zu viel getrunken habt, nehmen die euch mit.
Da bekommt ihr eine Spritze und wacht nicht mehr auf. Also allerhöchste Vorsicht bitte.
Der 52-Jährige, der Jim hieß, soll den jüngsten, Kai mitnehmen, und zwar in die Türkei. Da wartet ein 16-jähriger Junge. Seine Eltern sind Tod und denen

wurden die Organe entnommen,
nachdem sie ausgeraubt wurden."
Den 31-jährigen Frank sollte an seiner
Seite bleiben. Sie wollten sich persönlich
um den Grafen kümmern.

Sollte irgend jemand sich nicht an die
Spielregeln halten, ist sofort entlassen
und bekommt auch anderswo keine
Anstellung mehr geboten, dafür werde
ich persönlich Sorgen.
Wenn wir diesen Auftrag erfüllen,
werden alle mit einer saftigen
Gehaltserhöhung rechnen."
Es wurde getuschelt.
„Bitte Ruhe. Das hier hat äußerste
Priorität.
Sollte euch etwas ungewöhnliches
Auffallen, bitte sofort melden.
Der Kopf der Organisation soll ein Graf
sein, mehr wissen wir nicht.
Frank, wir fliegen nach Portugal, da
werden zwei Mädchen vermisst und drei
Jungs.
Noch Fragen?"

Die Mitarbeiter mussten das erst einmal verdauen, was sie morgens serviert, bekommen haben.

Jeder wusste, was zu tun war.

Seine Frau hielt die Stellung hier und versuchte bereits bestehende Kunden zu beruhigen und auf nächste Woche zu vertrösten. Gabriel dachte:

‚bis dahin wird so einiges passiert sein. Ich werde dich kriegen Herr Graf und dann werden wir ja sehen, wer so mit mir umspringen darf und wer nicht.'

Lenny war fix und fertig. Er wusste nicht, was er machen sollte.

Deshalb informierte er die Polizei in Deutschland. Die hatten ihn geraten, nichts mehr zu unterschreiben.
Es kommen zwei Leute aus Deutschland, die ihm unterstützen wollen.
Er solle auch nicht mehr hier in der Türkei zur Polizei gehen, das würde nicht viel bringen. Er versuchte zu verstehen, was das Mädchen, was ihn ganz offenbar aus dem Krankenhaus gezogen hatte zu verstehen. Sie sprach nur wenige Sätze deutsch, ein bisschen Englisch und natürlich Türkisch.

Sie meinte, er solle nicht mehr allein ins Krankenhaus gehen, das wäre zu gefährlich. Warum wollte sie nicht sagen, stattdessen kicherte sie unentwegt.
Er brauchte erst einmal ein anderes Handy. Wenn hier der Akku leer ist, weiß er nicht, ob er das Ding nochmal zu laufen bringen würde.
Heute sollen ein älterer Herr Namens Jim und ein Junge in seinem Alter mit dem Namen, Kai ankommen.
Ein gewisser Lasse, von der Polizei aus Berlin hatte ihn informiert. Wenn es

Schwierigkeiten gibt, würde er selbst
auch noch kommen.
Mit dem Mädchen konnte Lenny nicht
viel anfangen.
Das Einzige, was er verstanden hatte,
war Gefahr, oder gefährlich oder so
ähnlich.

Dann war sie wieder verschwunden.
Sie hatten einen Treffpunk ausgemacht
an der Rezeption, wo sie eigentlich
Urlaub machen wollten.
Es war von seinen Eltern alles bezahlt
worden. So könnten die beiden auch
hier übernachten. Kai konnte mit in
seinem Zimmer schlafen und Jim bekam
das Einzelzimmer, was er eigentlich
bekommen sollte, früher.
Pünktlich kamen die zwei an.
Sie stellten sich beide vor und verrieten,
dass sie in einer Detektei arbeiten
würden.
Sie gingen zum Mittagstisch und Lenny
erzählte den Beiden alles, was passiert
war.
Alles, wirklich alles, auch wie er
geflohen war und später den
Organspenderausweis unterschrieben

hatte, damit seinen Eltern die Organe entnommen werden konnten.

Kai meinte daraufhin: „Die Unterlagen waren sicherlich gefälscht. Und ich glaube auch nicht, dass das Hotel etwas damit zu tun hätte, sonst wären die Zimmer schon weitervermietet worden." Jim gab ihm recht: „Das sehe ich genauso. Wir müssen erst einmal rausbekommen, ob die Fluggesellschaft damit zu tun hätte."

Lenny erzählte den Zweien noch, das ein junges Mädchen ihn aus dem Krankenhaus gezogen hätte, um ihn zu schützen. Sie meinte, es wäre zu gefährlich.

Jim daraufhin: „Vielleicht sollten wir im Krankenhaus anfangen, zu recherchieren."

Kai nickte und Lenny fragte: „Was soll ich machen?"

„Du behältst das Krankenhaus im Auge. Vielleicht kommen die Verbrecher mit der nächsten Fuhre Menschen."

Lenny war einverstanden und machte es sich in der Nähe des Krankenhauses gemütlich. Er trug eine Schirmmütze

und eine Sonnenbrille. Eine große
Flasche Wasser, damit er nicht
austrocknet, stand neben ihn.
Er fand die Beiden ganz in Ordnung. Kai
war zwar ein bisschen fitter und
unüberlegt, aber dafür hatte er ja den
gemütlichen Jim dabei. Er sah gut aus,
sehr gepflegt mit seinen 52 Jahren.
Lenny sah, wie beide im Krankenhaus
verschwanden. Jetzt heißt es, abwarten.

Drinnen fragte Sam am Empfang nach
den verstorbenen Eltern und nach dem
behandelten Arzt. Man erklärte den
beiden, sie sollen sich bitte setzten und
er würde Bescheid geben.
Nach circa 30 Minuten kam ein Mann im
weißen Kittel. Sie gehen davon aus, dass
es der zuständige Arzt war. Sam hatte
eine versteckte Kamera im
Kugelschreiber, der geschickt aus
seinem Revers lugte. So konnte das
Gespräch aufgenommen werden.
„Guten Tag, sagte der Arzt im sauberen
Deutsch, mein Name ist Dr. Mustafa
Abdaih.
Was kann ich für sie tun?"

Jim war überrascht und hatte nicht damit gerechnet, dass man ihnen freundlich entgegenkommt.

„Guten Tag, mein Name ist Jim Sportler und das ist mein Neffe Kai Sonnenberger. Wir sind hier, um die Toten abzuholen und nach Deutschland überbringen möchten. Ihr Sohn hat uns beauftragt und gesagt, dass er einen Organspendeausweis von den Eltern unterschreiben musste, können wir den mal sehen?"

„Ja, gerne, kommen sie bitte mit und folgen sie mir." Die zwei gingen hinter dem Doktor her und wurden in ein Zimmer gebracht.

„Möchten sie etwas trinken, solange ich die Papiere raussuche, etwas Erfrischendes?"

Jim und Kai schüttelten den Kopf und verneinten es. Sie hatten Angst, dass da eventuell ein Schlafmittel nur auf sie wartete.

„Es kann aber einen Augenblick dauern, sie kommen unangemeldet," sagte der Arzt freundlich.

Jim übernahm das Wort: „Kein Problem, wir können warten, egal wie lange es dauert.

Kai holte ein Schreiben raus, was sie befugt, die Leichen und das Dokument auszuhändigen. Das hatten sie vorher mit Lenny ausgemacht.

Es war sehr heiß in dem Raum, beide schwitzten auch als ein Mädchen reinkam und geschlossene Flaschen, Cola, Wasser, und Eistee hineinbrachte. Sie nickte freundlich und verließ den Raum sofort wieder.

Jim schaute sich um, ob irgendwelche Kameras zu sehen waren. Kai zeigte auf einen Spiegel über ein Waschbecken. Das könnte so ein Spiegel sein, wo man den Raum beobachten können, aber selbst nicht rausgucken könnte.

Kai meinte: „Eine geschlossene Flasche, da kann doch nichts drin sein, oder?"

Auch Jim hatte Durst. Die Luft war trocken. Er untersuchte die Flaschen und fand nichts, was darauf hindeutet, dass sie schon mal auf war. Er öffnete eine kleine Wasserflasche und hörte, dass sie zischte. Also tranken Jim ein Wasser und Kai eine Cola.

Auf der anderen Seite saß der Doktor und wartete nur darauf, dass sich solche Probleme von selbst lösen.

Jim bemerkte es als erster. „Scheiße Kai, die haben etwas in die Flaschen gemischt, wir müssen raus, schnell!" Gerade, als sie aus dem Zimmer wollten, kam der Arzt mit einem Zettel in der Hand.

Kai leierte: „Was habt ihr in die Flaschen gefüllt, los, sag schon?" Dann sackte er zusammen. Sofort kam die nette Schwester von vorhin und gab beiden gegen ihren Willen eine Spritze. Dann sackten sie endgültig zusammen.

Es kamen zwei Pfleger und entsorgten die zwei Herrschaften unauffällig………

Lenny wartete noch den ganzen Tag, bis nach 22:00 Uhr. Dann erhob er sich und ging zurück ins Hotel, um zu sehen, ob die Zwei schon da wären, aber Fehlanzeige.

Er rief die Nummer von der Polizei aus Deutschland an und Lasse meldete sich sofort. „Hallo, hier ist Lenny, ich glaube die Zwei haben einen Fehler gemacht, sie sind in das Krankenhaus rein aber bis jetzt noch nicht wieder rausgekommen. Ich glaube, da ist was passiert."

„Scheiße, scheiße, scheiße," Lasse fluchte und meinte noch. „Unternehme bitte gar nichts. Versuche das Krankenhaus weiter zu absolvieren. Ich lass mir etwas einfallen, versprochen. Gehe nicht ins Krankenhaus, auf gar keinen Fall.

Wenn die zwei schon nicht mehr rauskommen, muss nicht auch noch ein Dritter verschwinden."

Als Lenny das Gespräch beendete, fing er ganz leise an zu weinen.........

ofia - Oma & Opa

Javier telefonierte alle Hotels ab, ob ein
ältere Ehepaar mit einem Kleinkind bei
denen abgestiegen ist. Erst einmal ohne
Erfolg. Dann versuchte er es über die
Taxizentrale. Denn sie sind mit dem Taxi
gekommen und auch wieder gefahren.
Der Taxifahrer hat sie mit Sicherheit in
ein Hotel gebracht. Aber aus
Datenschutzgründen dürften, die keine
Auskunft geben. Es war zum
Mäusemelken.
Er hatte aber Valeria sein Ehrenwort
gegeben, dass er die kleine Sofia wieder
zurückholt.
Es blieb ihn nichts anderes übrig als alle
Hotels abzuklappern und zu sehen, ob
er sie irgendwo findet. Valeria wollte die
Strände absuchen.

Walter und Elfriede hatten beschlossen, erst einmal die Kleine in Sicherheit zu bringen.

Wer weiß, wozu diese Frau noch im Stande ist.

Also sind sie nicht ins Hotel gefahren, wie sie es vorhatten,
sondern Walter sagte dem Taxifahrer, er solle sie zum Flughafen bringen. Dort versuchte er einen Direktflug zu bekommen. Sie hatten Glück im Unglück. Es waren noch zwei Plätze frei geworden, weil ein Ehepaar ihren Urlaub verlängert hätten. Also sagte er entschlossen: „Du fliegst mit Sofia zurück, ich gucke mal, was ich hier ausrichten kann, um unsere Kinder nach Deutschland zu transportieren. Es musste möglich sein, dass es funktioniert. Schließlich hatten sie eine Auslandversicherung."

Elfriede antwortete: „Ich habe Angst um dich Walter. Hast du diesen Hass in den Augen von dieser Frau gesehen und sie sagte, es wäre jetzt ihr Kind. Den Mann haben wir noch nicht kennengelernt. Vielleicht ist der noch schlimmer."

„Mach dir keine Gedanken, ich komme in zwei Tagen nach, vielleicht ja auch schon morgen. Informiere die Polizei in Deutschland und die Versicherung, damit sie Bescheid wissen…….er atmete tief ein……und pass auf unsere Enkelin auf, sie ist noch alles, was wir haben." Elfriede fing an zu weinen. „Oma, warum weinst du? fragte Sofia. Oma nahm sie ganz fest in den Arm und flüsterte:

„Ich habe ein bisschen Angst zu fliegen und Opa kommt heute nicht mit. Der hat sonst immer auf mich aufgepasst, weißt du?"

„Dann passe ich eben auf dich auf, Oma, versprochen." Dabei hob sie zwei Finger in die Höhe, um das zu besiedeln.

„Na, dann bin ich ja beruhigt."

Walter und Elfriede gaben sich noch einen Abschiedskuss. Walter winkte seiner Frau und Sofia noch hinterher. Sie gingen, ohne aufgehalten zu werden durch den Zoll.

Walter wartete noch und schaute zu, wie die Maschine Richtung Berlin Tegel startete. Erst jetzt war er beruhigt.

Er nahm sich bewusst einen anderen Taxifahrer und fuhr in den Ort Sant Antoni de Portmany. Sofia hatte ihren Großeltern erzählt, dass sie auf einem Schiff waren und ihre Eltern da gestorben waren. Genau da fing er an zu suchen.

*P*ortugal

Gabriel und Frank landeten in Portugal. Das letzte Mal, als er hier war, wurde er vom Grafen auf seiner Jacht eingeladen. Dann hatte ihm der Graf von seiner verschwunden Frau erzählt, die mit einem Jüngeren durchgebrannt sein sollte.
Damals hatte er es geglaubt, heut glaubt er ihn kein Wort mehr.

Die zwei waren in einem kleinen Hotel direkt am Strand untergebracht, und zwar im Doppelzimmer.

Sie taten so, als wenn sie schwul wären, damit sie nicht von irgendwelche Weibern angesprochen werden. Sie waren schließlich da, um zu arbeiten. Als sie ihre Klamotten ausgepackt hatten, klingelte das Handy von Gabriel. Sofort erstarrte er. Ein schlechtes Gewissen hatte er schon wegen des Grafen. Aber es war eine deutsche Nummer. Also ging er dran
„Guten Tag, sie sprechen mit Gabriel Holzmann, was kann ich für sie tun?"
„Hallo Gabriel hier ist Lasse. Es gibt ein kleines Problem. Zwei ihrer Leute sind in der Türkei spurlos verschwunden."
Gabriel wurde schlecht, richtig schlecht. Lasse erzählte, was vorgefallen war. Dann meinte Gabriel. Fahre zu meiner Frau, Jim hatte immer eine Kamera dabei. Es wurde immer alles aufgezeichnet. Damit können wir nachverfolgen, wo sie sind. Ich sage meiner Frau Bescheid."

„Ist gut, so machen wir es. Passt auf
euch auf. Die Sache ist Brandgefährlich.“
„Ja, danke, machen wir. Wenn wir etwas
haben, sage ich Hanna Bescheid.“
„Alles klar, Tschüss.“ „Ja Tschüss.“
Gabriel erzählte Frank, was passiert sei.
Der meinte daraufhin. Jim ist immer
supervorsichtig, du kennst ihn ja.
Bei Kai bin ich mir da nicht so sicher. Das
klärt sich bestimmt bald auf, da bin ich
mir sicher.“
Er versuchte Gabriel die schwere Last
abzunehmen. Frank war mehr so ein Typ
Surfer, lange Haare, braun gebrannt,
dunkle Augen und sehr athletisch. Vor
allem sah Gabriel neben ihn aus als
wäre er fett. Dabei sagt seine Frau
immer, ein kleiner Bauch muss sein,
sonst passen da keine Schmetterlinge
rein.
Dann rief er Helga, seine Frau an und
informierte sie über den Stand der
Dinge.

*

Am Abend gingen die zwei essen und schauten immer auf das Wasser, wie das ebenso Touristen so machen. Aber in Wirklichkeit hielten sie Ausschau nach einer Jacht, aber sie hatten kein Glück. Noch an demselben Abend wertete Helga die Aufnahmen aus, die Jim gemacht hatte. Dann rief sie ihren Mann zuerst an.

„Hallo mein Schatz, ich habe keinen gute Nachrichten. Jim und Kai sind den Verbrechern zum Opfer gefallen.

Sie haben zwar aufgepasst und nur geschlossenen Flaschen genommen, aber wahrscheinlich haben sie mit einer dünnen Nadel trotzdem etwas in die Flaschen gegeben. Man konnte sehen, wie sie zu Boden gehen. Dann sieht man nur noch eine Krankenschwester, die eine Spritze in die Vene haut und Beine von Männern, die sie wegschleppen. Dann war nur noch Deckenlichter zu sehen und zum Schluss war es dunkel."
„Das sind ja entsetzliche Nachrichten, oh mein Gott."

„Das war noch nicht alles. Man hört den Arzt sagen, macht sie fertig für die Organentnahme. Bereitet alles vor." Gabriel wurde übel. Er hatte ein schlechtes Gewissen und wusste nicht, was er sagen sollte. Er atmete schwer. Seine Frau sagte leise: „Es ist nicht deine Schuld. Sie wussten, auf was sie sich einließen."
„Du hast ja recht, vielleicht ist der Auftrag auch zu gefährlich. Jim war immer ein sehr vorsichtiger Mensch, das weißt du auch. Hast du denn irgendetwas von den Vieren am Ballermann gehört?"
Nein, da ist alles ruhig.

Sie haben getrunken und auch am Strand geschlafen, aber nichts, rein gar nichts. Man könnte meinen, sie wissen von uns und verhalten sich ruhig."
„Vielleicht hast du Recht, bei uns ist auch alles still. Informierst du bitte Lasse bei der Polizei und Hanna. Die können dann den anderen Bescheid geben. Vielleicht haben die noch eine Idee, die zwei wieder aus dem Krankenhaus zu

bekommen, bevor……. er verstummte
und schluckte, du weißt schon."

*

Lasse rief sofort, nachdem er mit Helga
gesprochen hatte, Hanna an.
„Hallo meine Liebe, ich habe gerade mit
Helga gesprochen. Zwei Leute von der
Detektei sind verschwunden und es
sieht nicht gut aus.
Auf dem Filmaufnahmen ist zu hören,
wie ein Arzt sagt, dass sie für die
Organspende fertig gemacht werden
müssen. Der sagte das zwar auf
Türkisch, aber Helga hatte ein
Übersetzungsprogramm. Deshalb
wusste sie was gesagt wurde.
Was ist mit diesem Lenny? Der muss
dringend zurückkommen.
Der schwebt in Lebensgefahr."
Hanna war wie vor dem Kopf gestoßen.
„Wir haben es mit einer professionellen
Organisation zu tun. Wir müssen
umdenken.

Ich habe mit Eloisa und Max gesprochen. Die Vier von der Detektei hatten Kontakt zu dehnen aufgenommen. Eloisa erzählte aber, dass im Moment gar nichts läuft. Der Polizeichef hätte gesagt, dass sie vier Wochen frei hätte. Entweder macht die andere Frau etwas oder die machen wirklich nichts."

Lasse hörte aufmerksam zu.

„Die sind ganz schön gerissen. Dadurch wird es immer schwieriger an die Drahtzieher ranzukommen. Wir hier in Deutschland sind machtlos, wenn irgend so ein Polizeichef in Spanien krumme Dinger macht. Ich werde heute mit meinem Chef sprechen. Ich habe jetzt genug von Versuchen oder ausprobieren. Wir müssen anders auftreten, verdammt noch mal."

Lasse fluchte, dass tat er sonst nie. Das macht aber wieder mal klar, dass die Lage schwierig war.

Hanna beruhigte ihn: „Lasse, irgendwann werden die Fehler machen, dann sind wir zur Stelle. Heute Abend kommen nochmal Thorsten und Samira zu Essen, bevor sie wieder zurück nach

Kanada fliegen. Komm nicht zu spät,
Schatz."
„Ja ok, bis später." Damit legten beide
auf.

*

Im Portugal tat sich gar nichts. Keiner
hatte die Mädchen, Wiebke oder Cleo je
gesehen.
Gabriel konnte nicht mehr schlafen. Es
war noch sehr früh und Frank schlief
und schnarchte wie verrückt. Er zog sich
was über und ging zum Strand. Er nahm
seine Flip-Flops in die Hand und ging am
Wasser entlang sparzieren. Dabei
ratterte sein Kopf unentwegt. Er musste
immer wieder an Jim und Kai denken,
dann wieder an den Grafen. Er merkte
nicht, dass er schon länger unterwegs
war.
Da sah er ein kleines Boot, was fertig
gemacht wurde zum Fischen. Er ging auf
ihn zu und meinte.

„Sie sehen gar nicht aus, wie einer von hier. Entschuldigen sie bitte, verstehen sie deutsch?"

Der Fischer lachte: „Na klar verstehe ich deutsch. Meine Frau ist von hier, ich bin vor vierzehn Jahren hierhergezogen, weil meine Frau nicht nach Deutschland wollte.

Eigentlich bin ich Rechtsanwalt, aber ich gehe oft meine Leidenschaft nach, das Fischen."

Beide Männer lachten. Der Mann meinte: „ich muss jetzt los, bin schon spät dran!" Völlig unüberlegt sagte Gabriel: „Darf ich mal mitkommen, ich wollte so etwas schon immer mal machen?" Der Mann schaute ihn verwirrt an, dann meinte er:

„Okay, spring rein, ich heiße TomTom."

„Wie, zweimal Tom?" Der Mann lachte schon wieder: „Ja, mein Richtiger Name ist Thomas Touren, sie haben kurzerhand TomTom draus gemacht."

Gabriel lachte und meinte: „Ich bin Gabriel und mache hier Urlaub."

Während der kleine Motor rackert, um über das Wasser zu kommen, wurden die zwei Männer warm miteinander und im Laufe des Vormittags ergaben sich interessante Gespräche.

Frank war aufgewacht und ganz aufgeregt, als er Gabriel nach Stunden sah: „Wo warst du denn? Ich habe mir Sorgen gemacht! Du kannst doch nicht einfach verschwinden und mich zurücklassen.
Kein Zettel, nichts hinterlassen. Ich habe schon mit Helga gesprochen, sie wusste auch nichts. Also....“
Gabriel unterbrach ihn.
„Ich konnte nicht schlafen, weil du so geschnarcht hast, dann bin ich am Strand sparzieren gegangen und bin auf TomTom gestoßen. Mit dem bin ich Fischen gewesen.“
Frank verstand kein Wort. Also holte Gabriel nochmal aus und erzählte alles Haarklein.
Als er mit den langweiligen Dingen fertig war, meinte er zum Abschluss: „Stell dir mal vor, der kennt den Grafen. Der hat eine Jacht mit dem Namen Zakk und wenn er mal da ist, laufen da immer Party auf der Jacht. Dann ist es wieder

still und die Jacht ist weg. Nach vier bis sechs Wochen kommt er wieder und das gleiche Spektakel geht wieder los." Als Gabriel den richtigen Namen wissen wollte, meinte TomTom, dass er es nicht weitersagen darf, weil es um Datenschutz geht. Er hatte auch mal einen kleinen Auftrag für ihm zu erledigen, deshalb wusste er den richtigen Namen.

Er hatte das auch großzügig bezahlt, und zwar bar. Er ist ein sehr gern gesehener Gast und immer Herzlich Willkommen. Die Partys spielen sich auf dem Meer ab, deshalb beschwerte sich auch keiner.

Er meinte noch, wenn man da Gast sein will, ist hier eine weibliche Person mit dem Namen Luzia, die das Ganze organisiert.

Also wird Frank sich jetzt auf den Weg machen und diese Luzia auswendig zu machen, damit er da auch mal auf die Jacht kann. Gabriel wollte sich da etwas zurückhalten. Der Graf kannte ihn und seine Stimme nur zu gut. Außerdem ist er nicht gut auf ihn zu sprechen, wegen seiner Exfrau.

Der letzte Abend

Als es am Abend klingelte, kamen
Torsten und Samira zum Essen.
Als erstes hatte Torsten erzählt, dass
seine Scheidung jetzt endgültig durch
ist. Seine Exfrau hatte auch einen neuen

Partner, den sie heiraten wollte. Somit gab es keine Streitpunkte und Torsten war endlich frei für seine Samira. Daraufhin stießen alle erst einmal an und dann wurde gegessen. Nach dem Essen kam das Thema Organe auf den Tisch. Samira ließ sich nicht davon abbringen, dass jemand als Trittbrettfahren es Viktor nachmachen wollte, aber im großen Stil. Weil, es werden immer Leute vermisst, die aus ihrem Urlaub nicht zurückkamen." Torsten nickte Samira zu, und führte weiter fort: „ich habe mich mal erkundigt, wie viele Vermisste es in den Ländern, wie Spanien, Türkei, Portugal, Ibiza und so weitergibt. Nicht mehr als sonst. Also frage ich mich, warum werden dafür nur Deutsche genommen?" Samira gab ihren Senf dazu: „Ja, es sieht aus, wie ein Rachefeldzug an Deutschen." Lasse überlegte:
„Da könntet ihr Recht haben. Mir war das noch gar nicht aufgefallen. Warum verschwinden keine Einheimische?" Hanna sagte ganz leise, so das man sie gar nicht richtig hören konnte:

„Vielleicht ist Viktor gar nicht Tod und er nimmt Rache an uns alle…….“ Der Kleine von Zoey und Lee fing an, unruhig zu werden. Zoey nahm ihn hoch und entschuldigte sich kurz. Lee meinte: „Was hast du gerade gesagt, Hanna?“ „Och nichts, ich habe nur laut gedacht.“ Lasse sagte jetzt wieder: „Wie können wir weiter vorgehen. Ich habe heute ein längeres Gespräch mit meinem Chef gehabt. Der meinte wiederum, dass man solchen Leuten nur auf frischer Tat das Handwerk legen könnte. Wir wissen noch nicht mal, ob der Graf dahintersteckt. Wir vermuten das nur. Wir haben nicht mal seinen richtigen Namen. Wir müssen selbst etwas tun oder abwarten.“
Hanna regte sich auf: „Abwarten? Auf was willst du denn warten? Das noch mehr Leute den Bach runtergehen? Ja kommen sie nur in unsere schönen Stadt, hier werden sie kostenlos entsorgt. Keine Angst, ihre Organe werden wir für andere Menschen verwenden!“
Hanna fing sie an zu weinen. Lasse legte seine Hand über ihre Schulter.

„Ist schon gut, Kleines. Wir werden
denen das Handwerk legen."

„Und wie?" Hanna schnäuzte in ihr
Taschentuch.

„Wir haben doch den Namen von dem
Arzt in der Türkei. Wir müssen irgendwo
anfangen. Wenn wir das Gleiche
nochmal machen wie dieser Jim und Kai,
nur besser, dann können wir die auf
frischer Tat schnappen."

Lasse fand sein Vorschlag gut. Lee
guckte ihn ein wenig schräg an: „So, wie
du es schon mal gemacht hast und nur
durch ein Wunder überlebt hast? Nein
danke!"

„Weißt du denn was Besseres?"

Das Telefon läutete und Hanna ging ran,
es war Eloisa. „Ola Hanna, ich bin es. In
den nächsten drei Wochen wird hier
nichts passieren, dann sollen in den zwei
Wochen darauf mindestens dreißig
Leuten dran glauben und dann ist
Schluss. Ich weiß nicht wie lange, aber
der Polizeichef geht in Pension und er
will nochmal richtig absahnen." Hanna
hatte den Lautsprecher auf laut. Alle
konnten mithören.

Okay, ist Maximilian noch bei dir?"

„Nein, aber er will dann kommen, wenn es los geht und auf eigener Faust etwas unternehmen."

„Um Gottes Willen, nein, bis dahin haben wir uns etwas einfallen lassen. Sage mal, ich habe da noch eine Frage. Waren es immer nur Deutsche, denen etwas passiert ist?"

„Ja, nur Deutsche, weil die so naiv sind, angeblich."

„Okay, danke, ich melde mich wieder." Das Gespräch war beendet, da klingelte es erneut. Es war Gabriel.

Hanna sagte Gabriel, das seine Leute aus Mallorca wieder abreisen konnten und später nochmal hinzufliegen.

Gabriel: „Wir werden versuchen ein Bild vom Grafen zu machen. Ich habe die richtige Kameraausrüstung dabei. Da kann er auf dem Meer auswendig gemacht werden. Ein Bekannte meinte, er musste so in zwei, drei Tagen wieder hier sein. Wir wollen warten. Vielleicht geht Frank dann auf die Jacht, wissen wir noch nicht."

„Das ist glaube ich keine so gute Idee, ihr solltet immer zusammenbleiben, einer allein kann da wenig ausrichten."

Wir werden die Leute vom Ballermann
herholen. Wenn wir eine ganze Horde
sind, wird uns nichts passieren, wir
wissen ja Bescheid und sind nicht so
blauäugig.
Ich habe aber noch eine Frage. Die Frau,
die damals bei euch war, war die mal
verheiratet mit einem Grafen?"
Alle schaute sich an. Samira schüttelte
den Kopf, verheiratet ja, mit einem
Grafen nein, auch nicht zusammen. Sie
hatte nur ihren Exmann, der ja
umgebracht worden war von Viktor und
jetzt Torsten, sonst keinen, warum?"
„Weil der Graf nach seiner Exfrau
suchen lässt und die Frau sieht fast so
aus, wie seine Exfrau."
„Woher weißt du das?"
„Ich habe so meine eigene Methoden."
„Wenn ihr ein Bild habt vom Grafen,
schickt es mir bitte auf meine
Mailadresse."
„Okay, mache ich. Unternimmt ihr was
in der Türkei?"
„Sind gerade dabei das zu besprechen,
sieht aber ganz danach aus."
„Ach ja, bevor ich es vergesse, kennt ihr
eine Luzia, eine Italienerin, die aber in

Portugal arbeitet, und zwar für den Grafen?"

„Wie heißt sie denn weiter?"

„Wissen wir noch nicht, bekommen wir aber raus und auch da gibt es dann Fotos. Ich muss Schluss machen. Bis die Tage mal."

Damit legte er auf.

Hanna legte nachdenklich auf und sagte laut in die Runde:

„Ich werde einen Artikel in der Zeitung schreiben, um herauszubekommen, wer Personen vermisst, die nicht wieder aus dem Urlaub gekommen sind oder sich noch irgendwo befinden, irgendwie so."

Samira sagte: „Das ist eine gute Idee. Wenn du möchtest, bleibe ich auch hier in Deutschland und helfe euch."

Thorsten schaute seine Samira an und schüttelte den Kopf.

„Ich lass dich aber ungern allein hier zurück.

Was ist, wenn wir in Kanada aktiv werden und in drei Wochen wieder zusammen hierherkommen, dann bin ich nicht so allein." Er legte seinen Kopf auf die Schulter von Samira. Lee dachte, ,Er hat sie gut im Griff und macht das *wirklich geschickt. Die zwei passen wie die Faust auf Auge.'*

„Wie kann ich bei diesem Blick wiederstehen." Alle lachten und stießen noch mal an. Zoey kam zurück und meinte: „So, jetzt schläft er. Habe ich was vermisst?"

Lee hielt ihr das volle Glas hin und grinste: „Och, nichts Besonderes mein Engel."

eitung

Elfriede las den Zeitungsartikel.

Mithilfe gesucht!
Es verschwinden Deutsche Urlauber einfach so. Sie kommen nichts mehr aus ihrem Urlaub zurück. Wem ist irgend etwas aufgefallen?

Jede noch so Kleinigkeit ist wichtig!
Bitte melden sie sich, wir klären es auf.
Tel. 030 /123456

Elfriede griff zum Hörer und rief diese
Nummer an. Eine freundliche Stimme
meldete sich am anderen Ende und
Elfriede erzählte von ihren Kindern, die
Tod auf einer Jacht oder Boot
umgekommen waren und jetzt ihr Mann
Walter allein da ist, um sie zu suchen. Er
möchte sie gerne überführen nach
Deutschland. Die kleine Sofia wäre jetzt
bei ihr, aber sie machte sich große
Sorgen um ihren Mann.
Außerdem hatte sie Angst vor dieser
Familie und glaube ihr kein Wort.
Sie gab eine Adresse durch und dann
legte sie wieder auf.
Hanna wusste, dass sie jetzt etwas ganz
großen Verlangen würde von Lee, Zoey
und den kleine Jin, aber nur so hätte sie
eine Chance weiterzukommen. Am
Abend informierte sie Lasse und dann
besprachen sie es mit den anderen.
Lasse meinte, wir würden euch nicht

eine Sekunde aus den Augen lassen,
aber wie müssen das Risiko eingehen.
Am nächsten Morgen rief Zoey bei der
Familie Valeria und Javier an.
Sie hätten Glück, denn eine Familie
hätte kurzfristig abgesagt. Sie würden
sich freuen und auch vom Flughafen
abholen und ganz Besonders freuten
sich auf den kleinen Jungen. Valeria
konnte nicht ewig warten, um endlich
auch ein Kind zu haben. Sie informierte
ihren Mann und der sagte: „Dann hast
du bald zwei Kinder. Ich bin noch dran
an Sofia, ich hole sie zurück. Dann nahm
er seine Frau in den Arm und drückte
sie.

*U*rlaub einmal anders

Pünktlich landete die Maschine aus Deutschland in Ibiza. Hanna und Lasse hatten sich extra woanders hingesetzt und taten so, als würden sie Lee, Zoey und Jin nicht kennen. Sie wollten aus einer sicheren Entfernung die Leute beobachten. Sie hatten sich einen Campingbus besorgt, umgegeben falls hinter denen herzufahren. Auch ein Motorroller war hinten am Wohnmobil mit angeschnallt. Hoffentlich war es nicht leichtsinnig, das Experiment zu machen. Ebenso wollten sie Kontakt zu Walter aufnehmen, der sich immer noch bemühte, seine toten Kinder zu finden, um sie zu überführen nach Deutschland. In der Ankunftshalle wurden sie überschwänglich von den beiden begrüßt. Zoey fand das völlig übertrieben, spielte aber das Spiel mit. Javier hatte wieder mal einen großen Teddy für Jin in seinem Arm.
Valeria hatte beide mit Küsschen begrüßt und wollte den Kleinen direkt auf den Arm nehmen, der aber wollte, partout nicht, er fremdelte.

Javier meinte vielleicht ein bisschen zu schroff: „Der gewöhnt sich schon noch an uns, da bin ich mir sicher."

Lee schaute ihn an und fragte: „Das hörte sich eher wie eine Drohung an," lachte aber dabei. Valeria warf ihren Mann einen Blick zu, der sagen sollte, reiß dich mal zusammen.

Alle gingen zum Auto. Lee sah, dass Lasse schon im Bus war und losfuhr. Sie wussten ja, wo sie hinwollten. Kurz bevor es zum Hof ging, gab es einen kleinen Feldweg, da stellte er sein Wohnmobil ab. Hanna meinte: „Jetzt heißt es abwarten."

Die anderen fünf fuhren nach Hause und Jin lief gleich auf die Hühner zu, die er ganz faszinierend fand.

Jetzt wollten sie erst einmal ihre Sachen auspacken und in den Pool springen, der großzügig im Gartenbereich war.

Valeria machte das gleich Essen, wie schon bei dem vorigen Paar, was nun im Himmel verweilte, Paella und Sangria dazu.

Der Mann des Hauses fuhr nochmal los. Er meinte, er müsse noch Wein kaufen.

In Wirklichkeit rief er nur wieder seinen Partner an und sagte: „Dos adultos…para procesar, en cuatro dias." (Zwei Erwachsene zur Verarbeitung in vier Tagen) Dann legte er auf.

Er holte eine Kiste Wein, drei Rot und drei weiß und fuhr zurück.

Am Abend, der kleine Jin schlief schon wurde gegessen und sich unterhalten.

Lee fragte: „Hat man hier auch mal eine Möglichkeit aufs Meer zu fahren, mit einem Boot oder so, oder sehen sie das nicht so gerne?"

Javier verschluckte sich an der Sangria, weil er sofort antworten wollte. Valeria klopfte ihn auf den Rücken.

„Hust, hust, Entschuldigung, ich war zu hastig. Wenn ihr wollt, kümmere ich mich darum. Ich habe da so meine Beziehungen," lachte er.

„Ja super, wann wäre das denn?" „So in vier Tage, passt das?"

Zoey sagte: „Das wäre super, dann können wir morgen über den Markt gehen zum Shoppen, gell mein Schatz?"

Lee hob beide Hände und ergab sich.

Valeria ergänzte noch: „Wenn ihr wollt, könnt ihr Jin gerne hierlassen, dann habt ihr es entspannter."

Zoey dachte: ‚*Wie dreist ist das denn?*‘ Sagte aber: „Das ist noch zu früh, er fremdelt noch, aber vielleicht nach unserer Bootstour, dann hat er sich schon an euch gewöhnt, oder Schatz?" Sie schaute Lee fragend an. „Ja, kein Problem. Meistens wird er nach zwei Tagen warm mit jedem."

Der Abend klang noch aus und am nächsten Tag fuhr Javier die drei zum Markt und verschwand wieder mit den Worten: „In fünf Stunden der Markt vorbei, soll ich euch wieder abholen?"

„Ja, gerne, super danke."

Eine halbe Stunde später saßen alle vier und Jin in der Karre schlafend, beim Kaffee und beratschlagten sich.

Lasse meinte: „Ich werde die Hafenpolizei benachrichtigen, damit wir sie auf frischer Tat schnappen." „Sehr gute Idee. Was ist mit Walter?" Hanna schaute zur Uhr und siehe da, Walter kam suchend rein.

Er erzählte alles haarklein, wie es war. Nur zum Boot hatte er noch nichts

rausbekommen, auch nicht, wo seine
Kinder abgeblieben sind. Hanna meinte,
es wäre gut, wenn du das alles der
Polizei erzählen würdest. Und nachher
eine Gegenüberstellung zu machen, um
wenigstens die Frau zu erkennen.
Walter nickte und Hanna meinte, sie
würde ihn dann abholen.
Lasse gab Lee einen Sender, den er auf
alle Fälle bei sich tragen sollte. Den
hätte er von der Detektei bekommen.
Der ist klein und zuverlässig. Als alles
besprochen war, fuhren sie Walter
wieder zurück und fuhren auf ihren
Platz zurück.
Lee und Zoey gingen noch ein paar
Schmuckstücke kaufen und dann gingen
sie gemütlich etwas essen. Nun
warteten sie am Treffpunkt. Pünktlich
erschien Javier und holte sie wieder ab.
Er meinte während der Fahrt sagen zu
müssen. „Wie können übermorgen
schon mit dem Boot rausfahren, wenn
ihr möchtet?"
„Übermorgen schon, das ist ja großartig,
nicht Schatz?" Lee war erfreut und
guckte zu seiner Frau nach hinten auf

dem Rücksitz, wo Jin in seinem Kindersitz sofort einschlief.

„Ja, ganz wunderbar, können wir denn Jin auch mitnehmen," fragte sie vorsichtshalber nochmal nach.

„Na klar, der wird sich freuen. Ich sage direkt meiner Frau Bescheid, die würde sich auch um ihren Sohn kümmern, wenn sie schnorcheln gehen."

Zoey war ganz entzückt: „Das wäre ja großartig, prima, so machen wir es. Um wieviel Uhr soll es übermorgen losgehen?"

Um 14:00 Uhr werden wir am Stand von Sant Antoni de Portmany abgeholt und sind circa um 18:00 Uhr wieder da."

„Super, so machen wir das", ergänzte Lee.

Dann ging jeder seinen Gedanken nach. Zu Hause wurde die Nachricht sofort weiter an Valeria weitergegeben.

Die freute sich so übertrieben, als wenn sie im Lotto gewonnen hätte, fand Zoey. Lee meinte: „ich fahre nochmal mit dem Fahrrad ein bisschen umher, kommst du mit?" Zoey aber wusste, wo er hinwollte und verneinte, damit das nicht so

auffiel, dass sie alles zusammen
machten.

*

Lee radelte erst ein bisschen umher und
dann mit einem Umweg zu Lasse und
Hanna.
Die freuten sich, Lee zu sehen.
Kein bisschen außer Atem sagte Lee:
„Übermorgen 14:00 Uhr geht es los.
Wir müssen kurz alle Einzelheiten
besprechen. Lasse hatte nur auf das
Kommando gewartet, um seine Kollegen
und die spanische Polizei, Bescheid zu
geben. Lasse gab Lee noch einen
Funksender, nur für alle Fälle, damit sie
sehen, wo genau sie sich auf dem
Wasser befinden.
„Passt auf, dass ihr nicht in
Schwierigkeiten kommt, das ist es nicht
wert."
Alles war so weit vorbereitet, als Javier
sagte: „Die haben sich kurz gemeldet, es
geht schon eine Stunde eher los," sagte
Javier. Zoey schaute zu Lee. Der dachte:

‚Bloß nichts anmerken lassen.' „Ja klar, kein Problem," antwortete Lee. Zoey meinte: „Jin schläft noch, du weißt doch, wie er ist, wenn er aus seinem Schlaf gerissen wird, außerdem müsste ich nochmal das Klo aufsuchen, bin ein bisschen nervös."

So konnte Zoey noch ganze zwanzig Minuten rausschlagen. Dann ging es aber los.

Valeria bemutterte Jin. Was Zoey schon zu viel des Guten war. Jin war noch müde und hatte keine Lust, andauernd zu lachen, nur weil Valeria das so wollte. Er versteckte sich unter dem T-Shirt seiner Mutter.

Valeria dachte: ‚Warte nur ab, mein Bürschchen, du wirst noch froh sein, wenn ich mit dir spielen will.'

Mit insgesamt einer halben Stunde Verspätung kamen sie am Strand an. Das Schnellboot wartete schon ungeduldig, um die Gäste zur Jacht abzuholen.

*

Lasse wurde sichtlich nervös, als er beim Suchmelder bemerkte, dass er seinen Standort schon verlassen hatte und auf dem Weg nach Sant Antoni de Portmany machte.

„Die sind zu früh, die sind dreißig Minuten zu früh, so eine Scheiße!" Lasse fluchte so laut, dass Hanna direkt ankam.

„Was ist denn los?"

„Die sind schon auf dem Wasser. Ich muss den anderen Bescheid geben."

„So ein Mist!" Hanna wurde weiß im Gesicht.

Zehn Minuten später wussten alle Bescheid.

„Wir müssen auch los zum Strand. Walter wird es wohl nicht mehr schaffen, auch da zu sein. Aber darauf können wir jetzt nicht warten." Lasse startete sein Wohnmobil und rauschte los. Als sie am Strand ankamen, war gar nichts mehr zu sehen. Kein Lee, keine Zoey und kein Jin. Lasse ging die Düse. Da kam Walter schnellen Schrittes angewackelt.

„Die wurden schon abgeholt mit einem Motorboot und sind nach links gefahren. Das war vor circa zwanzig Minuten." „Hallo Walter, meinte Zoey, wieso bist du denn schon da?"
„Mir fiel die Decke auf dem Kopf, ich musste raus und bin schon seit einer Stunde hier."

Sofort gab Lasse die Koordinaten durch. Dann sagte er: „Jetzt hilft nur noch beten."

Auf der Jacht war schon Stimmung, als die vier Erwachsene und der Kleine ankam.
Die Musik dröhnte schon auf einer Lautstärke, sodass sich Jin die Ohren zuhielt.
Der Kleine bekam zur Begrüßung einen Delfin aus Stoff und die Erwachsenen wurde aus einem Trinkschlauch einen köstlichen Schluck serviert. Zoey lehnte zwar ab, aber als sie sah, dass auch Valeria und Javier daraus tranken, nahm

sie auch einen kleinen Schluck. Es schmeckte sogar.

Lee tat so, als wenn er seekrank wäre und hielt sich an der Reling auf. In Wirklichkeit hielt er Ausschau nach einem Polizeiboot.

Eine junge Frau hatte Mitleid und gab ihm einen Kamillentee und einen Zwieback. Brav bedankte er sich. Als er einen kleinen Schluck nahm, bemerkte er, dass etwas mit dem Tee nicht stimmte. Er goss ihn über Board und sah am Grund eine weiße Substanz. Er dachte sich seinen Teil.

Als die Schönheit wieder kam, fragte er noch nach einer zweiten Tasse von den wunderbaren Tee.

Mit einem Augenaufschlag holte die Schönheit noch eine zweite Tasse. Diesmal blieb sie neben Lee stehen. Er versuchte mit seinen Lippen an den Tee zu kommen und meinte: „Autsch, very Hot. Sie lachte und blieb stehen. Der Kapitän rief nach ihr. Sofort drehte sie sich ab und ging zu ihm. Lee schüttete die Flüssigkeit ins Meer. Im Inneren entschuldigte er sich bei den Fischen. Wieder war eine Substanz am Boden der Tasse zu sehen. Er nahm eine Ecke vom Stofftaschentuch und wischte damit den Rest aus. Er steckte das Taschentuch wieder in seine Hosentasche. Die Schönheit kam wieder und Lee hatte sich auf dem Boden gesetzt. Sie lächelte und Lee tat so, als wenn er sie nicht richtig erkannte. Dann winkte sie zwei Männern zu. Sie nahmen Lee unsanft und trugen ihn unter Deck in eine Kabine.

Dort legten sie ihn auf eine Koje. Sie banden ihn die Hände auf dem Rücken zusammen und seine Füße. Dann gingen sie wieder.

Lee öffnete vorsichtig seine Augen. Er war allein. Wo war Zoey. Dann hörte er Stimmen.

Er schloss die Augen und einen Augenblick später brachten sie Zoey in die Kajüte. Auch ihr wurden die Hände verbunden. Die Füße ließen sie bei Zoey frei.

Dann verschwanden sie wieder. Als es ruhig war, öffnete Lee seine Augen: „Zoey? Zoey? Wach auf, wir müssen fit sein, Zoey?" Aber die Augen von Zoey blieben verschlossen. Panik stieg bei Lee auf. Er rüttelte an seine Fesseln. Nichts. Er hörte Stimmen. Der Kapitän mit zwei Männern an. Als er drinstand, fragte er: „cuanto (wieviel) seis en total" (Sechs insgesamt). Dann gingen sie wieder.

Lee versuchte verzweifelt seine Fesseln zu lösen. Aber er hatte keine Chance. Wieder hörte er Stimmen. Jin rief: „Mama, Papa!" Er wollte gerade antworten, da ging die Tür auf und Valeria kam mit Jin herein.

Sie kniete sich neben Jin und sagte ganz traurig: „Jin, du musst jetzt ganz stark sein, deine Mama und dein Papa sind Tod, sie werden in den Himmel kommen und dir beim Spielen zusehen. Du bleibst jetzt bei uns." Jin weinte und rüttelte an seine Mama. Die aber bewegte sich nicht. Dann rüttelte er an Lee und auch er durfte sich nicht bewegen. Tränen stiegen in seine Augen. Lee war voller Hass. Javier kam und meinte: „Warum musst du dich immer noch so theatralisch verabschieden. Komm endlich, ich habe das Geld.

Sie nahm Jin an den Schultern und zog ihn von seinen Vater weg. Jin schrie nur noch. Das zerbrach Lee das Herz.

Er riss die Augen auf und schrie Valeria an: „Nimm deine Finger von meinen Sohn, aber sofort!" Erschrocken blieb sie stehen. Jin machte sich von Valeria los und lief zu seinen Papa. „Papa, Papa."

„Was soll das? Wieso……"

Lee starrte sie an, so voller Hass.

Javier sagte nur: „Moment, ich hole jemanden, und lief weg.

Jin war nicht von seinen Vater wegzubekommen. Valeria meinte: „Mach es dem Jungen doch nicht so schwer. Du kommst hier nicht mehr weg."

Lee fragte: „Okay, das kann ich verstehen, aber eine Frage musst du mir beantworten, warum?"

Jin weinte und ging zu seiner Mutter. Wir bekommen für jeden Körper 10.000 Euro, weil die Organe dringend gebraucht werden. Da wir selbst keine Kinder bekommen können, nehmen wir uns dein Kind, also Jin wird überleben."

„So, wie Sofia etwa?"

Valeria war erschrocken. „Wieso, was hast du mit Sofia zu tun?"

„Eine ganze Menge, ich weiß, wo sie ist und sie fragt sogar nach dir,
weil, ihre Eltern sind schon verarbeitet. Ich weiß, dass ihr für den Grafen arbeitet.

Wie heißt er denn richtig?"

Sie holte gerade Luft, als Javier mit zwei Männern hereinkam. Einer zog eine Spritze auf und wollte sie Lee gerade verabreichen, da hörten sie eine Sirene. Einer der Männer schaute durch das Bullauge und sagte: „Policia!" Sofort verschwanden sie durch die Tür nach draußen, um ihren Kapitän zu informieren.

Von zwei Seiten wurde die Jacht angesteuert und etliche Polizisten kamen, um die ganze Crew festzunehmen, einschließlich den Kapitän. Obwohl er seine Unschuld beteuerte. Valeria versuchte noch den Kleinen von seiner Mutter wegzuziehen, er aber biss ihr in die Hand. Dann kam die Polizei rein. Lee deutete mit dem Kopf an, dass diese Frau und dieser

Mann die Vermittler waren. Beide wurden mit Handschellen auf dem Rücken abgeführt. Es wurden die Hand und Fußfesseln von Lee gelöst. Zoey war immer noch bewusstlos. Ein Notarzt versorgte sie und auch noch andere, die in den Kajüten nebenan waren.

Lee nahm seinen Sohn in den Arm und meinte:

„Mama wacht bald wieder auf, sie war nur sehr müde, weißt du?" Jin nickte tapfer und umarmte seinen Vater.

Als sie wieder am Strand ankamen, wartete ungeduldig Lasse, Hanna und Walter.

Überglücklich fielen sich Lasse und Lee in die Arme. Walter bestätigte den Polizisten, dass das die Mörder von seinen Kindern seien.

Völlig verwirrt schaute Valeria dem alten Mann in die Augen. Der aber spukte ihr vor die Füße.

Hanna fragte: „Was ist mit Zoey?"

„Die wird vorsichtshalber ins Krankenhaus gebracht, geht ihr aber gut. Hat nur ein Schlafmittel bekommen.

Walter gab seine Anzeige noch auf,
damit wenigstens die Überreste von
seinen Kindern noch würdevoll beerdigt
werden.
Er rief seine Frau an und berichtete. Sie
hatte sich fürchterliche Sorgen gemacht.
Als alle im Krankenhaus darauf
warteten, das Zoey endlich wieder ihre
Augen öffnete, spielte Jin mit seinem
Delfin, den er einfach mitgenommen
hatte.
Hanna meinte: „Endlich, sie wird wach."
Ein bisschen verschwommen konnte sie
in die Gesichter von Lee, Hanna und
Lasse werfen.

Dazwischen ein kleine Gesicht, Jin.
„Was ist denn los, wo bin ich? Was ist
passiert?"
Lee übernahm das Wort:
„Das ist ja mal wieder typisch Zoey,
verschläft alles,
was auch nur ansatzweise spannend
wird. Aber keine Sorge, ich werde dir
alles berichten, wenn du richtig wach
bist." Alle lachten. Der Kleine sprang auf
das Bett und drückte seine Mama ganz
doll.

*E*rfolg

Gabriel und Frank lagen am Strand in der Sonne und tranken einen Schluck Champagner auf den ersten Erfolg aus Ibiza.

Vielleicht wurden sie jetzt mehr rausbekommen, wer hinter dem Grafen steckt. Da wurden sie von einer jungen gutaussehende Frau angesprochen.

„Oh hallo, gibt es hier etwas zu feiern?"

„Hallo, wir haben sie gar nicht kommen sehen, sagte Gabriel. Mein Freund hier hat Geburtstag und wir stoßen auf seinen 30 zigsten Geburtstag an."

Frank schaute ihn an und verstand sofort. „Ja genau, möchten sie auch ein Gläschen?"

„Ja gern, endschuldigen sie, ich habe mich noch gar nicht vorgestellt, nennen sie mich einfach Lucia, ich bin Italienerin."

Gabriel schüttete ihr ein Glas voll. Frank fragte: „Ich heiße Frank und das ist Ga…" Gabriel unterbrach ihn.

„Ich heiße Gabor, einen schönen guten Tag, junge Frau. Machen sie auch gerade Urlaub, oder arbeiten sie hier?"

Lucia schaute ihn überrascht an: „Sie sind also der Mann Gottes?"

„Der Mann Gottes?" Gabriel war überrascht.

„Ja, Gabor ist eine ungarische Form mit der Bedeutung *,Mann Gottes, oder auch, Gott ist mein Held'.*"

„Sie sind gut informiert. Ich bin tatsächlich in Ungarn geboren, bin aber mit zwei Jahren schon nach Deutschland gekommen."

Frank meldete sich jetzt wieder zu Wort.

„Was denn nun, Urlaub oder Arbeit?" Fragend schaute er sie an.

„Beides, sagte sie überzeugend. Meine Arbeit ist wie Urlaub. Ich arbeite zwischendurch für einen Grafen."

Frank verschluckte sich am Schampus.

Dann meinte er: „ja ne, ist klar, sowas gibt es doch gar nicht mehr."

„Oh doch, es gibt noch vereinzelt welche.

Morgen kommt er mit seiner Jacht, dann gibt es einen große Party am Board, wenn ihr wollt, kann ich ja mal nachfragen, ob ihr dabei sein dürft."

„Das können wir uns nicht leisten, sorry," gab Gabriel zur Antwort.

„Ach was, das kostet doch nichts. Ich frage mal nach und wenn es in Ordnung geht, sage ich euch Bescheid. Wo wohnt ihr?"

Frank gab die Antwort. „Ich denke, wir sind morgen um dieselbe Zeit hier am Strand. Würde mich geehrt fühlen, wenn ich mal einen Grafen kennenlernen dürfte. Sind sie denn auch da?"

„Mit Sicherheit," sagte sie mit einem Augenaufschlag. Dann drehte sie sich um und verschwand.

„Bingo, das ist ein Volltreffer!"

Es platzte Frank aus dem Mund. „Wir müssen die Polizei benachrichtigen, wir müssen uns vorbereiten, wir müssen……."

Gabriel unterbrach ihn.

„Wir müssen erst mal ruhig bleiben, du machst mit deiner Euphorie noch alles kaputt........es wäre mir eine Ehre einen Grafen kennen zu lernen........" Dabei mimte er Frank nach.

„Wieso, ist doch super, wir gehen morgen auf die Jacht und schwupp kommt die Polizei und nimmt den Grafen fest, ganz einfach."
Gabriel guckte Frank in die Augen und sagte:
„Wenn es so einfach wäre, dann hätten nicht schon so viele Menschenleben dran glauben müssen. Du gehst morgen allein auf die Jacht, ich bin unpässlich. Du nimmst eine Kamera mit und versuchst so viel wie möglich zu filmen. Vor allem brauchen wir Bilder vom Grafen. Ich verfolge das hier auf dem Bildschirm. Falls etwas daneben geht, kann ich wenigstens Hilfe holen, klar soweit?"
„Wieso kommst du denn nicht mit?"
„Weil einer einen kühlen Kopf bewahren muss.

Wir brauchen erst einmal Beweise, dass der Graf dahintersteckt, und keine Vermutungen anstreben."

Wir informierten die anderen in dem Institut, dass wir eine heiße Spur haben.

*I*m Institut

Hanna war mit sich zufrieden. Erst den Erfolg von Ibiza, da werden die Leute gerade verhört und dann noch Portugal. Bald würden sie wissen, wer hinter diesen Machenschaften steht. Sie informierte Lasse über Portugal. Der sollte Lee Bescheid geben. Nun wählte sie die Nummer von ihrer besten Freundin in Kanada.

Samira nahm sofort ab.

„Hallo Hanna, schön dass du anrufst, was gibt es Neues beim Organhandel?"

Hanna berichtete alles haarklein.

Aufmerksam hörte Samira zu.

Als Hanna alles erzählt hatte, meinte sie:

„Was meinst du, wer der Graf ist? Ein Trittbrettfahrer?

Oder meinst du, dass Hektor dahintersteckt? Der ist bis heute nicht auffindbar."

„Das kann ich dir beim besten Willen nicht sagen, ich weiß es nicht. Aber wenn Frank, von der Detektei ein Foto schießt, wissen wir es. Zumindest wissen wir, wie er aussieht." Was gibt es bei euch Neues?"

„Torsten und ich wollen heiraten."

„Was, und das sagst du so nebenbei? Das ist ja Wahnsinn."

„Ja, jetzt, wo er geschieden ist und ich schwanger bin, wollen wir in Kanada heiraten und euch alle einladen."

„Moment mal, hast du gesagt schwanger?"

„Ja, aber noch ganz am Anfang, also sage mal noch nichts den anderen."
Hanna war entzückt und freute sich mit Samira.

„Weißt du, einen Flug nach Deutschland kann ich nur noch jetzt machen. Ich bin in der sechsten Woche. Ich muss mich darauf einstellen, dass es eine Risikoschwangerschaft wird."

„Wieso, hat das dein Arzt gesagt?"

„Ja, ich war schon mal schwanger, aber nicht gewollt. Im zweiten Monat hatte ich das Kind verloren......zum Glück."

„Wieso Glück?"

„Das Kind hätte einen Vergewaltiger und Mörder als Vater gehabt.
Es wäre von Viktor gewesen." Hann ließ einen kleinen Schrei los.

„Was?! Das hast du mir nie erzählt, Samira.

„Ich weiß, aber ich musste mich erst einmal von den ganzen Strapazen erholen, verstehst du? Was ist damals mit diesem Monster durchgemacht habe und dann noch von ihm schwanger zu werden, war einfach zu viel für mich.

Auch, wenn Viktor jetzt Tod ist, spukte er mir noch wochenlang im Kopf rum und über die Bettdecke. Torsten hatte mir geholfen und ich habe eine Therapie über ein Jahr gemacht. Jetzt, wo es mir besser ging, wollten wir es versuchen und es hat gleich funktioniert. Ich freue mich auf unser Kind. Der Arzt sagte, ich solle aber Acht geben."

„Oh, Samira, das tut mir so leid. Du hattest immer den Eindruck gemacht, als wäre alles in bester Ordnung."

„Hanna, bitte mache dir keine Vorwürfe, du hast es ja nicht gewusst. Ich habe aber noch eine Frage. Wenn alles gut geht mit dem Baby, möchtest du dann Patentante werden?"

Hann kamen die Tränen. „Sehr, sehr gerne meine liebe Samira."

„Danke schön, dass du das machst. Ich werde Torsten die Neuigkeiten mitteilen und auch das andere. Wenn ihr wisst, wer der Graf ist, gebt uns bitte Bescheid, ja?"

„Ja, das mache ich sofort, und wenn ihr wisst, wann ihr nochmal kommt, sage Bescheid. Unser Haus ist auch euer Haus."

„Lieben dank, also dann bis bald, dicken Kuss."
„Dicken Kuss zurück."
Dann legten beide auf.

Hanna ging es durch den Kopf, was Samira ihr gerade erzählt hatte. Was hat diese Frau mit durchgemacht. Ganz schrecklich.

Frank wartete ungeduldig am Strand. Er schaute nach links und rechts, aber nichts zu sehen. Dann tippte ihn jemand auf die Schulter. Erschrocken drehte er sich um.

Lucia stand da.

„Hallo Frank, wo ist denn ihr Freund?"

„Oh, Gabor hat sich einen Virus zugezogen und liegt im Bett. Darf ich auch allein mitkommen? Oder geht es nicht?"

Sofort schaltete Lucia um. Einer allein, dann gibt es einen Zeugen, dann lieber keinen.

„Nein leider nicht, aber in zwei, drei Tagen würde es gehen. Bis dahin ist ihr Freund bestimmt wieder fit."

Frank war verwirrt und sauer, musste aber einlenken.

„Ja klar, so machen wir das."

Dann verschwand Lucia wieder.

‚So ein Mist,' dachte Frank.

Er ging zurück und informierte Gabriel. Der überlegte und antwortete: „Die wollen keine Zeugen haben. Wenn einer hierbleibt und der andere nicht wiederkommt, kann wiederum der erste die Polizei informieren."

Was heißt, nicht wiederkommt?"

Frank schaute Gabriel überraschend an.

„Nein, so war das nicht gemeint."

„Ach ne, und warum wolltest du nicht auf die Jacht?"

„Weil ich der Chef bin.
Außerdem.....Gabriel druckste rum.......Der Graf kennt mich."

Jetzt war es raus.

„Was, du kennst den Grafen und schickst mich trotzdem auf die Jacht?"

„Ich kenne ihn nicht wirklich. Wir haben uns vielleicht zwei Minuten gesehen, aber er kennt meine Stimme. Wenn er die wieder erkennt, bin ich gleich Tod. Der ist nämlich nicht so gut auf mich zu sprechen."

„Wieso, womit hatte er dich denn beauftragt?"

„Ich sollte seine Exfrau auswendig machen. Habe sie aber in ganz Deutschland nicht gefunden, bis.......wieder atmete er tief ein.....bis ich in dem Institut war. Diese Frau, denke ich mal, ist seine Ex."

„Und warum hast du das dem Grafen denn nicht mitgeteilt?"

„Weil ich mir nicht ganz sicher bin. Sie heißt zwar so, Samira, aber die Haare sind lang und nicht bis zur Schulter. Und eine Ähnlichkeit mit Marilyn Monrose hatte sie auch nicht gerade. Außerdem wollte ich den großen Auftrag, damit sie positiv in der Zeitung über unsere Detektei schreiben.

Der Graf ist auch sehr jähzornig. Mit dem ist nicht gut Kirschen essen."

„Ach verstehe, und was machen wir jetzt?"

Ich denke mal, wir müssen das abblasen oder hast du eine andere Idee?"

„Ja, ich habe erzählt, du hättest einen Virus. Vielleicht ist der so schlimm, dass du abreisen musstest. Dann wärst du nicht mehr da. Dann bin ich allein und es gibt keine Zeugen.

Allerdings darfst du dich nicht mehr aus dem Zimmer bewegen, bis ich wirklich weg bin. Lucia erscheint immer aus dem nichts und verschwindet genauso schnell wieder. Was meinst du?"

„Das könnte funktionieren, wir probieren es aus."

Zwei Tage saß Frank allein am Strand und sonnte sich. Er nahm sich eine Kühltruhe mit, wo er Bier und Sandwich drin hatte, damit er nicht so oft vom Strand verschwinden musste. Dann stand Lucia, wieder wie aus dem nichts in der Sonne.

„Hallo Frank, du bekommst noch einen Sonnenbrand, wenn du nur in der Sonne liegst."

Frank hob seine Handkannte, um Lucia besser zu sehen, über seine Augen.

Dann stand er auf.

„Oh, hallo schöne Frau. Ich hatte gar nicht mehr mit ihnen gerechnet."

Verwundert schaute sie sich um.

„Ganz allein?"

„Ja, leider. Gabor ist zu ängstlich, wegen dem Virus und ist abgereist. Er vertraut mehr den deutschen Ärzten. Ich reise auch morgen wieder ab. Schade, dass es nicht geklappt hatte mit der Geburtstagsfeier auf der Jacht, aber vielleicht begegnet man sich ja noch mal.

Lucia überlegte, dann meinte sie:

„Wenn du möchtest, dann heute Abend. Ich wäre deine Begleitung, wenn du magst?" Frank bemerkte sofort, dass sie von Sie auf Du umschwenkte. „Ja, sehr gern Lucia, um wieviel Uhr?" „So in zwei Stunden?" Bitte ziehe dir etwas Elegantes an. In Shorts wärst du der

Einzige." Dabei lachte sie und schmiss
ihr Haar nach hinten.
Auch Frank lachte und antwortete:
„Natürlich, hätte ich sowieso gemacht,
was denkst du von mir."
Sie verabschiedeten sich und Frank lief
auf Umwegen zurück zum Hotel. Er war
vorsichtig und wollte das Unternehmen
nicht durch Schusseligkeit zerstören.
Gabriel war begeistert.

„Jetzt geht es also los. Während Frank
duschte, stattete Gabriel die Klamotten
vom Frank aus. Er legte ihn eine Uhr hin,
die unauffällig Fotos schoss und direkt
auf dem PC vom Gabriel projiziert
wird. Dann eine Kette, wo ein kleiner
Anhänger mit einer weißen kleinen
Perle, die eine Kamera war, ausgestattet
war. Und zu guter Letzt, ein
Kugelschreiber in seinem Revers. Er zog
einen beigen Anzug an und ein weißes
Hemd und helle Snickers, wo er barfuß
reinschlüpfte.
Er besorgte noch schnell ein paar
Blumen für Lucia und eine Flasche guten
Champagner für den Gastgeber, damit
er ihn auch zu Gesicht bekam.

Dann wartete er am Strand. Ein kleines Motorboot kam an. Hinten am Horizont konnte man die Jacht kaum erkennen. Lucia war auch in dem Motorboot und ein Fahrer, der nur nickte und mir die Hand hinhielt, um aufs Boot zu kommen. Ich hatte meine Hose hochgekrempelt und bin ein paar Schritte durch das Wasser gelaufen. Auf dem Boot übergab ich brav den kleinen bunten Strauß an Lucia. Die freute sich sichtlich. Wir fuhren mit Tempo über die Wellen.

Aufgeregt saß Gabriel vor dem Computer und verfolgte alles. Die ersten Bilder vom Fahrer und von Lucia hatte er bereits. Sofort leitete er die Bilder weiter, damit seine Frau gleich Nachforschungen anstellen können, wer diese Frau ist.
Sie kamen an die Jacht. In dicken Buchstaben stand **ZAKK** auf der Jacht.

Yacht Eclipse. Das soll die drittgrößte Jacht auf der Welt sein. Sie gehört einem Russen, soviel er weiß. Er überlegte und

*gab auf dem anderen PC den Namen
Yacht Eclipse ein.
Sofort öffnete sich eine Fenster. Er las
laut:
„Yacht Eclipse gehört einen Milliardär
Roman. Zwei Swimming-Pools, von dem
man einen in einer Tanzfläche
verwandeln kann und drei
Hubschrauberstellplätze. Die Megajacht
ist 162,5 Meter lang. Sie ist aus dem
Jahr 2010 und kostet circa 345 Millionen
Euro.*

Wieso kann sich ein Graf so eine Jacht
leisten und gehört ihm nun die Jacht,
oder mietet er sie nur."

Frank schoss ununterbrochen Bilder.
Es waren auch andere Leute da, viele
tanzten oder unterhielten sich mit
anderen Gästen. Zwischendurch liefen
immer ein paar Kellner oder

Kellnerinnen umher und schenkten nach. Alle sahen schick aus.

Frank Piff durch die Zähne, was so viel heißt, alle Achtung, der ließ sich aber was kosten.

Dann fragte Frank: „Wo finde ich denn den Gastgeber? Ich wollte ihn eine Flasche Schampus überreichen?"

Als er allerdings sah, was für ein Champagner ausgeschenkt wurde, versteckte er seinen dann doch lieber wieder.

Lucia lachte ihn strahlend an.

Er stellte ihn einfach irgendwohin.

Lucia und Frank stießen an.

Ein gutaussehender Mann unterbrach das Klirren der Gläser:

„Hallo Lucia meine Liebe, schön, dass du dich auch mal wieder blicken lässt!"

Lucia drehte sich um und umarmte diesen großartigen Mann, der sehr reich aussah und rief: „Alfi!"

Alfi ließ es zu, dann fragte er: „Wer ist deine Begleitung?"

„Oh, entschuldige bitte. Darf ich vorstellen, das ist Alfons von Seelenstein und das ist Frank…..".

Lucia schaute Frank an und wartete auf Antwort. „Guten Tag, ich heiße Frank Schubert."

Alfi überlegte: „Frank Schubert, nie gehört, welche Branche?"

„Immobilien, und sie?

Lucia antwortete für ihn: „Alfi ist ein mächtiger Baulöwe, einer der reichsten Leute."

Frank verdrehte die Augen und machte gleich ein schönes unauffälliges Foto vom Baulöwen.

Gabriel gab alles in dem PC ein. Stimmt sogar. Der Kerl hat so viel Kohle, dass er sich den Hintern mit 100 Dollarnoten abputzen könnte.

Jetzt gesellte sich eine Frau dazu, die aussah, als wäre sie durch ein Luftkanal geschossen worden.

„Meine Herren, die sieht ja schrecklich aus. Wie kann man sich nur so verunstalten. Das Gesicht sah aus wie eine Fratze.

Bei der war nicht nur das Gesicht in Dauer - Botox Behandlung, auch der Busen wurde gemacht, der Po und was weiß ich noch alles. Das ist bestimmt seine Frau.

Bingo, sie stellte sich vor, als wäre sie
eine Prinzessin.

*

Sie hielt Frank die Hand hin zum
Handkuss. Frank war verwirrt und
deutete nur den Handkuss an.
Er nahm sich wieder ein Glas und trank
erst einmal einen ordentlichen Schluck.
Frank entschuldigte sich und fragte
Lucia: „Sorry, weißt du, wo man hier mal
für kleine Jungs kann?"
„Ja klar. Sie hielt den nächsten Ober an
und sagte etwas auf Spanisch. Der
nickte und ging voraus.
„Folge dem Mann, sonst verläufst du
dich."

*

Gabriel klatschte in die Hände:
„Jetzt geht es los, es wird spannend.

*

Frank in unter Board und lief dem
Spanier hinterher. Nach einer Ewigkeit
blieb der stehen und zeigte auf eine Tür.
Frank nickte und ging rein. Er war
tatsächlich auf einer Toilette. Er war
allein dort. Er sprach leise in die
Kamera: „Hi, hier ist ganz schön was los.
Ich muss den Spanier da draußen
loswerden, um den Grafen zu suchen."
Die Tür ging auf und ein weiter Mann
betrat die Toilette. Er hatte fast den
gleichen Anzug an wie Frank.
Der ging, ohne sich die Hände zu
waschen, nachdem er seinen Schniedel
wieder verstaut hatte, raus.
Frank dachte: *Geldleute sind auch nicht
besser als wir normalen.*
Er wollte gerade wieder raus und
öffnete die Tür, als er sah, dass der
Spanier den anderen Mann raus
begleitete.
*Der hat mich mit Sicherheit
verwechselt.*
Schon glitt er leise durch die Tür und lief
ins Schiff innere umher. Er schaute
durch die Glastüren, um zu sehen, ob
der Graf hier irgendwo zu sehen ist.

Jetzt kam er in einem Bereich, wo ganz groß und nicht zu übersehen stand:

„*Privado*".

Frank ging einfach weiter.
Ein zweites Schild kam und wieder das gleiche. Er ging immer noch weiter.
Dann blieb er wie angewurzelt stehen.

Vor ihm kam ein Mann aus einer Tür, er schaute nur kurz nach links, nahm Frank aber gar nicht wahr, weil er zu weit weg war, und ging den Gang vor ihm weiter. Frank versuchte sich bedeckt zu halten und lief zügig hinterher. *Das ist bestimmt der Graf'*
dachte er und folgte ihm weiter.

*

Gabriel hatte nasse Hände und betete: „Bleib bloß dran. Mensch Frank, das ist er, beeile dich mit dem Foto, nun geh mal einen Schritt schneller."

Frank war jetzt nur zehn Schritte hinter ihm.

Der Graf blieb einfach im Flur stehen. Er nahm sein Handy raus und telefonierte kurz.

Frank versuchte weiter an ihm ranzukommen, um zu verstehen, was er sagt. Der Graf dreht sich halb um. Frank schoss das Foto.

‚*Verdammt, dachte er, ich brauche ein richtiges Foto.*‘ Also rief er: „Hallo Herr Graf, bitte warten sie mal. Der Mann vor ihm blieb stehen. Frank dachte: ‚*Jetzt wird er sich umdrehen und ich habe ein Foto, dann werde ich bestimmt befördert……*‘

Rums machte es und alles wurde schwarz vor den Augen.

„Frank, was ist? Frank, Mensch Junge, was ist den los?" Gabriel wurde flau im Magen. Er ging näher an die Kamera. Er konnte einen Boden sehen. Füße kamen ins Bild. Weiße Schuhe. Dann

noch andere Schuhe. Der eine sagte dem anderen:
„alejarlo, para procesar". (schafft ihn weg, zur Verarbeitung)
Gabriel wurde kreideweiß und er wusste, dass es der Graf war. Er erkannte ihn an seiner Stimme.

Völlig aufgeregt sagte Gabriel zu sich selbst:
,Was mache ich den jetzt? Ich muss die Polizei informieren, und zwar schnell. Sonst landet Frank noch auf dem OP Tisch.' Er schaute nochmal zu den Bildern, doch da wurde alles schwarz. Gabriel informierte die spanische Polizei.

Frank wurde niedergeschlagen von hinten, weil der Graf es im Handy gesehen hatte, dass er verfolgt wurde. Eine Schwester versorgte Frank mit einer Spritze, damit er schlafen konnte. Dann wurde er in einen Leichensack

gesteckt, wo noch ein Schlitz zum
Atmen blieb.
Zehn Minuten später startete ein
Hubschrauber. Frank wurde auf dem
direkten Weg weggebracht zur
Verarbeitung.

*

Es klopfte an der Tür beim Grafen. Er
sagte herein und Lucia trat ein. Der Graf
stand mit dem Rücken zu ihr.
Sie sagte: Herr Graf, sie wünschen?"
„Hast du mir was zu sagen?"
Lucia überlegte und schüttelte den Kopf.
Das konnte der Graf aber nicht sehen.
Deshalb sagte sie: „Ich weiß nicht, was
sie meinen?"
Er drehte sich um und schaute sie scharf
an. Seine Mundwinkel zuckten.
„Das war ein Spion, den du da
angeschleppt hast. Woher kennst du
ihn, wer ist er. Was weißt du?"
Lucia wurde kreideweiß im Gesicht.
„Das habe ich nicht gewusst, ehrlich
nicht. Sonst hätte ich ihn doch nicht
hierhergebracht. Das müssen sie mir
glauben, bitte?"

Sie hatte Angst vor dem Grafen. Mit dem sollte sie sich das nicht verderben, das wusste sie.

Er schmiss ihr einen Umschlag hin.

„Die Hälfte ist genug für einen Spion."

„Ja natürlich."

Das rote Telefon leuchtet auf. Das hieß, schnell handeln. Die Polizei ist gleich hier.

Er nickte Lucia zu und beide gingen in eine andere Kabine und setzten sich an einem Schachtisch. Es sah so aus, als wenn sie schon eine ganze Weile Schach spielten.

Einen Augenblick später klopfte es an der Kabine. Zwei Polizisten traten ein.

„Bitte Entschuldigen sie die Störung. Wir haben eine Information bekommen, dass es hier einen kleinen Unfall gegeben hätte mit einem Frank Schmitt?"

Der Graf stand auf: „Frank Schmitt, kenne ich nicht. Den Namen habe ich noch nie gehört. Aber sie können sich selbst umsehen oder die anderen Gäste befragen, ob sie einen Frank Schmitt kennen."

„Der eine ältere Polizist meinte: „Ich glaube, es wird nicht nötig sein, entschuldigen sie bitte die Störung."
Der Graf hakte aber noch mal nach: „Wer hatte denn das behauptet, junger Mann?"
Etwas verlegen antwortete er: „Der Mann soll ein Detektiv sein und war auf eine heiße Spur." „Ach, hier auf meiner Jacht ein Detektiv? Sie heißt nicht zufällig Holzmann?"
Verwirrt schaute der Polizist auf seinen Zettel. „Doch ja, genau, Holzmann, dann kennen sie den Mann doch?"
„Nein, leider nicht. Ich kannte nur einen Gabriel Holzmann von der Detektei Holzmann aus Berlin, Deutschland."
„Ja, und das war ein Mitarbeiter von ihm."
„Und was suchte dieser Mann?"

„Das wissen wir leider nicht, Herr Holzmann hat nur gesagt, dass er schlechtes Bildmaterial hätte, wo man es nicht gut erkennen könnte, dass einem Mitarbeiter etwas zugestoßen wäre."

„Dann kann ich ihnen leider nicht weiterhelfen, tut mir leid."
Der Graf explodierte gleich.
Die Polizisten verabschiedeten sich, entschuldigten sich noch mal für die Störung und verschwanden.
Der Graf drehte sich zum Bullauge. Lucia stand hinter ihm.
„Das tut mir leid, das habe ich nicht gewusst."
Der Graf drehte sich um und knallte Lucia mit dem Handrücken durchs Gesicht. Der Siegelring ratschte durch ihr hübschen Gesicht. Sie ging zu Boden.
Sie fasse sich ins Gesicht und merkte, dass sie blutete.
Lucia weinte und zitterte.
Der Graf sagte zornig:
„Verschwinde, ich will dich nicht mehr sehen!"
Sie erhob sich und ging zur Tür, fasste die Türklinke an und wollte sie gerade öffnen, da spürte sie etwas Kaltes am Rücken.
Der Graf warf ihr ein Messer in den Rücken.
Sie sackte zusammen.

Er griff zum Telefon, sagte, das der letzte Transport durchsucht werden sollte und die Kleidung vernichtet werden und dass es noch einen Transport zur Verarbeitung gab.

*T*orben Institut

Gabriel hatte noch in sämtlichen Krankenhäuser angerufen, aber nirgends ist ein Mann mit einer Kopfverletzung eingeliefert. Frank hat sein Leben gelassen, für so einen scheiß. Und dann haben wir nur sehr mageres Bildmaterial. Gabriel flog zurück. Im Flugzeug schlief er vor Erschöpfung ein und träumte wirre Sachen vom Grafen. Als er die Augen öffnete, war sein Shirt nassgeschwitzt. Er schwor auf Rache.

Pünktlich saßen alle im Institut zusammen und werteten das Bildmaterial aus.

Gabriel berichtete dabei, während sie versuchten, irgendein Bild vom Grafen zu suchen.

Es gab nur eins, wo er von der Seite drauf war, aber unscharf. Und von hinten eine kurze Videoaufnahme, wie er geht.

Hanna erkannte gar nichts, ebenso Lasse, Zoey meinte: „Das könnte jeder sein."

Lee überlegte: Er hat den Gang schon mal gesehen. Er wippte mit der Verse etwas hoch, weiß aber nicht, mit wem er das in Verbindung bringen sollte.

Nun saßen sie schon zwei Stunden über den Bildern. Lee versuchte die Pixeln zu verbessern. In zwanzig Minuten wollen sich Torsten und Samira aus Kanada mit Video stream dazuschalten.

Lasse und Lee wollten warten mit den Erzählungen von Ibiza, sonst würden sie alles doppelt erzählen.

Es dauerte drei Versuche, bis die Verbindung endlich stand.

Es wurde erst einmal ausgetauscht, dass es alles gut geht. Vor allem Samira ging es ausgesprochen gut. Die Schwangerschaft stand ihr gut.

Lee erzählte vom Erfolg in Ibiza.

Zwei Leute sind festgenommen worden. Von einem Grafen hätten sie aber nichts gewusst. Nur ihren Verbindungsmann haben sie freigegeben. Der wird gerade verhört.

Aber, es war schon mal ein kleiner Anfang. In Portugal lief es nicht so gut. Der Mitarbeiter wurde Opfer vom Grafen, der sich nicht in die Karten gucken ließ. Wir haben einmal seinen Gang und ein seitliches Profilbild, aber verschwommen.

Lee spielte das Video ab. Man sah den Grafen im Gang laufen, dann das Bild.

Torsten sagte als erstes etwas.

„Wer soll denn das sein?"

Hanna antwortete: „Der Graf."

Hanna bemerkte es als erstes:

„Samira, was ist mit dir? Du siehst aus, als hättest du ein Gespenst gesehen?"

Samira sackte zusammen.

„Schatz, was ist los, soll ich dir einen Schluck Wasser holen? Was ist mit dir?"

Torsten holte schnell ein Wasserglas und befüllte es. Zügig trank sie das Wasser, sammelte sich und sagte stockend:

„Das ist ganz eindeutig Viktor."

„Bitte?" Es kam gleich aus mehreren Mündern.

Lee überlegte und meinte: „Klar, der Gang.

Wenn ich im Auto saß und er ausgestiegen ist, um zum anderen Wagen zu gehen, habe ich immer über seinen Gang geschmunzelt. Du hast Recht, das ist Viktor."

Alles redete durcheinander.

Nun stand Gabriel auf und klopfte gegen sein Wasserglas.

„Wenn ich mal kurz um Ruhe bitten dürfte."

Alles verstummte.

„Samira, sind sie die Exfreundin von diesem Viktor und hatten sie mal kürzere Haare und sahen Marilyn Monrose ähnlich?"

Samira überlegte.

„Also, mein Freund war es sicherlich nicht, er hat mich entführt und vergewaltigt." Sofort kamen ihr die Bilder wieder im Kopf.

„Waren sie mal in Paris mit dem Grafen, sorry Viktor?"

„Ja, war ich, aber ich verstehe die Fragen nicht. Erklären sie die mir bitte." Hanna fragte auch gleich dazu: „Das würde ich auch gerne wissen, oder wir alle?"

Gabriel setzte sich wieder, nahm einen schluck Wasser und fasste zusammen: „Er lässt nach ihnen suchen in ganz Deutschland. Er sagte, Sie gehören ihm, ganz allein. Sind sie sicher, dass er das ist?"

„Ja, bin ich. Als ich in der Hütte gefesselt lag, strafte er mich immer durch Nichtachtung und schaute zu Seite. Ich habe mir jede Geste, jede Bewegung damals eingeprägt, glauben sie mir. Das ist Viktor."

Lasse stotterte: „Ich dachte, der sei Tod?

Aber wenn das nicht Viktor ist, der begraben wurde, wer dann?"

Zoey meldete sich auch zu Wort: „Ihr müsst den letzten Tag leider nochmal Stück für Stück durchgehen. Wir wollten zwar alles vergessen, was damals geschah, aber wenn das wirklich Viktor ist, wissen wir, mit was für eine Macht wir es zu tun haben." Die anderen nickten.

Gabriel erzählte noch, dass es zum Auftrag vom Grafen kam, er aber nichts gefunden hätte, der Graf angepisst war und ihn entlassen hatte.

Lee fragte nach, warum er nicht eher was gesagt hätte. Der meinte, dass er sich nicht sicher war.

Er aber auch nur eine Telefonnummer habe, sonst nichts.

Lasse schrie: „Du hast eine Telefonnummer? Und das sagst du uns erst jetzt?"

Gabriel war kleinlaut: „Habe ich vergessen."

„Vergessen? Wie kann man so etwas vergessen? Und jetzt?"

Samira verschwand aus dem Bild.

Torsten sagte leise: „Lass uns morgen nochmal sprechen, Samira geht es nicht gut, ich werde mich erst einmal um sie kümmern, sorry Leute." Damit war die Verbindung zu Kanada unterbrochen.

Alle hatten Verständnis.

Hanna: „Wir kommen wir denn jetzt an den Grafen?"

Gabriel: „Es gäbe eine Möglichkeit. Wenn ich ihn anrufe und erzähle, dass ich seine Samira gefunden hätte. Dafür würde er ein Risiko eingehen."

Hanna: „Kommt überhaupt nicht in Frage, Samira ist schwanger und möchte bestimmt nicht ihren Vergewaltiger sehen."

Alle drehten sich zu Hanna: „Schwanger?" kam es wie aus einem Mund.

„Upps." Jetzt war es raus.

Lee überlegte: Er muss sie ja nicht wirklich treffen, nur so tun. Was hat denn Graf Viktor noch von ihr erzählt?"

„Nur, dass er jeden Preis bezahlt und er nicht weiß, ob sie Tod ist, oder mit einem anderen Mann zusammen ist, oder allein ist.

Er war manchmal weich in seiner Stimme, dann wieder hart. Meine Meinung ist, dass er sie noch liebt……"

„oder sie besitzen will……."vollendete Lee den Satz.

Lasse: „Hanna, wie war der letzte Tag, du hattest mit Finn, das letzte Mal Viktor und auch Hektor gesehen. Finn lebt nicht mehr, aber du. Denke bitte nochmal in Ruhe nach und gehe alles durch, bitte."

„Sorry, aber im Moment ist mein Kopf dicht.

Bis vor dreißig Minuten wussten wir nicht mal, dass es Viktor ist und jetzt muss ich mich erst einmal mit der Vergangenheit auseinandersetzten. Die hatte ich nämlich gerade hinter mir gelassen."

Lass uns Schluss machen für heute. Morgen treffen wir nochmal zusammen. Vielleicht haben wir bis dahin eine Idee.

Der Graf trank seinen Whisky und grübelte nach.

,Also, der alte Holzmann. Wenn der hier seine Mitarbeiter hinschickt, hat er auch Samira gefunden, soviel war klar. Der hat sich kaufen lassen von der Schlampe. Den werde ich ausquetschen und zur Rede stellen, danach kann er in die Verarbeitung, genau wie sein Kumpel. Er muss einen neuen Auftrag erhalten, den er nicht abschlagen konnte, der ihn und sein Unternehmen ein Ansehen und eine menge Geld einbringt. Mal sehen, was mir das einfällt. Denn eins ist sicher, dass gibt Rache, aber von allerfeinsten. Nur ich darf nicht in Erscheinung treten, dann riecht er den Braten. Ich muss jemanden haben, den ich zu einhundert Prozent vertraue. Lucia fällt weg, die ist hinüber. Wer hat nichts mit dubiosen Geschäften zu tun.

Dann fiel es ihm ein. *Der Rechtsanwalt von Portugal. Wie hieß der noch gleich, ach ja TomTom. Er suchte die Visitenkarte. Da stand:*

Rechtsanwalt Thomas Touren
Privatrecht, Arbeitsrecht, Erschaftsrecht.

Straße und Telefonnummer.
Na also, da haben wir ihn ja.
Für eine Million würde er ihm sicherlich
den Gefallen tun und ihn herlocken.
Für Geld macht der alles, genau, so wird
es gemacht. Ich muss sofort Kontakt zu
ihm aufnehmen.'
Das Telefon läutete. Nach zweimal
klingeln nahm er ab.

*T*räume

Hanna träumte wie wild.
Sie war gerade mit Finn dabei, das Feuer
im Krankenhaus zu legen. Sie holten
aber vorher noch einige Menschen aus
dem Krankenhaus.

Es qualmte ordentlich. Hanna hustete.
Finn hielt sich ein nasses Tuch auf dem
Mund. Dann reichte er Hanna eins.
Sie war so dankbar, dass sie Finn an
ihrer Seite hatte.
Sie wollten gerade raus, da stieg Viktor
aus dem Fahrstuhl.
Er schaute sie verwirrt an und fragte:
„Was ist denn hier los, was soll der
Lärm?
Wo ist Lee, Viktor will ihn sprechen."
Wieso Viktor, Lee......Finn......
Hanna wälzte sich im Bett hin und her.
Wenn das nicht Viktor ist, er, aber so
aussieht....... Diese Stimme......das ist die
Stimme von Hektor, aber warum sieht er
so aus wie Viktor?.........
Dann verschwand er wieder im
Fahrstuhl und fuhr nach oben.
Finn zog Hanna am Arm und rief:
„Hanna, komm schnell, wir müssen uns
verstecken, bevor Viktor kommt!
Wenn wir ihm folgen, wissen wir wo
Samira ist, schnell!"
Als sie draußen waren, husteten sie noch
vom Rauch. Dann kam Viktor, oder war
das jetzt Hektor? Er schmiss einige

Sachen in den Kofferraum und setzte
sich ins Auto.
Sie folgten ihm bis zu einer Hütte.........
Sie schauten durch das Fenster und
sahen Samira im Bett gefesselt.
Davor Viktor.......
Dann der Kampf zwischen Finn und
Viktor.....
Ein heller Schuss war zu hören......sie sah,
wie Finn zusammensackte. Viktor stand
über ihn, noch ein Schuss...........
Überall Blut......Schreie von Samira.....

„Hanna, Hanna, wach auf, du träumst,
Hanna!"
Hanna schreckte hoch. Schweiß stand
auf ihrer Stirn. Ihr Nachthemd war
klatschnass.
„Was ist denn los?" Lasse war besorgt.
„Nichts," sagte sie leise und stand auf,
ging ins Bad und wusch ihr Gesicht.
Danach zog sie sich einen trockene
Pyjama an.
Anschließend ging sie in die Küche und
holte sich aus dem Kühlschrank eine
eiskalte Flasche Wasser. Sie ersparte es
sich, das Wasser ins Glas zu schenken.

Sie setzte die Flasche an und trank reichlich.

Lasse kam in die Küche, sagte aber nichts. Er hasste es, wenn Hanna aus der Flasche trank. Wozu gab es Gläser?

Als sie die halbe Flasche aushatte, stellte sie sie ab auf dem Küchentisch. Lasse legte seine Hand auf ihre und fragte: „Und, geht's wieder?"

Sie schaute ihn an, als wenn er ein Geist wäre und sagte ganz ruhig: „Viktor lebt."

Lasse erstarrte ein wenig.

„Bist du sicher?"

„So sicher, wie das Amen in der Kirche. Hektor sah genauso aus wie Viktor, warum, weiß ich nicht. Sie sahen aus, wie Zwillingsbrüder. Viktor hat es irgendwie geschafft zu entkommen und ich bin mir sicher, dass der Graf Viktor ist und wir genau in ein Wespennest gestochen zu haben."

„Okay, ich werde gleich, er schaute auf die Küchenuhr, in drei Stunden eine Obduktion veranlassen und den Leichnam zu untersuchen, damit wir Sicherheit haben, dass der Tote wirklich Hektor ist."

Hanna nickte und sie gingen Beide
zurück ins Schlafzimmer und versuchten
noch zu schlafen, aber daran war nicht
mehr zu denken.

TomTom

Das Telefon klingelte, TomTom nahm
ab.
„Rechtanwalt Thomas Touren, schönen
guten Tag, was kann ich für sie tun?"
„Guten Tag, sie sprechen mit dem
Grafen, ich hätte gerne TomTom
gesprochen."

„Oh, wie schön, dass sie sich mal wieder melden, wie geht es ihnen denn?"

„Danke, sehr gut. Ist TomTom da?"

„Ja, einen Moment bitte, ich stelle durch.

„Welch seltener Anruf, der Herr Graf, was kann ich für dich tun?"

„Ich müsste dringend mit dir sprechen, geht es heute noch?"

Der Anwalt schaute in seinem Kalender.

„Wie wäre es heute um 18:00 Uhr? Wo möchtest du? Bei dir auf der Jacht, oder lieber hier?"

Wenn es geht, hier auf der Jacht. Dann können wir ein leckeres Abendmahl zu uns nehmen und einen schönen alten Wein dazu trinken?"

„Okay, gerne, ich stehe um fünf vor am Strand, alte Stelle."

„Super, dann bis nachher."

Beide legten auf. TomTom dachte: *Was will er nur, bin ja mal gespannt.*

Der Graf rief den Koch und besprach das Menü für den Abend.

Pünktlich war TomTom da. Nach einer herzlichen Begrüßung mit einer kurzen Andeutung der Umarmung setzten sie sich.

Dann kam TomTom zur Sache. Aber der Graf wollte erst einmal in Ruhe essen.

„Erst essen, dann reden," kommentierte er.

Also wurde erst einmal lecker gespeist. Bei einem frisch eingeschenkten Wein rückte er mit der Sprache raus.

„Also, ich habe da so ein kleine Attentat auf dich vor.

Es gibt einen Detektiven Gabriel Holzmann.

Ich möchte, dass du ihn unter einen Vorwand hierherlockst?"

TomTom überlegte: „Nach Portugal, oder auf deine Jacht?"

„Am liebsten auf die Jacht, wurde aber anders gehen. In einen Ferienhaus."

Der Graf zog aus seiner Innentasche ein Bild raus und legte es dem Anwalt vor.

Der nahm das Bild in die Hand, überlegte und meinte schließlich:

„Den kenne ich?"

Erstaunt sah der Graf hoch und zog eine Augenbraue hoch. „Woher?"

„Der war letztens am Strand, als ich zum Fischen wollte, da hatte er gefragt, ob er mitkann. Kurzentschlossen habe ich ihn mitgenommen. Er fragte auch nach dir, ob ich dich kenne und wie du richtig heißt?"

Im Gesicht vom Grafen wurden die Gesichtszüge steif. Seine Wangenknochen zuckten.

Dann fragte er: „Und?"

„Ja nichts und. Du glaubst doch nicht, dass ich etwas gesagt habe. Datenschutz, du verstehst?"

Die Gesichtszüge des Grafen entspannten sich wieder.

Ich könnte ihn anrufen und sagen, dass ich Information habe über den Grafen und das ich es ihm nur persönlich sagen könnte. Vielleicht kommt er ja?"

„Genauso machen wir das. Ich wusste, dass ich mich auf dich verlassen kann."

Dann gab er ein Zeichen in sein Handy und fünf Minuten später kam der Stuart und brachte einen kleine Aluminiumkoffer.

Er schob ihn über den Tisch an den Weingläsern vorbei.

Er nickte TomTom zu, den Koffer zu öffnen.

Er tat es. Er war voll mit Geldnoten. Der Anwalt schloss den Koffer, ohne zu

wissen, wieviel drin war. Er wusste, dass
der Graf großzügig war.
Dann stießen sie nochmal an.
Bei der Verabschiedung sagte TomTom:
„Ich melde mich, sobald ich etwas weiß.
Direkt morgen früh kümmere ich mich
darum, bis morgen:"
„Danke, bis morgen."

Detektei Holzmann, sie sprechen mit
Gabriel Holzmann." Er schaute gar nicht
auf die Nummer und war umso
überraschter, als er hörte, dass es der
Fischer und Rechtsanwalt TomTom war.
„Hallo Gabriel, hier ist TomTom aus
Portugal, wie geht es dir?"
„Hey TomTom, das ist aber eine
Überraschung, bist du in Deutschland?"
„Nein, in Portugal, beim Fischen, was
sonst.
Sage mal, du hattest mich doch mal
nach dem Grafen gefragt, oder?"
„Oh ja, hast du da Neuigkeiten?"

„Mit Sicherheit. Wenn du mal wieder in Portugal bist, werde ich es dir erzählen. Ich glaube, der hat Dreck am Stecken."

„Oh ja, und davon ganz viel. Kannst du mir das nicht am Telefon erzählen?"

„Nein, auf gar keinen Fall am Telefon. Ich habe eigentlich Schweigepflicht, aber wenn du kommst, muss ich es dir erzählen."

Das machte Gabriel Neugierig.

„Soll ich nächste Woche mal zu dir kommen und dich besuchen?"

„Ja gerne, aber der Graf ist nur noch 2-3 Tage da. Er plant etwas Großes…….etwas sehr Großes…….."

„Ach, weißt du was. Ich buche spontan den nächsten Flug nach Portugal. Weißt du ein Hotel, wo ich unterkommen kann?"

TomTom grinste und dachte: ‚*Warum nicht gleich so.*'

„Wenn du willst, kannst du in meinem Apartment wohnen. Das ist ein Luxus Apartment, haha."

„Echt, okay, gerne!"

TomTom gab die Adresse durch, was der Graf ihn genannt hatte, und legte mit den Worten: „Ich freue mich, bis morgen," auf.

Dann rief er den Grafen an und berichtete ihn von dem erfolgreichen Gespräch. Der bedankte sich höflich und meinte, dass er sich jetzt persönlich um den Gast kümmern würde.

TomTom war zufrieden, denn er ahnte nicht im Geringsten, was der Graf mit Gabriel vorhatte. Für ihn war der Fall damit abgeschlossen.

Gabriel rief sofort Hanna an, um ihr das Neuste mitzuteilen. Die war entzückt und freute sich, dass es so rasant weiter ging.

Sie erzählte Gabriel, das heute die Obduktion durchgeführt wird, um zu sehen, wer da im Grab liegt. Sie würde ihn sofort benachrichtigen. Dann sagte sie ihm noch, er solle vorsichtig sein und am besten nicht allein nach Portugal zu reisen. Er solle doch noch eine zweite Person mitnehmen.

Dann verabschiedeten sie sich.

Gabriel überlegte und nahm tatsächlich noch zwei Mitarbeiter mit. Zum einen der junge und sportliche Gerit und zum anderen die junge Melanie. Er sagte

ihnen Bescheid und die freuten sich, mal
ein paar Tage auszuspannen. Gabriel
buchte also für drei Personen und sie
würden am nächsten Morgen direkt
fliegen.
Eigentlich wollte er noch TomTom
Bescheid geben, das noch zwei
Personen mehr mitkommen, aber er
dachte sich, dass er das schon sehen
wird.

Obduktion

Das Telefon klingelte und ein Kollege
rief Lasse ans Telefon.
„Lasse, für dich!"
Lasse kam angerannt und hörte nur zu.

Dann setzte er sich und stammelte: „Ist das sicher? Okay gut, danke, dann weiß ich Bescheid." Er ging, ohne anzuklopfen in das Büro des Chefs.

„Was ist dir denn über die Leber gelaufen Lasse?"

„Wir haben wohl damals einen falschen Menschen für Tod erklärt.
Der Tote war ganz eindeutig Hektor.
Viktor lebt und ich denke, dass er hinter dem Organraub steckt."

„So eine verdammte Scheiße, wie konnte das passieren?"

„Sorry, aber kann ich den Nachmittag frei nehmen?"

Der Chef nickt und Lasse ging nach draußen. Er musste jetzt die anderen Informieren.

Hanna war gerade in der Küche und bereitete das Essen vor, als Lasse hinter sie trat.

„Oh, du bist schon zu Hause? Ich habe noch gar nicht mit dir gerechnet, mein Liebling."

Lasse küsste sie zärtlich in den Nacken,
dann setzte er sich.
Hanna schaute ihn an und bemerkte
sofort, dass was nicht mit ihm stimmte.
Sie setzte sich auch an den Küchentisch.
„Was ist los?" Vorsichtig legte sie ihre
Hand auf Seine. Er legte seine andere
Hand noch drauf, als er sagte: „Viktor
lebt! Hektor war der Tote im Grab, wir
haben jetzt Gewissheit. Tut mir leid.
Mit der noch freien Hand legte sie diese
auf ihren Mund, weil ein kleiner Schrei
raus wollte. Dann sagte sie: „Oh nein,
bitte nicht."
Es nützte alles nichts. Lasse rief Lee an
und sagte auch ihm es. Der war nicht so
überrascht. Er hatte mehr damit
gerechnet.
Hanna rief Torsten in Kanada an. Er
sollte es schonend Samira beibringen.
Sie meinte noch, sie solle auf gar keinen
Fall nach Deutschland kommen, das
wäre jetzt zu gefährlich. Torsten
stimmte diesem zu.
Dann rief sie Gabriel noch an, sprach ihn
aber nur auf dem AB, weil er persönlich
nicht zu erreichen war.

Alle saßen abends zusammen und aßen Linseneintopf, aber keiner hatte richtigen Appetit. Jeder ging seinen Gedanken nach.

Lee unterbrach die Stille: „Jetzt ist es also amtlich. Nun wissen wir wenigstens, dass wir es mit dem gefährlichsten Verbrecher der Welt zu haben.

Das heißt, jeder, aber auch jeder Schritt muss jetzt gut durchdacht sein."

Zoey, die genauso schockiert war, wie die anderen fragte: „Wie geht es denn jetzt weiter?"

Hanna: „Ich werde gleich morgen früh Gabriel nochmal anrufen und mit ihm reden. Bisher hatte ich es ihm nur auf seinen AB sagen können.

Außerdem will ich wissen, wen er noch mitnimmt, wenn er nach Portugal fliegt."

Lasse schaute sie an.

„Wieso fliegt er nochmal nach Portugal?"

Hanna hatte völlig vergessen, Lasse und den anderen Bescheid zu geben, dass Gabriel wichtige Informationen

bekommt, von einem Anwalt, den er
beim Fischen kennengelernt hatte.
Lee: „Auch nicht schlecht, aber er soll
sich nicht mit dem Grafen treffen, ohne
Polizeischutz."

Hanna: „Das ist ein erfahreneren
Defektiv, so blöd wir er wohl nicht sein."
Die anderen nickten. Damit war der
Abend zu Ende.

Gabriel, Gerit und Melanie saßen im
Flieger, auf dem Weg nach Portugal. Er
war so neugierig, was TomTom wohl für
wichtige Informationen hatte. Gabriel

schloss seine Augen und träumte, wie er in der Zeitung ganz groß rauskam, weil er den Fall gelöst hatte.

Gegen 11:30 Uhr kamen sie am Flughafen an. Ein Taxi brachte sie zu der Adresse, die Gabriel ihm vorhielt. Das Apartment war purer Luxus.

Vier Einzelbetten und ein Doppelbett, zwei Badezimmer, ein riesengroßes Wohnzimmer mit einer offene Küche. Auf dem großzügigen Balkon konnte man das Meer sehen.

Alles war pikobello sauber.

Gerit ging zum Kühlschrank und war überrascht, dass der voll war mit lauter leckeren Sachen. Er nahm sich erst einmal eine Flasche Champagner raus und öffnete sie.

Er schenkte drei Gläser ein. Gabriel nahm sein Glas und ging auf dem Balkon. Dann nahm er seine Handy und wählte die Nummer vom TomTom.

Der nahm sofort ab.

„Hallo, wir sind in Portugal und in dem großzügigen Apartment gelandet:"

„Hallo Gabriel, wir?"

„Ja, ich habe noch zwei Leute mitgebracht, allein ist es mir zu riskant."

TomTom blieb ruhig.

„Es ist ja auch genügend Platz da, also kein Problem. Ich habe allerdingst heute nicht mehr mit dir gerechnet, also würde ich morgen gegen Mittag vorbeikommen. Können wir da ungestört reden?"

Gabriel: „Klar, ich kann auch zu dir kommen, wenn du möchtest?"

„Nein, ich habe nach deinen Termin, eh noch einen anderen Termin da in der Nähe."

„Okay, dann machen wir das so, bis Morgen."

Die drei machten sich noch ein leckeres Essen und tranken noch einen erstklassigen Rotwein dazu.

Gabriel zog sich in das Doppelbettzimmer zurück und legte sich schlafen. Die beiden jungen Leute, Gerit und Melanie redeten noch bis spät in die Nacht.

Gegen 04:00 Uhr morgens strömte aus der Decke ein wenig Gas in die Zimmer. Keiner bemerkte etwas, alle schliefen fest, aber jetzt noch viel fester, als alle wollten.

Als Gabriel erwachte, saß er gefesselt auf einem Stuhl. Ihm war schlecht. Er dachte: *‚Warum muss ich auch immer so viel saufen?‘*
Als er seine Augen langsam öffnete, konnte er einen Mann erkennen in einem weißen Anzug: *‚was macht der denn da?‘*
Er schloss nochmal seine Augen, dann riss er sie wieder auf.
Er sah einem Mann mit einem Glas Champagner in der Hand. Er trank ihn genüsslich.

Gerit wurde auch wach, auch ganz langsam.
Er konnte nur erkennen, dass ein paar grölende Männer über eine Frau herfielen. Sofort regte sich etwas in

seiner Hose. War es ein Porno, den er
sah.
Als er die Augen ganz öffnete, bemerkte
er, dass er gefesselt war an einer
Heizung. Er versuchte, die Fesseln zu
lösen, es gelang ihn aber nicht.
Gespannt sah er zu, wie die Männer
über diese Frau herfielen, es war ein
junges Mädchen. Sie hatte einen kleinen
schwarzen Sack über den Kopf und
schrie versteckt darunter. Sie war sonst
nicht gefesselt. Vielleicht gehörte sie
dazu.
Gerit betete, dass dieser Traum nicht zu
Ende gehen darf, bis auch er sie
vergewaltigen darf.
Jetzt hielten zwei Männer die Beine fest
und rissen sie auseinander. Ein anderer
nahm ihre Hände und hielt sie gestreckt
fest.
Jetzt kam ein Mann rein. Er hatte eine
Zigarettenkippe im Mundwinkel.

Er holte sein steifes Glied raus und
drang tief in dieses Mädchen ein. Gerit
hatte einen Steifen. Er wollte auch an
das Mädchen.

Die Männer lachten, als das Mädchen
aufschrie. Dann sagte der Mann: „Na
dann wollen wir mal, schöne Lady."
Der Schrei ging in dem Gejubel der
Männer unter.
Ein anderer Mann zog ihr den
schwarzen Beutel vom Kopf. Ein
Blondschopf japste nach Luft. Die Haare
fielen nass aus ihrem Gesicht.
Gerit erstarrte, als er Melanie sah.
Genau in diesem Moment bekam er ein
Stampftritt gegen sein steifes Glied, so
dass gleich alles zusammenfiel und er
laut aufschrie.

*

Ein Mann trat ein und goss Gabriel einen
Eimer kalten Wasser ins Gesicht.
Sofort war er klar im Kopf.
Strähnen fielen in ins Gesicht.

„Was soll das für eine Scheiße?"
„Ah, na endlich, der Herr Gabriel
Holzmann ist wach, wurde auch Zeit."

„Ach, der Herr Graf, auch ne, selbsternannter Graf Viktor."

Viktor gab es einen kleinen Stich. Er wusste nicht, dass dieser Detektiv schon darüber Bescheid wusste, wer er wirklich ist, aber er blieb ruhig.

„Du kannst dir aussuchen, was du möchtest. Entweder sagst du mir, wo sich meine Exfrau befindet, oder du landest wie dein Freund auf dem OP-Tisch zu Verarbeitung."

Jetzt war es Gabriel, der ein wenig zusammenzuckte, aber er behielt die Fassung.

„Von mir erfährst du gar nichts." Dann spukte er den Grafen vor die Füße.

Viktor betätigte einen Knopf auf seinem Handy. Einen Augenblick später kamen zwei große Männer rein und nahmen ihn mit raus.

Sie zogen Gabriel direkt in das Zimmer, wo Melanie vergewaltigt wurde und Gerit alles mit ansehen musste.

Erschrocken über das Gesehene schrie er: „Ihr Schweine, lasst sie sofort los!"

Einen Tritt in die Eier und ein paar ordentliche Schläge in den Magen und ins Gesicht, ließen ihn verstummen.

Sie ließen ihn wie ein Sack Kartoffeln fallen. Am Boden wurde nochmal ordentlich nachgetreten. Gerit verschloss seine Augen. Er war sich sicher, dass Gabriel das nicht überleben wird.

Zwei Stunden später nahm er wieder Platz beim Grafen.

„Und, geht es besser?" fragte er ihn.

„Ihr Schweine." Während er das sagte, spukte er Blut aus seinem Mund.

Aus seiner Nase lief auch Blut und an der Augenbraue tropfte es auch.

„Von mir wirst du nichts erfahren, du Schwein."

Der Graf drückte wieder auf dem Knopf und ließ ihn rausbringen. Bei der Tür drehte sich Gabriel nochmal um und fragte:

„Was hat denn dieser TomTom damit zu tun, das verstehe ich noch nicht.

Benutzt du ihn oder ist er dein Freund?"

Der Graf gab keine Antwort, sondern ließ ihn wegbringen.

Draußen sah er auf dem Pazifik und sah, dass es weit und breit kein Land gab.

Er war dem Grafen hilflos ausgeliefert.

Zwei Männer banden ihn an einem längeren Seil fest, nachdem sie ihn die Füße auch noch zusammengebunden hatte, und schmissen ihn ins Wasser. Gabriel versuchte sich über Wasser zu halten. Dann sah er, dass einige Männer blutigen Fleisch ins Wasser ließen. Gabriel bekam Panik, aber so richtig. Es dauert auch nicht lange und die ersten Haie kamen auf ihn zu. Mit gierigen aufgerissenen Mäulern schnappte sie nach den Fleischresten. Gabriel schrie: „Holt mich hier raus, ich mache alles!" Sie ließen ihn noch ein kleines bisschen zappeln, dann zogen sie ihn raus.

Völlig erschöpft saß er wieder auf dem Stuhl vor dem Grafen.

Der trank genüsslich ein Schlückchen Schampus und meinte: „Ich höre."

„Deine Exfrau Samira lebt in Kanada mit ihren zukünftigen Mann Torsten.

Sie haben oder bekommen ein Kind, das weiß ich nicht so genau, das ist alles, was ich weiß."

Viktor gab dem Mann neben Gabriel die Flasche Wasser. Er setzte sie an den

Mund des gebrochenen Mannes. Gierig trank er aus der Flasche.

Dann nickte der Graf und Gabriel wurde weggebracht.

Einen Augenblick später startete ein Hubschrauber mit drei Patienten am Bord, alles *„zur Verarbeitung."*

Lee und Lasse saßen bei einem Glas Bier in einer Kneipe im Garten. Nachdem die beiden angestoßen hatte fragte Lee:
„Sage mal, wie hatten sie das denn festgestellt, dass es nun doch Hektor war, der beerdigt wurde?"
„Ganz einfach, durch die Zähne.

Das hatten sie damals nicht gemacht, weil er so aussah wie Viktor und er hatte sogar seinen Ausweis bei sich. Dann noch die echte Rolex, der teure Anzug mit Viktors Initialen, also dachte man, es sei Viktor.
Jetzt war ich da, um ihn zu identifizieren, damit Hanna das nicht machen musste."
„Das ist schon ein Ding, dass wir zwei Jahre dachten, das Viktor Tod sei, was?"
„Ja, Hanna und Finn, hatten Hektor gesehen, haben sich gewundert, aber hatten das nicht mehr auf dem Schirm. Wenn Finn noch leben würde, wäre das bestimmt nicht passiert, aber Hanna wollte die schrecklichen Bilder aus dem Kopf bekommen und hatte alles verdrängt.

Aber mal Themenwechsel.
Wie gehen wir denn jetzt vor, wir
können uns nicht nur auf die Detektei
verlassen. Was meinst du?"
„Was ist mit Mallorca, traust du dir das
nochmal zu? Die Zeit ist in zwei Tagen
um und wir können das nochmal
probieren. Diesmal würden wir das
anders machen und direkt, wenn wir
abgeliefert werden, sollte die Polizei
eingreifen."
„Na großartig, es war doch der
Polizeichef, der seine Finger damit im
Spiel hatte, oder?"
„Ja, du hast Recht, aber vielleicht
können wir ja seinen Nachfolger
einweihen. Soviel ich weiß, geht der Alte
bald in die Rente. Eloisa erzählte
sowas."
„Okay, warten wir noch ab, was Gabriel
zu berichten hatte und dann starten wir
zwei nach Malle."
Die beiden klatschten ab, als das Telefon
klingelte.
Lasse nahm ab:
„Hallo Schatz, was gibt es Neues?"

„Die Frau von Gabriel hat angerufen. Es gibt kein Lebenszeichen von Gabriel, Gerit und Melanie. Alle haben ihre Handy aus. Das ist kein gutes Zeichen.

Seine Frau hatte die Nummer nachverfolgt, die vorgestern angerufen hatte, weil der Anruf über Festnetz kam, aber die Nummer gibt es nicht mehr. Immer nur ein tut, tut, tut."
Lasse überlegte: „Vielleicht war das ein Trick, sie dahin zu locken? Vielleicht sogar Viktor?"
„Oh, bitte nicht."
„Wir müssen etwas unternehmen, weißt du, wo sie abgestiegen sind in Portugal?"
„Nein, aber vielleicht weiß die Frau was. Ich werde dich informieren, wenn ich etwas höre."
„Okay, bis später."
Lee schaute in das besorgte Gesicht von Lasse: „Was ist los?"
Lasse berichtigte alles.
Dann meinte Lee: „Wir müssen noch viel vorsichtiger sein, ich glaube, Viktor weiß, dass wir ihn auf der Spur sind. Ich

denke, der hat sie schon ausgelöscht. Viktor ist ein Mann, wer ihn auf die Füße tritt, ist Tod."

„Sehr beruhigt Lee, danke, jetzt geht es mir schon viel besser."

„So war das doch gar nicht gemeint, aber ich will, dass wir noch viel vorsichtiger sein müssen. Ich kenne ihn ein wenig besser als du. Ich weiß, wie er tickt. Der ist völlig irre der Typ."

„Komm, lass uns aufbrechen, mir ist der Appetit auf ein weiteres Bier vergangen."

 anik

Nach weiteren zwei Tagen hatten sie immer noch keine Nachricht von den dreien. Die Handys waren alle aus. Die

Polizei vor Ort hatte sich mal umgehört, meinten aber, dass die Drei mal ausspannen müssen und deshalb ihre Handys aushatten.

Wenn sie in vierzehn Tagen noch nichts gehört hätten, würden sie nochmal nachfragen.

Lee und Lasse hatten sich vorgenommen, tatsächlich nochmal das Risiko einzugehen, um nach Mallorca zu fliegen. Hanna protestierte, sie wolle mit, oder keiner fliegt.

Nach langen Diskussionen flogen Lee, Lasse, Hanna und Torsten wollte aus Kanada dazustoßen, allerdings erst in zwei Tagen.

Am nächsten Tag flogen die Drei aus Deutschland also wieder nach Malle. Dort wurden sie von Eloisa und Maximilian, abgeholt. Sie hatten auch schon eine Unterkunft für die drei organisiert.

Nach der ersten Begrüßung, wurde von Eloisa berichtet, dass es morgen wohl wieder losgehen soll, aber nur für vierzehn Tage, dann ist erstmal wieder Schluss.

Der alte Polizeichef wird dann in Rente gehen. Sein Nachfolger kommt aber schon in einer Woche. Der kennt die Geschäfte nicht und weiß wohl auch nichts davon.
Sie erzählte, dass sie oft gelauscht hätte, weil das Fenster vom Polizeichef zur Straße rausgingen und er mit seinen Kollegen gesprochen hätte, die Patrouille laufen sollen und der Graf wollte auch nochmal kommen und etwas Spenden.

Lee hörte sich alles in Ruhe an, dann meinte er: „Meinst du, der würde mich wiedererkennen, wenn er mich nochmal zu fassen bekommt?"
Eloisa überlegte meinte dann: „Ich habe auf dem Dachboden noch alte Requisiten von meiner Schauspielerei. Da kann ich dich verkleiden, das merkt der nie im Leben."
Max horchte auf: Ach ja, du warst Schauspielerin?"
„Ja, was dagegen?"
„Nö, aber dann kannst du mich auch gleich verkleiden, ich gehe mit Lee."
Erschrocken sahen sich alle an.

„Keine Widerrede, das bin ich meine Kumpels schuldig."

Lasse meinte: „Ich finde das gut, Lee kann Spanisch und Max kann ein bisschen Spanisch.

Ich leite hier mit meinen deutschen Kollegen und teilweise der spanischen Polizei den Einsatz."

Hanna: „Und was soll ich machen, bitte schön?" Sie wurde einfach außen vorgelassen.

„Du, meine Liebe nimmst dir einen spanischen Stadtplan, ziehst dich heiß an und lenkst sofort den lieben Polizeichef ab, sobald der am Krankenhaus mit uns aufschlägt, Okay?"

Hanna strahlte: „Genau mein Ding."

„Lass uns in zwei Tagen alles starten. Ich wollte warten, bis Torsten da ist und unsere Polizei sich mit der spanischen Polizei verständigt hatte. Torsten muss sich ein Mietwagen nehmen und zu Not hinter einem herfahren, falls etwas dazwischenkommt. Sicher ist sicher."

Alle waren einverstanden.

Am Nachmittag wurden schon mal die Requisiten für die Jungs rausgesucht

und am Abend waren alle bei Omi zu
Paella eingeladen.

Traurige Nachricht

Das Telefon klingelte.
„Detektei Holzmann, was kann ich für
sie tun?
„Ja, guten Tag, hier ist Rechtsanwalt
Thomas Touren. Ich habe leider eine
schlechte Nachricht für sie.
Ihr Mann und ihre beiden Mitarbeiter
sind auf dem Meer ums Leben
gekommen.
Sie sind wohl mit einem kleinen
Fischerboot rausgefahren und sind von
Haien attackiert worden. Ein anderes

Fischerboot wollte noch helfen, aber es kam zu spät. Ich habe den Auftrag bekommen, ihnen das mitzuteilen und ein paar persönliche Sachen schicke ich ihnen zurück. Es tut mir sehr leid."

Frau Holzmann weinte am Telefon.

„Wollten sie sich nicht mit ihnen treffen Herr Touren? Mein Mann erzählte mir von ihnen."

„Ja, das stimmt, aber dazu ist es gar nicht mehr gekommen, tut mir leid."

„Sie hatten doch Informationen von den Herr Grafen, oder?"

TomTom überlegte, sagte dann: „Das stimmt, aber es war leider eine Fehlinformation meinerseits."

„Ist denn der Graf noch im Portugal?"

Ein bisschen zu schnell antwortete er: „Nein, er ist schon wieder weg."

Frau Holzmann überlegte: ‚*Also war er da, während mein Mann ums Leben gekommen ist.*'

„Kann ich sie denn als Anwalt nutzen? Ich bezahle sie auch. Ich würde gerne nähere Infos haben, was den Grafen angeht."

Sie schniefte ein wenig dabei und sprach leidend.

„Leider nehme ich im Moment keine neuen Fälle an, tut mir leid. Aber ich schaffe so kaum mein Pensum. Aber wenn ich etwas Luft habe, melde ich mich bei ihnen, ja?"

„Aber können sie denn nicht einmal eine Ausnahme machen, bitte Herr Touren?"

„Es tut mir wirklich leid, aber ich schaffe es wirklich nicht. Ich muss jetzt auch Schluss machen. Ich wünsche ihnen noch alles Gute. Auf Wiedersehen."
Damit beendete er das Gespräch einfach.

Frau Holzmann fing fürchterlich an zu weinen. Als sie sich beruhigt hatte, rief sie Hanna an und berichtete ihr das eben gesprochene.

Hanna schrieb sich den Namen auf und suchte anschließend im Internet nach diesem Rechtsanwalt, und fand ihn schließlich. Sie schrieb sich alles genau auf. Sie wusste, dass sie es später nochmal gebrauchen könnte.

 achdenken

Viktor grübelte über das nach, was dieser Holzmann ihn über Samira gesagt hatte.:

,Sie lebt jetzt in Kanada mit einem Torsten.

Welcher Torsten, ich kenne nur einen Torsten aus dem Camp. Der wird es wohl nicht sein.

Sie hat, oder bekommt ein Kind.

Wenn Samira schon ein Kind hat, von wem und wie alt. Na ja, Hauptsache, sie lebt. Ich werde meine Suche jetzt auf Kanada auslegen. Ich werde dich schon finden und dann gehörst du mir, darauf kannst du dich verlassen.

Dann kannst du dir das aussuchen.

Entweder mit mir zusammen sein oder Tod.

Zufrieden mit der Information, suchte er im Internet nach der größten Detektei in Kanada. Als er sie gefunden hatte, rief er persönlich da an.

„ Good morning, I would like to speak to the head of the Company. It's a big order.

(Guten Morgen, ich hätte gerne den Chef des Unternehmens gesprochen, es geht um einen Großauftrag.)

„One Moment please, (Einen Moment bitte)

Es knackte in der Leitung und er wurde mit dem Chef verbunden.

„Guten Tag, sprechen sie auch Deutsch zufällig?"

„Oh ja, ich habe in Deutschland studiert und bin aber nach Kanada ausgewandert. Sie können gerne Deutsch mit mir reden.

„Sehr gut, meine Name ist Graf Viktor von Anstetten und ich suche eine Person, die in Kanada leben soll. Diese Person heißt Samira, sie lebt mit einem Torsten zusammen. Die Nachnahmen habe ich leider nicht, aber ein Bild von der Frau kann ich ihnen zukommen lassen. Sie hat ein Kind oder bekommt gerade ein Kind. Meinen sie, das reicht als Info?"

„Das ist zwar sehr mager, aber ich denke, ich kann damit etwas anfangen."

„Das hört sich super an, Geld spielt überhaupt keine Rolle, ich zahle überdurchschnittlich gut, auch bar, wenn sie es so möchten. Jetzt fragte ich aber nochmal nach ihren Namen, den hatte ich vorhin nicht so verstanden?"

„Mein Name ist Harry Mang von der Detektei Mang. Wir sind seit 1998 hier tätig. Unser Spezialgebiete sind Privatpersonen auswendig zu machen."

„Herr Mang, das hört sich doch gut an. Ich schicke ihnen ein Bild von der Dame. Soll ich schon mal eine Summe überweisen?"

„Wo sind sie zu Zeit erreichbar?"

„Ich bin in Portugal, fahre aber jetzt mit meiner Jacht nach Spanien. Ich gebe ihnen meine private Nummer, da können sie mich jederzeit erreichen."

Als er auflegte hatte Viktor ein gutes Gefühl, ein Gefühl, was er damals hatte, als er mit Samira die Nacht verbracht hatte.

Dann rief er den Kapitän an und sagte:
„Auf nach Spanien, die Geschäfte
rufen:"

Operation Max

Auf Mallorca war es heiß. Lasse wischte
sich laufend mit einem Taschentuch die
Stirn trocken.

Hanna fächerte sich ununterbrochen ins Gesicht, damit ein kleines bisschen Luft ankam. Es war eine drückende Luft.
Dann kam noch die Anspannung dazu, weil die *„Operation Max"* durchgeführt werden sollte. Eloisa hatte grünes Licht gegeben, dass es heute Abend wieder los gehen sollte. Der Polizeichef wollte unbedingt sie dabeihaben, weil er sich auf sie verlassen konnte.
Lasse hatte fünf Kollegen aus Deutschland dabei und es sollten eigentlich zehn Polizisten von der Kripo aus Spanien dabei sein. Er ließ sich überraschen.
Torsten war auch heute angekommen und hatte Samira allein in Kanada zurückgelassen.
Er hatte sich einen schnellen Wagen geliehen, falls er sie verfolgen müsste. Samira hatte ihn mit sehr viel Angst gehen lassen. Er solle sich aber melden, wenn alles vorbei wäre, so oder so.

Lee und Max wurden vorher von Eloisa verkleidet. Sie war so gut, dass sie die beiden selbst nicht erkannt hätte.

Dieses Mal hatte sie die Spritzen vorbereitet, die verabreicht werden, damit nicht wieder etwas schief ging. Trotzdem war sie aufgeregt. Sie hatte Angst um Max, sie mochte ihn sehr, das hatte sie ihm aber noch nicht gesagt. Natürlich machte sie sich auch Sorgen um Lee.

Aber der war vernünftiger als Max. Sie hoffte, dass das bald alles vorbei ist.

Samira war allein in Kanada und wusste auch, wie gefährlich Viktor sein konnte. Solange Viktor lebt, würde sie immer in Angst leben.

Die Bar war voll und laut, alle hatten schon reichlich getrunken. Max und Lee gaben alles, um nicht mit in den Rausch der Besäufnis zu fallen. Sie taten aber so. Es kamen immer wieder zwei Polizisten und schauten sich nach neuen Opfern um.

Max störte es, dass sie immer an ihnen nur vorbeigingen und sie nicht beachtete, also musste er die Aufmerksamkeit auf sich lenken. Es war kurz vor 02:00 Uhr nachts, als wieder dieselben Polizisten vorbeikamen. Genau in diesem Moment schubste Lee seine Freund und der verschüttete sein gesamtes Bier über die Polizisten. Die schraken zurück und schimpften auf Spanisch wie ein Rohrspatz.

Max entschuldigte sich auf seiner betrunkenen Art.

Er wischte mit einer gebrauchten Serviette über das Hemd von dem einen. Lee dachte: ,*Max sollte das nicht übertreiben, der platzt gleich.*‘

Er zog seinen Freund zurück. Und hob die andere Hand hoch, damit signalisierte er:

Sorry, war keine Absicht, ich passe besser auf ihn auf.

Die Polizisten gingen weiter, blieben aber am Ausgang stehen und blickten beide in die Richtung von Max und Lee. Damit wussten sie, dass sie auserkoren sind, die nächsten Opfer zu werden.

Sie kamen noch mal wieder, um zu schauen, wann die Jungs endlich voll genug waren, aus dem Laden zu verschwinden.

Es war 04:30 Uhr als sie volltrunken, und doch so nüchtern, das Feierlokal verließen.

Sie bemerkten, dass die zwei Polizisten denen in einer angemessener Abstandes verfolgten. Lee und Max gingen schnurstracks zum Strand, nahmen sich zwei Liegen und ließen sich darauf fallen.

Sie schnarchten sofort los. Nach circa dreißig Minuten kam ein Polizeiwagen und verfrachtete die beiden betrunken Männer auf der geschlossen Ladefläche des Polizeiwagens.

Lee versuchte zu blinzeln, ganz leicht, er sah, dass vier paar Schuhe zu sehen waren. Er schloss seine Lider wieder.

Nach einer Weile blieben sie stehen.

Lee hörte, wie einer sagte, der Polizeichef solle rauskommen.

Der kam auch. Jetzt hörte er die Stimme von Eloisa. Sie kam nach hinten. Der Polizeichef sagte ihr, dass sie uns die Spritze setzte, ohne uns vorher zu

wecken, er habe es eilig. Sie setzte
jedem von uns eine
Vitamin B Spritze. Sofort hörten beide
auf zu schnarchen, und schliefen wie
Babys.
Jetzt nahm der Polizeichef persönlich
am Lenkrad platz und fuhr mit Karacho
los. Eloisa saß wie immer auf dem
Beifahrersitz und musste es ertragen,
dass er seine Hand auf ihr nacktes Bein
legte. Sie ekelte sich so sehr davor und
hoffte, dass es heute das letzte Mal war.

Die Uhr zeigte mittlerweile kurz vor
06:00 Uhr morgens. Hanna wartete
ungeduldig vor dem Hintereingang des
Krankenhauses, natürlich versteckte sie
sich.
Jeder war auf seiner Position. Operation
Max war startklar.
Der Polizeichef hatte glänzende Laune,
er pfiff und fühlte sich in absoluter
Sicherheit.

Als er kurz vor seinem Ziel war,
wunderte es ihm, dass keine Menschen,
so wie sonst unterwegs waren.
Ein paar ehrgeizige Sportler, die
morgens ihren Joggingrunde liefen. Die
letzten Betrunkene, die nach einer
durchzechten Nacht nach Hause kamen,
nichts.
Es war so leer auf dem letzten Stück, das
er abrupt anhielt. Er nestelte an seinem
Gurt und zog seine Waffe. Eloisa fragte:
„Que ocurre? (Was ist los?) Der
Polizeichef nahm seine andere freien
Hand und legte den Zeigefinger auf
seine Lippen, damit Eloisa ruhig war. Sie
verstummte.
Schweiß bildete sich auf der Stirn von
Eloisa. Sie hatte fürchterliche Angst.
Lasse beobachte das. Jetzt sah er Eloisa
aussteigen. Sie sollte zu Fuß zum
Krankenhaus gehen, um zu gucken, ob
die Luft rein war.
Sie tat es und sah aus dem Augenwinkel
ein Rascheln im Gebüsch.
Als sie ankam, klingelte sie und sofort
kamen zwei Pfleger. Sie fragte lautstark,
ob sie heute Waren annehmen würden.
Ja klar, immer her damit.

Ein Pfleger winkte dem Polizeiauto zu.

Der Chef erkannte Gago,
ein vertrauenswürdiger Mann, der
schon öfter Waren entgegengenommen
hatte und von dem auch immer der
nette Umschlag kam mit dem vielen
Geld. Gleich bekam er 40.000 Euro. Das
Geld konnte er vor seiner Pension gut
gebrauchen.
Eloisa winkte auch, dann steckte er
seine Waffe wieder ein und fuhr das
letzte Stück zum Hintereingang. Der
Chef stieg aus, begrüßte Gago und
meinte:
„Al procesmiento. (zur Verarbeitung)
Zwei andere Pfleger nahmen die Jungs
hinten raus und hoben sie wie
Schlachtvieh auf eine Trage, dann
wurden sie weggeschoben. Gago kam
mit einem Umschlag voller Geld und
übergab dem Chef diesen. Der schaute
kurz rein, nickte und steckte ihn ein.
In diesen Moment, wo er gerade
einsteigen wollte, kam eine schöne Frau
auf ihn zu, sie war allein und hatte einen
Stadtplan in der Hand. Sie fragte auf
Deutsch nach einem Hotel, wo sie

wusste, dass es in der Nähe war. Er schaute aber nur auf ihren Busen, der halb raushing. In dem Moment, als er für einen kleinen Moment abgelenkt war, stürmten von allen Seiten Polizisten, auf die Beiden, und diesen Gago zu.

Es ging alles blitzschnell. Die Handschellen klickten. Die Jungs sprangen von ihren Liegen. Max lief zu der Etage, wo er damals auch lag. Es lagen mehrere Menschen an Apparaten in Koma. Bleibt festzustellen, ob es Opfer oder echte Patienten sind.

Der Graf hatte sich einen wunderschönen Sonnentag ausgesucht. In den Nachrichten wurde behauptet, dass es heute einer der heißenden Tagen geben soll.
Er war angemeldet für heute früh. Dann konnte er wieder seine Dankbarkeit zeigen, und großzügig sein. Vielleicht ist

noch eine leckere Krankenschwester
dabei, die er gebrauchen konnte.
Sein Wagen stand an der Ampel, er saß
wie immer hinten. Sein Seitenfenster
war geöffnet, damit die frische Luft am
Morgen in sein Wagen strömte. Er liebte
die Meeresluft. Als er zur Seite guckte,
sah er einen Mann, den er kannte. Er
hatte ihn schon mal irgendwo gesehen.
Wenn er sich umdrehen würde, könnte
er sein Gesicht sehen, aber er schaute
auf die Ampel, dass es grün wurde.

Es wurde grün und der Wagen fuhr los.
Der Graf ließ das Zwischenfenster runter
und sagte: Fahren sie den Wagen
hinterher."
„Sehr wohl, Herr Graf."
Die nächste Ampel war rot. Darauf
konnte man sich in Spanien verlassen.
„Fahren sie links daneben," befahl er
den Fahrer. Jetzt schaute der Mann im
Auto genau in sein Gesicht.
Einen Bruchteil der Sekunde war es,
dass es beiden das Blut in den Adern
gefror.

Der Graf ließ sein Fenster hoch und gab den Chauffeur das Signal weiter zum Krankenhaus zu fahren.

Viktor dachte sich: ‚*Wenn dieser Torsten aus dem Quartett hier in Spanien ist, wird er nicht der Mann an Samiras Seite sein.*‘

Das beruhigte ihn.

Torsten stand immer noch an der Ampel, bis einer hinter ihm hupte.

„War das der Graf, aber der sah doch aus wie Viktor, nein," er muss sich getäuscht haben.

Als Viktor in der Nähe des Krankenhauses fuhr, sagte sein Chauffeur, dass es hier nur so von Polizei wimmelte, ob er trotzdem zum Krankenhaus möchte.

Der Graf winkte ab und die Limousine drehte auf dem Absatz rum.

Er fuhr zurück zur Jacht und ließ augenblicklich den Anker aufholen und steuerte jetzt Italien an.

*F*reude

Alle Freunde saßen bei Omi zusammen und freuten sich, dass diese Sache mal ein gutes Ende genommen hatte.
Eloisa muss sich noch vor Gericht verantworten. Da sie aber eine ganz klare Zeugenaussage abgegeben hatte, wurde sie auf Kaution erst einmal wieder freigelassen. Sie darf Spanien aber vorerst nicht verlassen.
Hanna legte ihre Hand auf Eloisas Hand und sagte: „Wenn du uns nicht mit Informationen gefüttert hättest, hätten wir das nie aufklären können, danke dafür."
Sie lächelte und schaute dabei Max in die Augen. Er schaute zurück. Bei beiden war ein leichtes Kribbeln zu spüren.

Lee schaute zu Torsten. Er sah, dass er zwar anwesend war, aber mit seinen Gedanken woanders war.

„Was ist los, warum freust du dich nicht?"

Alle schauten nun zu ihm.

„Ich habe heute Viktor gesehen," sagte er ganz ruhig. Sein Blick war dabei starr geradeaus.

„WAS?" Es kam aus mehreren Mündern.

„Er stand neben mir an der Ampel. Es war nur ein kurzer Augenblick, aber ich denke, dass er es war. Er hatte zwar eine Sonnenbrille auf, aber sein markantes Gesicht mit den schmalen Mund. Ich bin mir zwar nicht sicher, aber ich denke, dass er es war."

„Warum hast du das nicht gleich gesagt, dann hätten wir den vielleicht auch schnappen können?" Lee war ein wenig verärgert.

„Ich war mir nicht sicher, aber je länger ich darüber nachdenke, umso mehr denke ich, dass er es war."

Lee fragte weiter: „Was hatte er denn für ein Auto?"

„Es war eine Limousine, er saß hinten."

Wir schauten uns für einen kurzen
Moment in die Augen, bevor er sein
Fenster automatisch verschloss. Er hat
mich gesehen, er weiß, dass ich
dahinterstecke. Das der ganze Laden
hier gesprengt wurde. Der denkt, dass
ich das war. Ich muss zurück nach
Kanada, Samira ist in Gefahr!"
Zügig sprang er vom Stuhl auf.
Lasse nahm seinen Arm.
„Nun beruhige dich mal, woher soll er
denn wissen, dass du mit Samira in
Kanada lebst. Wenn er das gewusst
hätte, wäre er schon da. Außerdem hat
er dich auf Malle gesehen und nicht in
Kanada."
Torsten setzte sich wieder.
„Ja, du hast Recht, aber er wird mich in
Verbindung bringen mit der Sache vom
Krankenhaus."
Lee: „Ich glaube nicht, dass er dich
damit in Verbindung bringt, dann wärst
du am Krankenhaus und fährst nicht mit
einem Auto sparzieren. Der wird sich
gedacht haben. Ach, Torsten lebt jetzt in
Spanien, also auch auf der Flucht.
Erinnerst du dich, dass kein Wort von dir
damals in der Zeitung stand. Der denkt,

du lebst hier. Auf Kanada kommt der nie im Leben."

„Vielleicht hast du Recht."

Hanna: „Hast du dir das Nummernschild gemerkt?"

„Ne, ich war so perplex, dass ich noch fünf Sekunden an der Ampel stehen blieb, bis mich einer an hupte. Als ich mich gefangen hatte, war der Wagen wie vom Erdboden verschwunden."

Lasse: „Lass uns doch mal eben zum Hafen fahren Torsten, vielleicht liegt seine Jacht da noch. Dann können wir direkt weiter machen mit unserer Aktionen."

Torsten stand auf und meinte: „Komm, wir fahren eben."

Hanna: „Sollen wir mitkommen?"

Lasse: „Nicht nötig, ich melde mich später."

Schon waren sie weg.

Zwanzig Minuten später waren sie am Hafen, aber von einer Jacht weit und breit keine Spur.

Torsten fragte einen, der gerade an seinem Boot hantierte, ob er vielleicht heute eine Jacht gesehen hätte, aber er verneinte es. Auch andere, die sie fragten, verneinten es. Torsten meinte: „Ich habe das Gefühl, dass die viel mehr wissen, aber Angst haben, etwas zu sagen." Lasse bestätigte das gesagte. Er sah durch die Autoscheibe und sah eine alte Dame, sie fütterte kleine Vögel. Sie waren zutraulich, flogen der Dame sogar auf die Hand und fraßen daraus.

Torsten stieg aus.

Er setzte sich neben der alten Dame und lächelte sie an, dann fragte er, ob er es auch mal versuchen dürfte. Er wäre davon so fasziniert. Schon gab die ältere Dame ein paar Brotkrümeln ab. Er versuchte es, aber die kleinen Spaßen flogen nur zur Dame. Ihn beachteten ihn gar nicht.

Die Dame lächelte ihm zu. Dann zeigte sie ihm, wie sie das machte. Die hielt die Handinnenfläche ganz gerade, dadurch war es leichter für die Vögel, daran zu kommen. Schon kam der erste Vogel und fraß ihn aus der Hand. Torsten strahlte.

Lasse dachte: ,*Was macht er denn da, jetzt füttert er die Vögel mit der Oma, dafür haben wir doch gar keine Zeit.*'

Nach zehn Minuten, er hatte der Dame
noch einen Schein zugesteckt für
Vogelfutter, stieg er ins Auto.
„Na, endlich fertig mit füttern….."
„Jupp, bin ich. Die Jacht war circa nur
eine Stunde im Hafen. Bevor die Jacht
mit den Namen Zakk wieder abgelegt
hatte, stieg ein Hubschrauber hoch. Also
war es Viktor im Auto."
„Woher weißt du das jetzt alles?" Lasse
war erstaunt.

„Die alte Dame hatte mir das alles
erzählt."
„Auf Spanisch?" „Ne, auf Chinesisch,
natürlich auf Spanisch, was denkst du
denn?"
„Wieso kannst du so gut Spanisch?"
„ich kann vieles, von dem du noch nichts
weiß, „lachte Torsten. Dann fuhren sie
direkt ins Polizeipräsidium.
Lasse wollte nachfragen, wie es nun
weiter ging.
Es sind der Polizeichef als Anführer, fünf
Polizisten aus der Wache, vier Pfleger,
drei Krankenschwester und zwei Ärzte
festgenommen.

Eloisa wird auch verhört, aber die gehen von einer Bewährungsstrafe aus.

Bei den Krankenschwestern wird es kaum nachzuweisen sein, dass sie es wussten, dass es gesunde Menschen waren. Die Krankenschwestern werden nur nach Anweisungen gehandelt haben.

Sie werden aber alle noch verhört. Aber alle sagten das gleiche. Sie hätten noch nie von einem Grafen gehört.

Lasse platzte vor Wut. Er bat darum, nach der Jacht zu fahnden und wenn es da einen Viktor gibt, bitte festnehmen. Nach langen hin und her, ließen sie sich überreden, wenigstens nachzufragen. Die zwei fuhren wieder zurück und berichteten. Zwei Stunden später bekam Lasse einen Anruf.

„Die Jacht wurde gefunden, aber es war kein Viktor oder der so ähnlich aussah auf der Jacht. Die Papiere auf der Jacht waren alle auf dem russischen Oligarchen ausgestellt. Also alles in Ordnung."

Torsten sagte: „Die Dame erzählte mir, dass ein Hubschrauber, kurz, nachdem

die Jacht ausgelaufen war, in die Lüfte
stieg.
Viktor war uns mal wieder einen Schritt
voraus."

*I*talien

Der Graf hatte vorsichtshalber den
Hubschrauber genommen und hat einen
kurzen Zwischenstopp in Barcelona
gemacht.
Danach ist er mit seinem Privatjet
weiter nach Marseille geflogen. Er hatte
schon die Informationen bekommen,
das Polizei am Bord war und nach einem
Viktor gefragt wurde. Sie sind ohne
Erfolg wieder abgezogen. Auf solche
Situationen hatte sich Viktor schon
vorher eingestellt. Er dachte wie ein

Schachspieler, immer einen Schritt im Voraus. Er liebte es zu spielen, da er immer gewann.

In Marseille machte er sich zwei schöne Tage und führte eine Lady aus, um anschließend ein bisschen Spaß zu haben.

Dann flog er weiter nach Italien. Dort wurde er schon dringend erwartet.

Ein Mann stellte sich vor.

„Einen wunderschönen guten Tag. Wenn ich mich vorstellen darf, mein Name ist Andrea Russo." Er war im maßgeschneiderten Anzug auf Viktor zugekommen.

Er war nicht sehr groß und musste nach oben gucken, um den Grafen in die Augen zu sehen. Viktor schätzte ihn auf 165 cm und circa 35 Jahre. Südländer kann man immer so schlecht einschätzen.

Andrea ist in Italien ein männlicher Vorname.

Der Graf stellte sich auch seinerseits vor, verschwieg aber seinen richtigen Namen.

Nach ein paar Schritten wartete eine Limousine, wo der Chauffeur die hintere

Tür aufhielt und erst den Grafen
einstiegen ließ. Dann eilte er zur
anderen Seite, um den Italiener
einsteigen zu lassen.
Die Zwischenscheibe zum Fahrer wurde
geschlossen. Jetzt konnte man sich
ungestört unterhalten.
Andrea berichtete, dass er es
organisieren könnte, einen ganzen Bus
mit jungen Leuten zu entführen.
Viktor wurde hellhörig.
„Wie wollen sie das denn anstellen und
was sind das für Leute?"
„Es ist eine Schulklasse mit 23 Schülern,
zwei Begleiter, also 25 insgesamt.
Der Bus wurde so präpariert, dass aus
der Klimaanlage genügend Gas raus
strömt.
Der Busfahrer ist von mir.
Wenn er an einem bestimmten Standort
ist, tut er so, als wenn etwas nicht mit
dem Bus stimmt, bittet die Leute im Bus
zu bleiben. Kurz vorher bedient er noch
einen Knopf.
Die Leute schlafen ein.
Ein paar Männer, alles Vertrauensleute
holen mit Gasmasken die Leute raus und
verfrachten sie in einem LKW, aber

jeder Einzelne bekommt vorher noch
eine Spritze, damit sie weiterschlafen.

Wir wollen kein Risiko eingehen.
Dann fährt einer den Bus weg, ein
anderer hinterher. Der Bus wird die
Straße verlassen und über eine Klippe in
die Schlucht gesteuert. Durch
auslaufendes Benzin geht der Bus in
Flammen auf, es gibt keine
Überlebende. So sieht alles nach einem
Unfall aus.
„Die Ware" wird in ein Krankenhaus
gebracht. Dort warten schon Patienten
auf bestimmte Organe. Auch Schüler,
die reiche Eltern haben und sich das
leisten können.
Das ist genau eine Aktion, danach ist
alles so wie vorher. Die Zeitungen
werden berichten, dass es einen
tragischen Unfall gab, weil der Busfahrer
übermüdet war."
Viktor hörte aufmerksam zu.
Er überlegte und fragte: „Wenn du (er
duzte Andrea jetzt einfach) alles so
durchdacht hast, warum machst du das
nicht allein?"

„Ich bin zwar ein Macher und mir geht es auch nicht schlecht, aber mir fehlt das nötige Kleingeld, du verstehst? Außerdem will ich die Sache einmal durchziehen, dann ist Schluss. Dann gehe ich nach Kanada."

Viktor versetzte es einen Stich:

,Kanada. Da soll Samira jetzt leben mit irgendein Torsten. Ob sie ein Kind von ihm hat. Es schmerzt immer noch. Ich hatte sie aufrichtig geliebt.'

Viktor wurde aus seinen Gedanken gerissen.

„Was sagst du zu den Plan? Wenn du willst, können wir das für nächste Woche planen. Dann wird alles über die Bühne gehen, wenn du willst?"

Viktor nickte, „Wieviel?"

„1,5 Millionen." Andrea sagte es, ohne mit der Wimper zu zucken.

Ebenso kalt sagte Viktor: „Geht klar, 500.000,00 Euro sofort und die Million gibt es, wenn alles funktioniert hat."

Beide besiegelten es mit einem Handschlag.

Danach sind sie schick essen gegangen und es wurde keine Wort mehr über das Thema gesprochen. Als Andrea den

Grafen wieder absetzte am Flughafen,
telefonierte Viktor kurz. Es kam der Pilot
und überreichte den Grafen einen
kleinen Aluminiumkoffer. Andrea blickte
kurz hinein, nickte und sie gaben sich
beide nochmal die Hand.
Viktor hatte ein neues Ziel, bevor er
nach Italien zurückkehrte.
Er wollte drei-vier Tage ausspannen.
Und wo kann man das das Besten, bei
seinen Frauen
In Paris.

Wieder zu Hause

Alle saßen wieder zu Hause bei Hanna
und Lasse. Lee, Zoey, der keine Jin und
auch Torsten, der noch beruflich in
Deutschland zu tun hatte, saßen beim
Essen.

Hanna hatte gekocht und es gab Steak aller Blockhouse mit Salat und eine Folienkartoffel. Dazu ein schönes Pilz aus einem fünf Liter Fass, was Lee besorgt hatte und als Geschenk mitbrachte.

Torsten hatte mit Samira vorher telefoniert und es ist alles in bester Ordnung. Er solle sich keine Sorgen machen.

Lasse: „Mit Spanien hatten wir ein wenig Glück, dass es so zu unseren Gunsten funktioniert hat. Ibiza war auch super gelaufen. Jetzt müssen wir uns die Türkei und Portugal vornehmen." Wir müssen alles immer genau durchdenken, uns dürfen keine Fehler unterlaufen. Eine Fahndung ist nach Viktor raus. Ich denke, er wird in Zukunft seine Füße stillhalten. Das mit Spanien wird ihn zurückgedrängt haben."

Lee: „Wenn Viktor sich in die Ecke gedrängt füllt, springt er über die Gegner. Unterschätze ihn nicht. Er hat bis jetzt immer das bekommen, was er wollte, zu Not mit Gewalt."

Zoey stimmte ihren Mann bei: „Das stimmt, denkt doch nur mal an Samira, er sagte damals, dass sie ihm gehört."

Torsten versetzte es einen Stich, er zuckte zurück. Zoey merkte das und sagte: „Entschuldige bitte Torsten, das wollte ich so gar nicht sagen, tut mir leid, wie ungeschickt von mir."

Torsten: „Nein, schon gut, du hast ja Recht. Deshalb ist es umso wichtiger, alles zu zerstören, was sich Viktor aufgebaut hat.

Ich werde, bevor ich nach Kanada zurückfliege, einen Zwischenstopp in Portugal machen und mir den Rechtsanwalt TomTom mal vornehmen. Von da aus fliege ich dann zurück."

Lee: „Gute Idee, dann werde ich in die Türkei fliegen und schauen, ob ich mit diesen Lennard oder Lenny Kontakt aufnehmen kann. Hanna, du hattest doch seine Nummer. Der ist doch schon wieder in Deutschland, oder?"

Hanna: „Ja, Moment.....sie kramte in ihren Kalender und holte einen Zettel raus.

Hier ist die Nummer, aber du willst doch nicht allein da hin, kannst du denn Türkisch?"

„Leider nicht."

Lasse: „Ich weiß nicht, ob ich für die nächste Aktion frei bekomme, muss ich erst abklären, sorry."

Lee stand auf, nahm sein Handy und rief die Nummer an. Er unterhielt sich mit dem sympathischen jungen Mann und sie waren sich einig, dass er mitkommen würde.

Lee wollte ihn noch Bescheid geben, wann es denn losgehen würde.

Er ging zurück und meinte: „Alles klar, Lenny kommt mit."

Sie saßen wieder alle zusammen und Torsten erzählte, dass er eine großartige Überraschung für Samira hätte. Er wollte ihr einen außergewöhnlichen Heiratsantrag machen.

Das Telefon klingelte und die gute Laune wurde unterbrochen.

Hanna wollte eigentlich nicht rangehen, weil auch sie mal Feierabend machen

möchte, entschied sich dann aber doch
ranzugehen.

Es war Max, der aus Malle.
„Oh wie schön Max, wie geht es dir und
was macht Eloisa?"
Was er dann berichtete, war schier
unglaublich. Sie stellte den Anruf auf
laut, damit alle mithören konnten.
„Eloisa ist auf offener Straße
angeschossen worden. Sie liegt schwer
verletzt im Krankenhaus und wird
gerade Notoperiert.
Neben der angeschossenen Frau, wurde
ein Stein eingewickelt in Papier neben
der Frau gefunden mit den Worten:
Jeder, der ein Verräter ist, endet wie
diese Frau, also nehmt euch in Acht,
vielleicht bist du der Nächste.
Natürlich alles auf Spanisch.
„Sie halten Eloisa für eine Verräterin, oh
mein Gott, was mache ich, wenn sie
nicht überlebt, ich habe solche Angst.
Omi ist auch schon
zusammengebrochen und liegt mit

einem Nervenzusammenbruch im Krankenhaus."

Hanna versuchte ihn zu beruhigen.

„Max, soll ich kommen?"

Max: „Ich weiß nicht, ist es nicht zu gefährlich?" Lasse: „Moment mal, ja das ist zu gefährlich. Ich kann dich da jetzt unmöglich hinlassen Hanna, du siehst ja, was passiert."

Max: „Lasse hat recht, aber ich halte dich telefonisch auf dem Laufenden. Ich werde mich hier auch bedeckt geben. Man gut, dass ich zu diesem Zeitpunkt anders aussah als jetzt."

Sie verabschiedeten sich mit den Worten:

„Sage sofort Bescheid, wenn sich etwas tut, ja?"

„Ja mache ich, bis morgen, Tschüss."

Dann legten sie auf.

Lasse: „Es wird immer schlimmer, jetzt werden die Leute schon auf offener Straße abgeknallt. Wir dürfen nicht mehr so lange warten. Torsten, du fliegst morgen nach Portugal, Lee, du mit Lenny in die Türkei,

Hanna, du bleibst in der Nähe des Telefons. Wenn es Neuigkeiten gibt wegen Eloisa, informiere bitte alle. Ich versuche die nächste Aktion in der Türkei zu zerschlagen.

Ach ja, und Hanna, gebe nochmal eine Anzeige auf, damit wir wissen, wo überall Menschen verschwinden, das war's."

ardasee

Die Klasse 8b war aufgeregt, es sollte einen Urlaubstripp zum Gardasee geben. Es waren junge Leute zwischen 14 und 15 Jahren.

Der Klassenlehrer Herr Fuchs (32 Jahre) und eine Englischlehrerin Frau Jakob (31 Jahre)

Der Busfahrer Adriano wartete schon ungeduldig, auf die Koffer, die er alle im großen Kofferraum verstaute.

Es waren schon fast alle da, Noel wurde unruhig, weil seine Angebetete Nadja noch nicht da war. Er versuchte sie auf dem Handy anzurufen. Völlig verschlafen meldete sich Nadja: „Ja, was gibs?"

„Guten Morgen Nadja, wir warten hier alle im Bus auf dich, oder wolltest du nicht mitkommen?"

Mit einem Gähnen fragte sie: „Wieso Bus?"

„Wir fahren an den Gardasee, eine Woche Schulferien, schon vergessen?"

„Oh, shid, so ein Mist, ich habe völlig verschlafen, ich bin in fünfzehn Minuten da, halte den Busfahrer auf, ja?"

„Okidoki, beeile dich."

Aber sie hatte schon aufgelegt. ‚Typisch für Nadja, immer verschläft sie,' dachte Noel.

Er stieg wieder aus und hielt sich die Hand am hinteren Teil fest: „Sorry, ich muss nochmal auf Klo," sagte er mit gequälten Blick zum Busfahrer. Adriano

platze fast vor Wut, schließlich war er es, der die Zeit wieder aufholen musste.
„Na gut, aber beeile dich!"
Noel lief mit der Hand am Po über den Bordstein. Der Rest der Klasse lachte und zeigte mit dem Finger auf ihn. Aber das war Noel egal. Er ging zum Klo und steckte sich erst einmal eine verbotene Zigarette an. Genüsslich zog er daran, als wenn er auf Entzug wäre und schon dreißig Jahren rauchen würde. Er schaute auf die Uhr. Der Busfahrer hupte ungeduldig.
Noch fünf Minuten. Er machte seinen Gürtel auf und sofort rutschte ihn die Hose herunter. Er hielt sie fest und rannte los. Alle anderen Kinder riefen lautstark: „Noel, Noel, Noel!"
Er lief und weil er die Hose nicht zugemacht hatte, rutschte sie ihm über den Hintern und er fiel hin. Alle lachten und kreischten.
Adriana musste auch schmunzeln, es sah wirklich komisch aus. Als er die Hose wieder hochzog, sah er Nadja angerannt kommen.

Die half ihm hoch: „Alles klar mit dir?"

Er schaute sie verliebt an: „Logo, ich habe alles im Griff, jetzt komm schon."
Nadja grinste und meinte: „Spinner."
Adriano zählte durch. Herr Fuchs sagte ihm, dass jetzt alle da wären.
Die Busfahrt setzte sich in Bewegung.

Zur selben Zeit wurde alles vorbereitet für das Busunglück. In den Alpen waren genug Möglichkeiten, um die Serpentinen hinaufzufahren. Der Bus sollte auf alles Fälle nachts, über die Absperrung rollen. So circa 40 bis 50 Meter wird er in den Abgrund schießen. Durch reichlich Benzin wird es eine Explosion geben und keine Überlebende. Es soll alles in dieser Nacht passieren, wenn sowieso alle schlafen. Der LKW war auch schon in Bereitschaft. Im Krankenhaus wusste auch schon alle Bescheid. Alles muss nach Plan laufen, dann wurde sich Andrea noch die eine Million einsacken

und erst einmal abtauchen nach
Kanada.

$$*$$

Es war schon spät und nach einigen
Pausen schliefen die meisten im Bus
schon.
Nele hatte ihren Kopf auf das Bein von
Noel gelegt und schlief mal wieder. Es
war zwar unbequem für ihn, aber er
fand das großartig, so wie es war. Er
würde auf alle Fälle versuchen, Nadja
am Gardasee zu Küsschen, soviel war
klar.

Gegen 02:15 Uhr war Adriano am
Treffpunkt. Er hatte fünfzehn Minuten
Verspätung. Alle, außer Frau Jakob
schliefen.
Sie fragte: „Was ist?"
„Ich muss nur nach dem Verteiler
gucken, dann geht es gleich weiter.
Warten sie bitte hier. In zwei Minuten
geht es weiter."
Zufrieden legte sie sich ihre Wolldecke
nochmal zurecht. Adriano stelle die

Klimaanlage ab und stellte den Gashahn
auf ON.

Leise, aber zügig schoss das Gas in das
Innere des Busses. Er wartete zehn
Minuten.

Dann kamen seine Kollegen mit
Gasmasken und zogen die leblosen
Körper aus dem Bus.

Sie schmissen sie wie Vieh auf den LKW.
Alles musste schnell gehen.

Die Nach war ruhig und der Mond gab
ihnen genügend Licht.

Bevor der LKW losfuhr, halfen sie
Adriano noch, den Bus über die Klippe
zu schieben. Es gab eine riesige
Explosion. Dann machten sie, dass sie da
wegkamen.

Das Telefon klingelte, der Graf nahm ab.
„25 Leute alle zur Verarbeitung
abgeliefert, es lief alles nach Plan."
Der Graf wusste, wer dran war und
sagte nur, morgen käme ein Fahrer, der
das restliche Papier bringt, vielen Dank!"

$\mathcal{R}$echtsanwalt $\mathcal{T}$omTom

Torsten flog direkt am nächsten Tag
nach Portugal. Er hatte sich einen
dringenden Termin von der
Rechtsanwaltkanzlei geben lassen.
Es war also kein Problem, einen Termin
zu bekommen. Er wollte nur Frau

Holzmann nicht helfen, aber vielleicht bekommt er ja was raus.

Am drauffolgenden Tag um 17:00 Uhr war der Termin.

„Schönen guten Tag, was kann ich für sie tun," begrüßte er Torsten sehr herzlich.

Torsten war überrascht von so einen netten sympathischen jungen Mann.

„Sie sind TomTom nicht? Und sie arbeiten für den Grafen, auch richtig, oder? Außerdem kann ich etwas für sie tun, sonst sitzen sie demnächst im Knast und brauchen einen guten Anwalt, stimmst?"

Torsten fiel direkt mit der Tür ins Haus.

TomTom erschrak über so viel Dreistigkeit.

„Wieso, wie kommen sie darauf?"

„Ganz einfach, sie haben Gabriel Holzmann hierhergelockt, damit er sich mit dem Grafen treffen sollte.

Angeblich hätten sie Informationen über den Grafen, alles gelogen. Jetzt ist Gabriel Holzmann Tod und zwei seiner Mitarbeiter auch."

TomTom erschrak: „TOD?"

„Ja natürlich, was haben sie denn erwartet, dass sie ein Kaffeekränzen abhalten?"
Der Anwalt ließ seinen Kopf auf seine Arme sinken.
„Das habe ich nicht gewollt," flüsterte er leise.
„Das glaube ich ihnen sogar, aber gehen sie ins Gefängnis für den Grafen. Der ist schon raffiniert."
„Aber, aber, stotterte der Anwalt, er wollte doch nur mit ihm reden, weil Gabriel etwas von seiner Exfrau rausgefunden hätte, hat er gesagt."
Jetzt gefror Torsten das Blut in den Adern.
„Bitte was?"
„Ja, das hat er mir so erzählt."
Später hatte er mir erzählt, dass die drei beim Fischen verunglückt sind und von Haien gefressen wurden. So habe ich es auch Frau Holzmann erzählt."
„Passen sie mal auf Herr Rechtsanwalt.

Der Graf bringt Leute um, damit dem die Organe rausgenommen werden, die er teuer verkauft, an Menschen, die das nötige Kleingeld haben. In Wirklichkeit ist er auch gar keine Graf."

TomTom unterbrach ihn: „Oh doch, ich habe seinen Ausweis gesehen, Graf Viktor von Anstetten."

„Papperlapapp, der hat Ausweise, wie andere Scheckkarten. Das ist ein gesuchter Gangster, die Polizei fahndet schon nach ihm. Haben sie zufällig von dem Fall gehört, vor circa zwei Jahren, dass ein Camp eröffnet wurde, wo es Organraub in großen Stil gab?" Der Rechtsanwalt nickte.

„Sehen sie, Viktor war der Drahtzieher. Es sind so viele Menschen gestorben damals, ganz fürchterlich und seine Exfrau, wie er sie nennt, hatte er gefangen gehalten und über Tage vergewaltigt."

TomTom schaute ihn mit glasigen Augen an.

„Was dagegen, wenn ich sie zum Essen einlade, ich glaube, dieses Gespräch wird länger dauern." Torsten war einverstanden und beide Männer gingen was essen und sprachen den ganzen Abend über nichts anderes als

über den Grafen und die
Machenschaften von Viktor.
Es kamen interessante Informationen
ans Tageslicht, womit Torsten etwas
anfangen konnte.

Doppel L.

Lenny und Lee machten sich auf dem
Weg zum Flughafen.
Am Flughafen Antalya hatten sie schon,
von Deutschland aus, einen Mietwagen
gemietet.
Lenny schaute sich um.
„Was suchst du?"
Lee bemerkte den suchenden Blick.
Lenny: „Ob ich das Fahrzeug
wiederfinde, von damals." Aber er fand
nichts.

Also fuhren sie weiter Richtung Incekum. Nach circa eine Stunde Fahrt, war die Straße gesperrt.

Lee meinte: „Wir kommen hier nicht weiter, die Straße ist wegen Sprengungsarbeiten gesperrt."

„Aber ich weiß, das wir da durchgefahren ist, das Schild stand damals auch schon da und trotzdem ist der Fahrer durchgefahren."

Lee überlegte: „Wie lange seid ihr gefahren, als ihr überfallen wurdet?" Nach dem Schild höchstens fünf Minuten."

„Okay, meinte Lee, lass den Wagen stehen und wir gehen zu Fuß weiter. Lass mich das Auto nur ein Stück in den Wald fahren."

Beide gingen nun zu Fuß weiter. Lenny füllte sich nicht wohl, die alten Erinnerungen kamen wieder.

„Stopp, sagte er, hier war es." Er starrte auf den Sandweg. Der ganze Überfall lief nochmal vor seinem Auge ab.

Lee suchte nach Hinweisen. Dann bückte er sich und hob eine Patronenhülse auf, mit einem Taschentuch.

„Was hast du da," fragte Lenny.
„Eine Hülse einer Patrone, da, noch eine."
Er hob auch diese auf. Dann hörten sie Motorengeräusche. Schnell versteckten sie sich im Gebüsch. Ein größerer Land Rover kam mit zwei Mann Besatzung angefahren.
Lenny schubste Lee an: „Das sind sie."
Lee merkte sich das Nummernschild. Sie hielten nicht an und fuhren weiter.
Lee: „Jetzt haben wir wenigstens ein Nummernschild, damit können wir rausbekommen, wem das Fahrzeug gehört.
Komm, lass uns zurück gehen und mit dem Auto weiterfahren. Eins ist sicher, diese Straße ist zumindest nicht gesperrt.
Sie fuhren die Umgehungsstraße, Richtung Incekum weiter, bis zum Krankenhaus, wo seine Eltern gelegen haben.
Lee wollte rein gehen, aber Lenny blieb draußen stehen. Stockend sagte er: „Ich kann nicht, sorry, aber ich kann das Krankenhaus nicht mehr betreten.
Meine Eltern sind Tod. Du kannst gerne

da reingehen, aber ich warte hier draußen."
Lee legte seine Hand auf Lennys Schulter:
„Schon gut, kann ich verstehen. Dann verschwand Lee im Krankenhaus.
Nach keinen zehn Minuten war er wieder draußen.
„Deine Eltern sind hier nicht gelistet, und sind völlig unbekannt.
Tut mir leid." Lenny hob den Kopf: „Das hätte ich dir auch so sagen können."
„Komm, lass uns nach dem Nummernschild suchen, wir gehen zur Polizei."
„Was willst du denen denn sagen? Ach, entschuldigen sie bitte, aber wir suchen die Mörder meines Freundes, können sie mir da weiterhelfen?" Lee grinste: „Nicht ganz, komm." Lee zog ihm am Ärmel.

Drinnen sagte Lee, das er aus Versehen ein parkendes Auto beim Ausparken berührt hatte und er sich die Nummer von dem Auto gemerkt hatte, er das jetzt aufsuchen müsste, um es der Versicherung zu melden.

Das leuchtete dem Polizisten ein und suchte nach der Nummer.
Schnell wurde sie gefunden, aber statt sie rauszugeben, meinte der Polizist, er würde damit ihm hinfahren, um gleich den Schaden aufzunehmen. Lee flüsterte zu Lenny: „Du wartest hier, ich komme wieder, die kennen dich, Okay?" Lenny nickte und sah sich nach einem Kaffee um, wo er sich davorsetzte und wartete.

Lee fuhr mit zwei Polizisten auf eine Ranch.
Der eine Polizist war Dolmetscher und übersetzte Lee, was gesprochen wurde. Sofort kam ein Mann raus und fragte, was los sei.
Der türkische Polizist erzählte, dass dieser Herr, er zeigte auf Lee, aus Versehen seinen Jeep beschädigt hätte und er dafür aufkommen wollte.

Alle drei gingen zum Jeep. Es war nichts zu sehen, was auf eine Beschädigung zeigte. Lee sah, das sich die Gardine bewegte, sie wurden beobachtet, soviel war klar.

Der Mann meinte, da nichts zu sehen war, würde er die ganze Sache vergessen, der Deutsche solle sich keine Sorgen machen. Lee bedankte sich brav und sie fuhren wieder weg.

Als Lee sich umdrehte, bemerkte er, dass ein zweiter Mann herausgekommen war und sie beide den Polizeiwagen hinterher sahen.

Lenny wartete schon ungeduldig, als endlich Lee vor ihm stand. Lee bestellte sich ein Glas Wasser und berichtete, dass die mit Sicherheit etwas auf dem Kerbholz hatten.

Lee: „Jetzt wissen wir, dass es hier nicht mit richtigen Dingen zugeht.

Wir wissen, wer es ist, wir haben das Auto und wir wissen, welches

Krankenhaus. Wir müssten denen jetzt
nur eine Falle stellen. Dazu müssen wir
aber Lasse fragen, damit er das
polizeilich absichert."

Lenny meinte: „Lass uns zurückfliegen,
ich durchsuche den PC nach
Reiseunterlagen, wo meine Eltern
gebucht haben, hätte ich auch schon
früher draufkommen können, ich Idiot."
„Besser spät als nie, lachte Lee, komm,
lass uns einen Flug nach Deutschland
zurücknehmen." Lenny nickte und sie
fuhren zurück zum Flughafen, um den
nächsten Flug nach Deutschland zu
nehmen.

usammen

Als alle wieder zusammensaßen, hatte
sie Torsten per Skype dazugeschaltet.
Da die Verbindung nach Kanada stand,
fing sofort an zu erzählen.
„Also, dieser TomTom ist gar nicht mal
so übel. Zumindest wusste er nicht, dass
der Graf zum Mord fähig war. Er
erzählte, wie er ihn kennengelernt
hatte, was er schon für ihn gemacht
hatte, wobei er ihn geholfen hatte,
einen rechtlichen Rat zu holen.
Als er erfahren hatte, was da hinter
steckt, hatte er sich angeboten, einen
Lockvogel zu geben, um den Grafen zu
schnappen."

Alle fanden, dass es sich gelohnt hatte,
nach Portugal zu fliegen, um das alles
vor Ort zu besprechen.

Jetzt erzählte Lee von seiner Reise mit
Lenny und dass man da den nächsten
Cup zuschlagen könnte.
Er sah besonders Lasse dabei an.
Der fand die Idee gut und sobald Lenny
etwas Näheres weiß, soll er Bescheid
geben, dann würde er etwas
organisieren.

Als alle durch waren, erzählte Hanna.
Was sie erzählte, da blieben die Münder
offenstehen. Erst erzählte sie, dass es
Eloisa besser ging und sie über den Berg
ist.
Alle klopften auf den Tisch, zur Freude.
Dann erzählte sie aber, dass in Italien
ein ganzer Bus verschwunden ist mit
Kindern zwischen 14 und 15 Jahren, plus
zwei Erwachsenen und den Busfahrer.
Angeblich soll der Busfahrer übermüdet
gewesen sein. Der Bus ist über eine
Schlucht gerast, wo keine
Rettungskräfte so leicht hinkommen.
Man konnte nur von oben ausgebrannte
Bus erkennen. Augenzeugen hätten
berichtet, dass der Bus ungebremst in

die Schlucht gefahren sein soll. Ich weiß nicht, ob ich das glauben soll. Es wird immer schlimmer, das Ganze macht mir Angst."

Tränen füllten sich in ihren Augen. Sofort stand Lasse auf und ging zu ihr, um sie in den Arm zu nehmen.

Zoey sagte gar nichts mehr dazu. Sie schüttelte nur den Kopf.

Lee: „Jetzt haben wir also auch einen Fall in Italien. Wir haben nur eine Chance, wir müssen Stück für Stück seine Organisation auffliegen lassen."

Torsten meldete sich dazu. „Samira sagte gerade, dass man einen Viktor nicht aufhalten kann, solange er lebt."

Na, sehr beruhigend, kommentierte Hanna, das ist wie eine Stecknadel im Heuhaufen."

„Auch eine Nadel im Heuhaufen sticht irgendwann mal, also geben wir nicht auf, wir machen weiter, bis es pickt."

Lasse: „Lee hat Recht, wenn wir jetzt aufgeben, schadet er weiter den Menschen. Und jeden Einzelnen, den wir retten, ist gut.

Denkt mal an Ibiza oder Mallorca. Von da haben wir ihn vertrieben. Wir jagen Viktor, bis er in der Falle sitzt."
Alle legte die Hände übereinander und schossen mit denen nach oben mit dem Spruch: „Für die Gerechtigkeit!"

 iktor

Es klingelte und Viktor sah, dass es die Detektei aus Kanada war. Aufgeregt nahm er ab.
„Guten Tag Herr Graf…."
„Ja, ja, ich weiß schon, wer da ist, haben sie etwas herausgefunden?"
Ein bisschen irritiert sagte der Chef der Detektei: „Ja, wir haben eine Samira gefunden, sind uns aber nicht ganz sicher, ob sie das ist.

Ich würde ihnen gerne ein paar Fotos zukommen lassen, um sicher zu sein, ob sie das ist. Allerdings lebt sie allein mit einem zweijährigen Sohn."

Aufgeregt sagte Viktor: „Okay, schicken sie mir die Fotos, ich sage ihnen dann Bescheid, ob es sich um die richtige Person handelt."

Es war ein sehr kurzes Gespräch.

Neugierig wartete Viktor auf eine Mail aus Kanada.

Plonk! Sie haben eine neue Nachricht.

Aufgeregt schaute sich Viktor die Bilder an.

Er vergrößerte das Bild. Sein Herz klopfte, wie damals. Er dachte:

,*Die Figur passte, etwas üppiger.*
Die blonden Haare etwas länger, das stand ihr gar nicht.'

Er war sich nicht sicher, weil die Bilder aus der Ferne aufgenommen wurden. Er brauchte ein Portrait dieser Person. Also rief er wieder zurück und verlangte das.

Der Chef war verwundert, weil er sagte: „Sie müssen doch ihre Frau erkennen? Verstehe ich nicht." Viktor hatte einen Kuli in der Hand, den er zerbrach, vor Wut. Aber er riss sich zusammen.

„Hören sie, bei mir kommen die Bilder nicht klar genug an, ich bitte sie, mir weitere zu schicken, die vielleicht etwas näher sind, bitte?"

Schon wurde der Chef der Agentur etwas netter: „Kein Problem, werden wir aufnehmen und ihnen direkt schicken."

Nach dem Auflegen des Hörers, meinte Viktor: „Stümper!"

Er schaute sich die Bilder nochmal an. Er konnte nicht mit 100% sagen, ob das Samira war. Resigniert goss er sich einen Whisky ein und trank ihn. Seine Gedanken waren dabei bei Samira.

Antalya

In der Türkei wurde alles vorbereitet für die große Aktion. Lenny hatte die

Kontaktdaten rausgesucht und wusste jetzt auch, dass eine Reise von 14 Tagen so günstig war, weil sie in einer Pension untergekommen wären, abseits vom Trubel.

Wieder einmal mussten Lee und Zoey herhalten. Jin ließen sie bei dieser Aktion bei Hanna.

Die konnte im Moment nicht weg, da sie nochmal eine neue Suchanzeige gestartet hatte und es sich immer mehr besorgte Eltern melden, wo die Menschen verschwunden waren. Sie war ständig am Telefonieren.

Lasse hatte, genau wie auf Mallorca, alles vorbereitet. Sie wussten jetzt, was es für ein Auto war und vor allem, welche Unterkunft es ist. Sie hatten beide Spezialsender bei sich. In der Uhr, am Hosenbund bei Lee und in der Kette von Zoey. Sicher ist sicher. Lenny war die ganze Zeit bei Lasse, um eventual Tipps zu geben.

Der Chef von Lasse hatte alles Organisiert mit der türkischen Polizei. Eigentlich müsste alles funktionieren. Lee hatte nur Angst um seine Frau und

schwor sich, dass es das letzte Mal
wäre, dass sie sowas machen würden.

*

Die beiden waren gelandet und
warteten auf ihre Koffer. Bevor sie
rausgingen, kontrollierten sie die
Kameras und den Sprechkontakt. Alles
Roger.
Lee nickte Zoey zu und beide gingen
gemeinsam durch die Schranke.
Es stand ein Mann mit einem Schild in
der Hand. Lee ging auf ihn zu.
„Hallo, ich glaube, sie warten hier auf
uns. Ich bin Lee und da steht meine Frau
Zoey."
Der Mann nickte freundlich und stellte
sich mit dem Namen Selim vor. Lenny
nickte und meinte: „Das ist er, das ist
der gleiche Fahrer, wie damals."
Die drei gingen zum Auto. Lee ging extra
um das Auto rum, damit man das
Nummernschild entdeckt. Er öffnete
seiner Frau die Tür. Dann ging er
nochmal um das Auto und setzte sich

neben sie. Selim verstaute die Koffer im Kofferraum und setzte sich nach vorne rechts.

Selim sagte: „Das ist unser Fahrer Cam." Selim reichte den Fahrgästen zwei Wasserflaschen. Zoey bedankte sich und nahm sie, aber beide tranken nicht daraus.
Lenny meinte: „das gleiche Auto, dieselben Personen. Gleich telefoniert er und will einen Tarkan sprechen, so in einer halben Stunde."
Nach dreißig Minuten telefoniere er tatsächlich. Er wollte Tarkan sprechen.
Dann sagte Cam: „Islemek icin."
Lasse schaute sofort ins Übersetzungsprogram und er sagte: „Zur Verarbeitung."
Lenny schaute Lasse an und hatte Tränen in den Augen. Er musste unwillkürlich an seine Eltern denken.
Eine Menge Polizisten hatte sich im Wald versteckt, wo Lee die Patronenhülsen gefunden hatte. Sie rechneten damit, dass der Überfall dort stattfinden würde.

Sie hatten auch einen Arbeitswagen mit ein paar Arbeiter positioniert, wo das Auto der Angreifen durchkommen müssten.

Und tatsächlich. Der Arbeitswagen gab durch, dass das gesuchte Objekt mit mind. Drei Leuten gesichtet wurde und ihnen entgegenkommt.

Dann hielt der Wagen von Cam und Selim.

Zoey stockte der Atem. Sie schwitzte und hatte ganz fürchterliche Angst.

Lee nahm ihre Hand, die auch nicht gerade trocken war.

Ein Land Rover stand quer über die Straße, so, dass es kein vorbeikommen gab.

Mit Maschinenpistolen standen sie da und hielten das Auto an.

Einer schrie auf türkisch: „Herkes disari!"

Salim sagte zu den Deutschen: „Wir sollen alle aussteigen." Zoey fragte: „Was wollen diese Leute?"

Selim zuckte mit den Schultern, dann stieg er aus.

Auch Zoey und Lee stiegen aus.

Jetzt standen die Deutschen direkt vor der Bande und im Rücken waren Cam und Salim.

Lee dachte: ‚*Wenn die jetzt das Feuer eröffnen, sind wir alle Tod.*'

In diesem Moment traf ihn etwas Hartes am Kopf und er ging zu Boden.

„Lee, um Gottes willen, Lee! Was soll das für ein Scheiß," schrie sie Cam an, der ihn niedergeschlagen hatte.

Sie drehte sich wieder um. Der Anführer stand jetzt genau vor ihr. Mit einem Ruck riss er ihr die Kette ab. In gebrochenen Deutsch sagte er: „Die brauchst du jetzt nicht mehr. Die Uhr, sofort!"

Er forderte die Uhr ein. Widerwillig zog sie die Uhr aus und gab sie ihn. Auch die Uhr von ihren Mann wurde eingezogen. Jetzt gab es nur noch eine Kamera im Gürtel von Lee. Der Anführer grinste sie an und flüsterte: „Wenn wir genug Spaß mit dir hatten, bist du wieder frei, Okay?"

Zoey nahm ihre ganze Kraft und zog ihr Knie hoch, genau zwischen den Beinen des Angreifers. Der sackte zusammen. Sie drehte sich um und rannte in den

Wald. Zwei Angreifer hinterher. Erst jetzt reagierte die Polizei und schoss auf die zwei Verfolger, in die Beine. Die anderen riefen: „Halt stehen bleiben, Polizei!"

Cam und Salim stiegen so schnell sie konnten in ihr Auto und rammten den Land Rover zu Seite. Dann sah man nur noch eine Staubwolke. Die Polizei gab den Arbeitswagen Bescheid, dass ein Auto mit zwei Personen auf der Flucht sind und direkt auf euch zukommen.

Als die Bauarbeiter/ Polizisten das Auto hab kommen sehen, eröffneten sie sofort das Feuer auf die Reifen. Sie bleiben stehen und kamen mit erhobenen Händen aus dem Fahrzeug.

Lee kam mit einer Gehirnerschütterung ins Krankenhaus und musste über Nacht dableiben.

Lasse sagte: „Und wieder ein Stück von Viktors Organisation zerschlagen.

Und die Heldin war Zoey, wenn sie nicht so mutig gewesen wären, den Anführer zwischen die Beine zu treten, hätten die Polizei nicht eingreifen können, weil sie keinen der Beiden in Gefahr bringen wollte.

Wieder zu Hause

Nach dem erfolgreichen Türkei Tripp waren alle wieder zu Hause. Lee hatte noch Kopfschmerzen, aber es ging ihn immer besser. Sie saßen abends alle zusammen und berichtigten Hanna, wie alles abgelaufen ist. Sie freute sich, meinte aber auch: „Das hätte auch gründlich in die Hose gehen können, das wisst ihr schon, oder?"

Lee: „Ach was, Zoey hätte die Männer auch allein in die Flucht geschlagen." Dabei lachte er herzlich, hörte aber gleich wieder auf, weil er seinen Kopf hielt.

Lasse: „Du ruhst dich erst einmal die nächste Zeit aus und tust gar nichts, hörst du? Wir brauchen dich fit und nicht als Frack."

Alle lachten. Es klingelte auf Skype. Samira war dran. Nun konnten sie alles nochmal erzählen. Zeitgleich klingelte das andere Telefon. Hanna ging dran. Es war eine besorgte Mutter, die sich mit anderen Eltern zusammengetan hatte und rausfinden möchte, ob es noch überlebende gibt.

Sie haben zusammengelegt und eine Rettungswacht beauftragt, nach Überresten der Toten zu suchen, und nach Handys, private Sache, um evtl. rauszubekommen, was wirklich passiert war. Sie erzählte, dass sie gerne ein, zwei Leute von uns dabeihätte, am liebsten Hanna natürlich. Hanna sagte, dass sie das Besprechen würde mit ihren Leuten und sie dann sofort zurückruft.

Sie notierte sich den Namen und die Nummer der netten Frau.

Sie ging zurück, als Samira gerade auflegen wollte. Sie erzählte, wer gerade angerufen hatte. Samira meinte daraufhin: „Ich komme gerne mit, dann hätte ich auch mal was zu tun. Zu Hause ist es nämlich langweilig und Torsten schont mich, wo er nur kann. Dabei bin ich nur schwanger und nicht krank."

Hanna meinte: „Bespreche das mit deinem Mann und sage mir dann Bescheid. Ich würde gerne zum Gardasee fahren, dann würden wir das zusammen machen."

Samira freute sich und legte auf.

Lasse sagte nachdenklich: „Mir passt es gar nicht, dass ihr zwei Frauen dahinfahrt und keinen Mann dabei ist."

„Papperlapapp, es sind mindesten zwanzig Leute da, Männer und Frauen. Und wir sind ja nicht blöd. Traust du uns das nicht zu?"

„Doch schon, aber wie du siehst, ist es gefährlich. Und dann noch eine schwangere Frau, ob das jetzt gerade nützlich ist?"

„Stempel uns doch nicht so ab. Wir machen ein bisschen Urlaub und schauen nebenbei, ob es sich wirklich um ein Busunglück war, oder er getürkt war."

Resignierend stimmte Lasse zu.

Lee schüttelte nur den Kopf, aber er
konnte nichts sagen, er war schließlich
noch nicht einsatzfähig.

*H*arry Mang

Das Telefon läutete und Viktor wusste,
dass es die Detektei Mang war.
Sofort nahm er ab.
„Hallo Herr Graf, hier ist Harry Mang
aus Kanada.
Haben sie das neuste Foto schon
gesichtet, das ihnen rübergeschickt
wurde?"
„Guten Tag, nein, einen Moment, ich
schaue eben nach." Er suchte seine
Mails und da fand er die von Mang. Er
öffnete und seine Herz blieb
augenblicklich stehen.

„Das ist sie, verdammt, das ist sie!"
Viktor wurde lauter, sofort kam ihn die
Erinnerungen, den wunderschönen Sex
mit ihr und ihre Schönheit.
„Haben sie eine Adresse in Kanada und
mit wem lebt sie zusammen?"
„Also, sie lebt mit einem Torsten Kunst
zusammen, da hatten sie Recht. Er ist
Arzt für Allgemeinmedizin. Sie ist zurzeit
schwanger, ich denke mal von ihm. Die
zwei wollen heiraten, weil sie ein
Aufgebot bestellt haben. Das mit dem
kleinen Jungen, den sie öfter an ihrer
Seite hatte, wissen wir nicht, ob er zu ihr
gehört, wir denken mal ja.
Der Junge müsste so zwei-drei Jahre
sein.
Haben sie etwas zu schreiben, ich gebe
ihnen mal die Adresse."
Als Viktor alles notiert hatte, sagte er:
„Sie haben gute Arbeit geleistet, ich
werde sofort veranlassen, dass sie ihr
Rest Honorar bekommen, vielen Dank,
sie haben mir sehr geholfen. Wenn ich
ihre Hilfe nochmal benötige, werde ich
mich an sie wenden, danke nochmal."
Viktor legte auf und organisierte sofort
einen Flug nach Vancouver – Kanada.

Er dachte: ‚Na, wenn das keine Überraschung ist. Ich sagte doch, ich finde dich, du Miststück. Also ist sie doch mit Torsten zusammen. Hätte ich ihn nur gleich erschossen, aber das mache ich noch. Besser ist, wenn er zur Verarbeitung kommt.'

Zufrieden und glücklich machte er die Überweisung an Mang fertig, dann goss er sich einen Whisky ein und trank auf sein Wohl.

Gardasee

Hanna hatte sich durchgesetzt und auch Samira hat sich nichts sagen lassen. Sie wollte helfen, solange sie noch keinen dicken Bauch hatte. Sie fand das auch nicht als Risiko, zumal da noch ein ganzer Haufen anderer Männer und

Frauen an der Bergung teilnahmen. Sie flog direkt nach Valerio Catulla. Da hatte Hanna Samira mit einem Leihwagen abgeholt.

Von da aus waren es nur circa 15 Km zum Gardasee. Hanna hatte auch ein wunderschönes Doppelzimmer gebucht mit Blick auf den Gardasee. So konnten sich die beiden Frauen am Abend noch stundenlang austauschen.

Frau Schmidt, die damals bei Hanna angerufen hatte, hatte sich gefreut. Sie war mit ihrem Mann im selben Hotel abgestiegen, sowie viele andere auch. Sie alle hatten sich als Kegelgruppe ausgegeben, falls einer fragte.

Am nächsten Tag sollte es losgehen. Frau Schmidt erzählte, dass der Rettungsdienst mit Hubschrauber versuchen will, an das Frack ranzukommen.

Die Männer hatten gesagt, es sollen da jetzt nicht dreißig Mann von uns dastehen. Es sollten nicht alle mitbekommen, um was es da ging.

Alle saßen zusammen und aßen zu Abend. Sie erzählten von ihren Töchtern, ihren Söhnen, aber auch Frau

Fuchs und Herr Jakob waren da, um ihre Ehegatten zu würdigen.
Frau Schmidt ging mit Hanna, Samira und Herrn Jakob los. Die anderen warteten ungeduldig, bis sie etwas hörten.

Als sie an der Unglücksstelle ankamen, war ein Hubschrauber gerade dabei, jemanden abzulassen, aber es war zu windig. Auch die Sträucher um die Unfallstelle versperrten die Sicht. Nach mehreren Versuchen wurde alles abgebrochen.
Der Chef des Unternehmens sagte: „Wir haben heute keine Chance, vielleicht ist es morgen etwas windstiller. Das ist zu gefährlich für meine Leute, sorry."
Damit drehte er sich um und war weg.
Frau Schmidt weine bitterlich.
Hanna und Samira trösteten sie und legten den Arm um ihre Schulter.
Als sie wieder im Hotel waren, erzählten sie es den anderen. Am nächsten Tag sollten drei andere von der Truppe dabei sein.

Als die abends wieder da waren, waren alle drei traurig. Eine sagte: „Der Chef der Truppe sagte, dass es zu gefährlich sei und er nichts machen könnte. Aber er hat mir eine Nummer gegeben von einem Jonas. Der klettert die gefährlichsten Felsspalten rauf, sowie runter." Sie gab Hanna die Nummer. Sie zog sich zurück und telefonierte mit diesen Jonas, der auch sofort abnahm und sich mit Jonas Bruder meldetet. Hanna stellte sich vor und hoffte, dass er ein wenig Deutsch oder wenigsten Englisch sprach.

Zu ihrer Überraschung sprach er ein bisschen Deutsch.

Hanna erzählte, um was es ging. Er meinte, davon habe er in der Zeitung gelesen.

Sie erzählte dann in welchen Hotel sie alle waren und hatten sich in zwei Stunden verabredet. Sie sagte allen anderen Bescheid.

Er kam pünktlich, was schon mal für einen Italiener bemerkenswert ist. Hanna begrüßte ihn herzlich und schaute dabei etwas runter. Sie dachte: ‚Warum müssen Italiener immer so klein *sein, ansonsten sieht er ja nicht schlecht aus.'*

Jonas nahm einen ordentlichen Preis, aber das war den Leuten egal, Hauptsache, es passierte etwas.

Am nächsten Tag hatte sich Jonas vorbereitet, um sich abzuseilen. Es wurde so besprochen, dass er alles, was er fand in einem Jutesack steckte, die ein Hubschrauber herunterließ. Vor allem Handy, oder persönliche Dinge. Gerne auch, bei verkohlten Leichen die Zähne oder Uhren. Egal was, Hauptsache, es kommt überhaupt was.

Am späten Nachmittag war der ganze Spuk vorbei. Mit dieser Nachricht hatte wirklich keiner gerechnet.
Als er frisch geduscht vor den Leuten stand, sagte dieser: „Es tut mir wirklich leid, aber es gab weder eine Leiche noch

Uhren, Handy, Schmuck, geschweigen
denn Zähne.
Der Bus ist allein über die Klippen
gegangen, ohne Besatzung."
Ein langes Schweigen war im Raum,
keiner sagte irgend etwas, bis Hanna die
Stille unterbrach.
„Dann sind sie Verbrechern zum Opfern
gefallen und ich sage es wirklich ungern,
aber es könnte möglich sein, dass sie zur
Verarbeitung von Organen geopfert
wurden."
Jetzt redeten alle durcheinander und
wurden aufgebracht. Ein Mann wollte
auf Hanna losgehen, aber ein anderer
hielt ihn zurück.

Hanna: „Bitte bleibt ruhig! Bitte! Das
kann aber auch heißen, dass evtl.
manche noch am Leben sind. Sie
werden kaum alle sofort verar…….na, sie
wissen schon!"
Frau Schmidt schrie: „ich fahre sofort
alle Krankenhäuser ab, um meinen
geliebten Sohn zu finden. Wer ist
dabei?"
Samira mischte sich ein: „Nun wartet
doch mal, wenn ihr da jetzt so

auftaucht, meint ihr, die geben die einfach so raus? Nein, natürlich nicht. Wenn das ein geplanter Schachzug war, muss man behutsam vorgehen.
Ich würde mich zur Verfügung stellen und so tun, als ob ich jedes Mal ärztliche Hilfe brauche, ich bin nämlich schwanger.

Hanna, meine Freundin kundschaftet in der Zeit, wo ich untersucht werde, das Krankenhaus aus. Wenn auch nur einer dabei ist, schlagen wir Alarm, aber mit der Polizei und nicht mit einer Heugabel."
Hanna schaute ihre Freundin überraschend an. Die Leute beruhigten sich und waren sich einig, dass es so vernünftiger war.

Endlich

Viktor hatte sich zwei starke Männer mitgenommen und ist nach Kanada gereist.
Er war richtig aufgeregt, dass er seine Samira wiedersehen durfte.
Nachdem er sich aufgehübscht hatte, ausnahmsweise zog er einen dunklen Anzug an, so wie früher, damit Samira ihn auch gleich erkannte. Er dachte: *‚Hoffentlich freute sie sich auch so doll wie ich.‘*
Die Männer hatten sich an den Seiten von der Haustür versteckt, er wollte sie ja nicht erschrecken, nur gleich mitnehmen. Er hatte Chloroform dabei, um sie zu betäuben, sollte sie nicht freiwillig mitkommen.
Er klingelte…….. nichts rührte sich.
Er klingelte nochmal……..wieder nichts.
Jetzt klopfte er…….auch nichts.
Er horchte an der Tür, alles still.

‚Vielleicht war sie einkaufen? Es stand kein Wagen vor der Tür.‘
Viktor wollte später nochmal wiederkommen.
Dann suchte er eben Torstens in seiner Praxis auf, der wusste bestimmt, wo seine Samira war.
Die drei fuhren zur Praxis. Ohne sich vorher anzumelden, ging er an der Sprechstundenhilfe vorbei und riss verschiedene Türen auf. Und siehe da.
Torsten, sein alter Studienfreund aus vergangenen Tagen.
Torsten untersuchte gerade eine Patientin.
„Was soll……."es versprach ihm die Sprache.
„Hallo Torsten, mein Freund und Verräter, bevor ich dich abknalle, wo ist meine Frau Samira?"
Erschrocken zog sich die Patientin wieder an und verschwand durch die Tür.
Bevor sie ganz raus war, sagte sie nur:

„Call the Police, quick!"
(Rufen sie die Polizei, schnell)

Die Frau wählte gerade die Nummer, als ein Schuss fiel.

Sie verharrte. Am anderen Ende nahm die Polizei ab.

Nachdem die schweren Jungs Torsten zusammengeschlagen haben, zog Viktor seine Waffe.

„Wo ist meine Frau Samira, sofort sagst du mir das!"

Es wurden Polizeisirenen lauter.

Einer der Jungs meinte: „Chef, wir müssen weg, schnell, die Bullen. Den kleinen Augenblick der Unaufmerksamkeit nutzte Torsten, um sich hinter seinen Schreibtisch zu werfen. Er war aber nicht schnell genug. Der Schuss peitschte durch die Luft und traf Torsten. Er sackte zusammen.

Als sie rausgingen, sah er die Schwester, die die Polizei gerufen hat. Sie verharrte und schaute Viktor ins Gesicht.

„Warum hast du die Bullen gerufen, selbst schuld."

Noch ein Schuss fiel, direkt zwischen den Augen der Schwester. Sie sackte sofort weg.

Dann verschwanden Viktor und seine Jungs wieder.

Sie fuhren nochmal zum Haus von Samira. Nach mehrfachen klingeln, traten die Jungs die Tür ein. Viktor ging hinein, nachdem seine Jungs freie Bahn gezeigt hatten. Samira war nicht da, aber er sah ein Bild, wo sie mit Torsten drauf war und auch noch glücklich aussah. Er schmiss den Rahmen auf den Boden und trat drauf.

Dann gang er wieder mit den Worten: „Ich kriege dich noch, diesmal hast du Glück gehabt, aber denke immer daran, du gehörst mir."

Beim Rausgehen sah er noch ein Bild, wo Samira mit einem Jungen drauf war, er nahm es mit. Aus der Ferne hörten sie die Sirenen der Polizei.

Viktor sagte: „Zeit zu verschwinden!"

 erloren

Von allem dem bekam Samira nichts
mit. Durch die Zeitverschiebung
telefonierte sie nicht immer mit Torsten.
Er musste schließlich auch arbeiten.
Sie ging mit Hanna die Krankenhäuser
durch, die eventuell in Frage kommen
würde.
Samira hatte neun gefunden, die in
Frage kommen könnte.
Die ersten zwei Tage vergingen nur mit
Untersuchungen, wo nichts bei rumkam.
Die Eltern wurden schon unruhig.
Am siebten Krankenhaus wendete sich
das Bild.
Samira war von der Lauferei und der
Hitze erschöpft. Sie hatte sich nicht wohl
gefühlt, wollte aber Hanna nichts sagen.

Als sie in dem Krankenhaus genauso vorgehen wollte, wie bei den bisherigen, wurde Samira übel. Sie hatte zu wenig getrunken, und sackte im Foyer zusammen. Hanna dachte, dass gehörte vielleicht zum Plan dazu und rief sofort nach Hilfe.
Eine Krankenschwester eilte herbei.
Dann rief sie einen Arzt.
Der Arzt hatte ein Schild mit dem Namen,
Prof. Dr. Francesco Rossi
Hanna nahm die Lage nicht so ernst, und dachte als sie sah, dass Samira Ohnmächtig wurde, musste sie innerlich schmunzeln.
‚An der ist eine echte Schauspielerin verloren gegangen. Sogar das weiße in ihren Augen war gut zu sehen. Ich könnte das nicht so gut spielen.‘
Deshalb sagte Hanna mehr so beiläufig: „Ach ja, die Frau ist schwanger."
Der Arzt sagte etwas auf Italienisch, was Hanna nicht verstand.
Sofort eilte die Krankenschwester fort und kam mit zwei Leuten und eine Liege wieder.

Das Einzige war OP, was Hanna
verstehen konnte.
Dann wurde sie weggebracht.
Hanna dachte: ‚Das die Italiener immer
gleich so übertreiben müssen.'
Sie rief hinterher: „Das ist doch nur ein
kleiner Schwächeanfall, mehr nicht!"
Keiner hörte ihr zu.
Samira wurde sofort eine Maske auf das
Gesicht gesetzt und eine Infusion
angelegt.
Hanna schaute durch die Scheibe, dann
wurden die Jalousien zugezogen.

*

Hanna ging erst einmal auf
Entdeckungstour, um zu sehen, ob
irgendwo Jugendliche oder Frau Jakob
oder Herr Fuchs hier untergebracht sind.
Sie war unruhig, weil sie nicht wusste,
wann Samira wieder herauskam, und
wollte dann auch für sie da sein, um so
zu tun, als wenn alles wieder in Ordnung
sei. Nach einer Weile wurde Hanna
unruhig, auf der unteren Etage war
keiner, der danach aussah, als wenn er
zur Organspende da war.

Sie ging zurück und wartete noch eineinhalb Stunden, bis der Arzt von vorhin aus dem OP kam.

Hanna: „Wieso hat das denn so lange gedauert?"

„Entschuldigen sie bitte, aber wir konnten nichts mehr tun."

Hanna fiel alles aus dem Gesicht.

„Wollen sie mich verarschen oder was, meine Freundin hatte einen Schwächeanfall und sie wollen mir erzählen, dass sie Tod ist?"

Hanna war außer sich.

Der Doktor sprach nicht so gut Deutsch, deshalb hatte er sich vielleicht nicht richtig ausgedrückt.

„Nicht ihre Freundin, aber ihr Kind. Wir konnten es nicht mehr retten, sie hat es verloren.

Wir müssen die Nacht abwarten, und sehen, wie es morgen aussieht mit ihrer Freundin. Im Moment braucht sie allerdings Ruhe.

Hanna starrte den Arzt nur an, dann sackte sie zusammen.

Als Hanna wieder aufwachte, lag sie in einem weißen Bett im Krankenhaus.

„Was ist los, wo bin ich?"

Sie versuchte ihre Gedanken zu
sortieren.

Die Schwester piepte den Arzt an, der
sofort kam.

„Na, sagte dieser, wieder besser?"

„Sagen sie mir jetzt bitte nochmal ganz
langsam, was ist mit meiner Freundin,
Samira?"

„Ihre Freundin hatte eine Fehlgeburt.
Sie wusste von einer
Risikoschwangerschaft. Außerdem hatte
sie sich bei der Hitze völlig verausgabt,
zu wenig getrunken. Der Fötus war noch
viel zu klein, keine Überlebenschance.
Ihre Freundin geht es den Umständen
entsprechend. Die Nacht müssen wir
noch abwarten, dann sehen wir weiter.
Wie geht es ihnen?"

„Wieder besser, weiß Samira das schon,
wegen des Babys?"

Der Arzt schüttelte den Kopf.

„Das wird nochmal ein herber Schlag für
sie.

Am besten ist, sie ruhen sich erst einmal
zu Hause oder Hotel aus, dann kommen
sie bitte morgen früh nochmal."

„Nein, ich bleibe hier, wenn sie
aufwacht, will ich da sein."

„Wenn sie möchten, kann ich ihnen ein Bett daneben stellen, dann wären sie da, falls sie früher wach wird."

„Das ist lieb von ihnen, das Angebot nehme ich gerne an. Ich möchte nur noch einmal kurz telefonieren und ihren Mann benachrichtigen."

„Okay, dann lasse ich gleich dieses Bett rüberbringen." Damit verließ er das Zimmer.

Hanna rief erst im Hotel an und berichte, kurz, was geschehen ist. Morgen wurde sie aber kommen und alles genau berichten.

Danach versuchte sie in Kanada bei Torsten anzurufen, erreichte aber keinen. Sie hinterließ eine Nachricht, dass sie sich morgen nochmal melden würde.

chlechte Nachrichten

Hanna hatte immer wieder versucht, Torsten zu erreichen, aber ohne Erfolg. Sie versuchte es sogar in der Praxis. Die wiederum hatte geschlossen, ohne eine Zeitangabe wie lange sie zu hätte.

‚Da stimmt doch was nicht,‘ dachte Hanna.
Sie erreichte jetzt Lasse, erzählte ihm, was passiert wäre und dass er doch bitten Torsten Bescheid geben möchte. Sie müsste jetzt Samira, die die Nacht überstanden hatte, beibringen, dass sie ihr Kind verloren hätte.
Lasse fragte, ob einer kommen soll, Lee würde es auch wieder besser gehen, der könnte auch kommen. Hanna lehnte ab. Sie würde sich später nochmal melden, wenn sie etwas Neues weiß.
Dann ging sie zu Samira. Sie hatte ihr es noch nicht sagen können, sie wollte

vorher erst Torsten erreichen, allerdings ohne Erfolg.
Hanna setzte sich auf die Bettkannte von Samira. Die öffnete die Augen und versuchte zu lächeln.

„Wie geht's dir, meine Süße?"
Als Hanna das sagte, nahm sie ihre Hand und streichelte sie.
Mit etwas brüchiger Stimme antwortete sie:
„Es geht so, ich bin so leer, was ist denn genau passiert?"
Hanna erzählte alles langsam, dann kam der Satz: „Dein Baby konnte nicht mehr gerettet werden, du hast es verloren."
Samira sah Hanna mit aufgerissenen Augen an.
„Das ist jetzt nicht dein Ernst?"
„Doch leider, ich wünsche, es wäre anders. Es tut mir so leid. Hätten wir das lieber doch nicht machen sollen und es den Männern überlassen."
Samira weinte und Hanna weinte mit.
Der Arzt kam herein mit zwei Krankenschwester.
Er schaute Hanna an und die nickte.

Damit wusste der Doc. Bescheid und brauchte nicht noch in der Wunde rumstochern.

Er meinte: „Es tut mir leid, aber ich konnte nichts mehr machen. Sie müssen noch ein, zwei Tage hierbleiben, dann können sie wieder gehen."

Samira fragte: „Ist das Krankenhaus denn überhaupt für Baby ausgebildet. Haben sie schon mal eins auf die Welt gebracht?"

„Da haben sie Recht, wir sind hier mehr auf Organtransplantation spezialisiert, nicht auf Geburten. Aber ich versichere ihnen, ich hätte das hinbekommen."

Beide stockte der Atem. Sie schauten sich an.

Samira: „So war das auch nicht gemeint, endschuldigen sie bitte, nur.......ich hatte mich so sehr auf das Baby gefreut, verstehen sie?"

Der Arzt tätschelte ihre Hand und nickte.

Dann gingen alle drei wieder aus dem Zimmer.

Hanna platzte raus: „Hast du das gehört?
Hier können die gesuchten Personen liegen!"
Samira antwortete schlapp: „Da kannst du dich drum kümmern, ich möchte gerne Torsten anrufen, um ihn die traurige Nachricht überbringen."
Hanna: „Ich habe ihn schon versucht anzurufen, leider ohne Erfolg. Seine Praxis ist auch geschlossen."
„Das kann nicht sein, Samira saß mit einem Mal in ihrem Bett. Er hat doch keinen Urlaub? Da stimmt was nicht.
Gestern wurde mir übel und ich dachte einen Moment an Torsten, bevor ich das Bewusstsein verloren hatte.
Ich muss sofort zu ihm."

„Nun mal ganz langsam, du kannst jetzt nicht aufstehen, auf gar keinen Fall.
Ich werde Lasse nochmal anrufen, der soll mal nachfragen, ob bei der Polizei etwas eingegangen ist."
„Gute Idee, mach das bitte sofort Hanna."
Hanna nickte und rief sofort bei Lasse an. Der versprach, sofort bei der Polizei

in Kanada anzurufen, um etwas zu erfahren. Wenn er da nichts hört, wollte er die Krankenhäuser in der näheren Umgebung abtelefonieren.

Nach fast 40 Minuten rief Lasse zurück.

„Hanna, ich habe schlechte Nachrichten, bist du allein?"

„Nein, ich habe sogar den Lausprecher an, damit Samira zuhört."

Samira sagte: „ich will wissen, was los ist Lasse, sofort!"

„Okay, also es gab eine Schießerei in seiner Praxis, Ein Toter und ein Verletzter."

Samira hielt sich sofort die Hand vor den Mund und rief: „Nein!"

„Die Arzthelferin wurde durch einen direkten Kopfschuss niedergestreckt. Sie war sofort tot. Der Verletzte ist Torsten. Er wurde angeschossen am Arm. Ist aber schon operiert werden und sie haben die Kugel entfernt. Er kämpfte letzte Nacht um sein Leben, jetzt ist er außer Lebensgefahr.

Er hat viel Blut verloren.

Patienten, die im Wartezimmer waren und Leute auf der Straße haben den Mann wie folgt beschrieben.

Länger schwarze Haare zum Dutt gebunden. Einen akkuraten Anzug und einen Siegelring am kleinen linken Finger. Torsten ist wohl wieder wach und wird gleich von der Polizei verhört. Dann werde ich nochmal telefonieren, aber ich denke, wir wissen alle, wer das war, oder?"

Hanna und Samira aus einem Mund: „Viktor!"

„Richtig, aber wenn der in Kanada ist, weiß er, dass Samira auch da ist. Die hatte nur Glück, dass sie zu diesem Zeitpunkt nicht da war, sonst hätte er sie mitgenommen." Torsten schwebt auch in Lebensgefahr, vielleicht kommt er wieder. Aber erst einmal warte ich ab, bis Torsten seine Aussage gemacht hat."

Samira sagte: „Torsten soll noch nicht wissen, dass wir unser Kind verloren, haben:"

Lasse hatte das schon wieder vergessen oder verdrängt. Also sagte er: „Es tut mir sehr leid, Samira."

„Ist schon gut. Vielleicht war es auch besser, dass ich nicht in Kanada war. „Wieso?"

„Wenn ich in Kanada wäre, wer weiß, was dann passiert wäre."

*H*offnung

Hanna durchsuchte strategisch das Krankenhaus. Weder im Erdgeschoss noch in der Ersten oder zweiten Etage waren die Kinder zu sehen. Nicht einmal die beiden Erwachsenen, keine Spur. Lasse rief an und Hanna stellte gleich auf Lautsprecher.

„Hallo ihr Zwei. Erst einmal, Torsten geht es wieder etwas besser. Er hat die Nacht überlebt. Eine Kugel hatte seinen linken Arm gestreift, das war kein Problem, aber sie haben ihn übel hingerichtet, zwei Rippen sind gebrochen, Gehirnerschütterung, ein blaues Auge und zwei Zähne sind raus. Verschiedene Hämatome am Kopf und am Körper.

Torsten sagte, dass es Viktor war mit zwei Bodyguards. Da Torsten nicht gesagt hatte, wo Samira ist, Viktor aber unter Druck stand, weil er die Polizeisirenen gehört hatte, schoss er einfach drauf los. Torsten konnte sich gerade noch wegducken, dann verlor er das Bewusstsein.

Seine Arzthelferin ist nur getötet worden, weil sie noch den Hörer in der Hand hatte mit der Polizei am anderen Ende.

Es ist eine Großfahndung rausgegangen. Viktor wird wegen Mordes gesucht, nicht nur wegen der Arzthelferin, sondern wegen 184 Fällen vor zwei Jahren. Wenn sie den schnappen, kommt der nie wieder raus.

Er verfügt über mehrere Namen mit Pässen, ist bei vielen sehr beliebt, weil er immer großzügig ist. Ist millionenschwer.
Wir denken durch den Organraub."
Hanna: „Meine Herren, das sind ja Neuigkeiten.
Ich muss dringend einen Artikel schreiben für die Zeitung, damit es kein anderer vor mir macht. Hier im Krankenhaus rechnen wir aber damit, dass hier die Kinder versteckt worden seien.

Ich habe sie nur noch nicht gefunden."
„Das sind ja mal gute Neuigkeiten, wie geht es denn Samira?"
Da sie mitangehört hatte, was Lasse erzählt hatte, konnte sie selbst antworten: „Hallo Lasse, mir geht es den Umständen entsprechend gut. Ich bin nur traurig, dass ich das Baby verloren habe."
„Das kann ich verstehen. Ich werde versuchen im Krankenhaus anzurufen, wo Torsten liegt. Soll ich ihn etwas ausrichten?"

„Nein, ich muss selbst mit ihm reden, er soll es von mir erfahren. Hast du denn eine Telefonnummer?"

„Ja, Moment, ich gebe sie dir durch, aber denke bitte dran, er braucht noch viel Ruhe. So ein, zwei Tage wären noch gut. Im Übrigen, nach Hause kannst du nicht mehr, zumindest vorläufig. Die Polizei sagte, es sei zu gefährlich. Sie rechnen damit, das Viktor nicht aufhört dich zu suchen, bis er dich hat."

„Der ist doch krank, ein richtiger Psychopath.

Was wird denn aus Torsten? Wenn Viktor mitbekommt, dass Torsten noch lebt, kommt der auch wieder, oder meinst du nicht?"

„Doch, das denke ich auch, deshalb noch schnell ein paar Worte an Hanna, bist du noch dran?"

Hanna nickte und sagte: „Ja natürlich."

„Die Polizei bittet dich, einen Bericht zu schreiben, auch für Kanada, wo du erwähnst, dass nicht nur die Arzthelferin tot sei, sondern auch der Arzt. Es gibt eine Millon Finderlohn, damit wird es eine Hetzjagd geben auf Viktor. Außerdem verschafft uns das etwas Zeit,

Torsten in Sicherheit zu bringen. Ich denke, Samira und auch Torsten kommen beide zu uns. Da sind sie nicht allein. Wäre das erst einmal Okay, auch für dich, Hanna?"

„Klar, auf alle Fälle, die Idee finde ich gut."

Hanna schaute zu Samira, die nickte ihr zu.

„Samira ist auch einverstanden. Wir bleiben noch mindestens drei Tage hier. Wenn ich bis dahin nichts gefunden habe, kommen wir zurück nach Hause."

„Okay, Hanna, Samira, ich muss Schluss machen. Wenn du so weit bist mit dem Artikel, sage mir bitte Bescheid, ja?"

„Ja, mache ich und pass auf dich auf. Ach ja, hast du was von Eloisa gehört?"

„Ja, der geht es auch wieder besser. Tschüss, ich muss jetzt los!"

Damit legte er auf.

Samira meinte: „Ich bin völlig durch den Wind, werde ein bisschen meine Augen schließen."

Hanna: „ist Okay, ich schreibe meinen Artikel für die Zeitung."

Vorsicht!!!
Ein Mörder läuft noch frei rum.
Er ist schwer bewaffnet und hat
meistens ein paar Bodyguards dabei. Er
trägt den Namen <u>Viktor</u>, schmückt sich
aber auch gern mit anderen Namen, wie
zum Beispiel,
<u>der Graf</u>.
Der Mann ist gefährlich, unternehmen
sie nie etwas allein gegen ihn.
Seine letzten Opfer waren ein Arzt und
eine Arzthelferin.
Sollten sie Hinweise haben, die zur
Ergreifung dieses Mannes führt, ist eine
Belohnung von
1.Million ausgesetzt.
Bei Hinweisen bitte jede Polizeistelle
anrufen!

ligarch

Viktor las den Artikel und freute sich,
dass er Torsten getroffen hatte. Er
dachte sich:
*‚Dann geht Samira bestimmt zu seiner
Beerdigung, da schnappe ich sie mir.
Oder besser, ich schicke ein paar Leute
hin. Das Pflaster wird mir zu heiß. Diese
Journalistin Hanna, dieses Miststück, die
hatte damals schon so viel Mist
geschrieben. Die haben irgend so eine
Scheiß Agentur oder Institut
aufgemacht. Da arbeiten auch noch ein
paar andere drin, von damals. Wird Zeit,
dass ich den Laden in die Luft jage.‘*
Zufrieden grinste er. Er wollte gerade
Anweisungen geben, da klingelte sein
Telefon.
Viktor erschrak, es war der russische
Oligarch Oli, hoffentlich will der seine
Jacht nicht wiederhaben.
Er ging ran „Hello Oli, how are you?"
(hallo Oli, wie gehts dir?)

„Thanks, good. (Danke, gut)
What should I read in the newspaper?
Are you involved with this?"
(Was muss ich in der Zeitung lesen, hast
du damit zu tun?)
Viktor konnte gut lügen, deshalb: „Do
you really believe that? (Glaubst du das
wirklich?"
Then you disappoint me, my friend."
(Dann enttäuscht du mich aber, mein
Freund.)
Oli entschuldigte sich noch, weil er
dachte, dieser Graf hätte etwas damit zu
tun, dann verabschiedeten sie sich
wieder.
Viktor atmete auf.

Zur selben Zeit in Italien.
Hanna versuchte über in die oberste
Etage zu kommen. Sie hatte gehört, dass
der Fahrstuhl nur bis zur vierten Etage
fährt, es aber fünf Etagen gibt.

Sie lugte durch die Tür, alles ruhig. Sie hörte auch keine Stimmen. Hanna zitterte am ganzen Leib.

Sie schlich zum ersten Zimmer und verschwand dahinter. Als sie sich umdrehte sah sie junge Menschen, alle an Maschinen angeschlossen zur Lebenserhaltung. ihr war schlecht. Sechs Betten zählte sie, alle im gleichen Zustand. Hanna hatte keine Ahnung, wer das sein sollte, aber sie denkt, dass das Jugendlichen aus dem Bus sind. Sie machte einfach Bilder mit ihrem Handy von den Kindern. Für sie waren es noch Kinder, die hier lagen, um anderen das Leben zu retten und das eigene genommen wurde.

Sie schlich sich wieder raus und versuchte in ein weiteres Zimmer zu gelangen, das gleiche Bild, wieder Jungen und Mädchen zusammen, da wurde kein Unterschied gemacht. Sie hörte Stimmen, schnell öffnete sie ein Schrank und versteckte sich da drin. Zwei Krankenschwester unterhielten sich und lachten lautstark.

Da liegen gesunde Menschen, die sterben sollen und die unterhalten sich amüsierten sich. Hanna musste sich echt zusammenreißen, nicht auf Frauen loszugehen. Entschied sich lieber ruhig zu bleiben.

Dann verschwanden sie wieder.

Hanna machte noch schnell Fotos und dann sah sie zu, dass sie da wieder rauskam. Sie verschwand im Treppenhaus und rannte alle Treppen runter, bis sie bei Samira im Zimmer ankam.

Die schaute sie erschrocken an mit den Worten: „Warst du joggen?"

Hanna hielt ihr Handy in der Hand, sie hatte noch keine Stimme, so außer Puste war sie.

Hanna zeigte Samira die Bilder.

Viktor ließ seine Männer, die er für loyal fand, antanzen.

Bernhard, du nimmst dir bitte zwei, drei Leute mit, und fährst zu dem Institut *Torben von Antorf*

Berlin, Geradenstraße 7.
Ich will, dass der ganze Laden in die Luft
fliegt, klar?"
„Sehr wohl, Herr Graf, damit drehte er
sich um und verschwand wieder.
„Pit und Greg, ihr zwei, geht zur
Beerdigung von Torsten Kunst, ich will
Samira lebend hier haben, nehmt euch
Chloroform und einen schwarzen
neutralen Transporter mit.
Nehmt euch zuverlässige Leute mit.
Wenn sie hier ist, gibt es eine große
Belohnung, für alle. Besonders für euch,
alles klar soweit?"
Die beiden salutierten und
verschwanden auch wieder mit den
Worten:
„Wird erledigt, Herr Graf."

Zufrieden goss sich Viktor einen Whisky
ein und trank auf seine Zukunft mit
Samira.

Hanna schnappte immer noch nach Luft,
dann sagte sie völlig außer Atem:
„Die sind hier, alle, ganz oben!"
„Ruf sofort Lasse an und informiere ihn,
dann kann er weitere Schritte
unternehmen.
Wir müssen hier raus und die Eltern
benachrichtigen, so schnell als möglich."
Bevor Hanna telefonieren konnte, ging
die Tür auf und der Arzt kam rein.
„Na, wie geht es ihnen denn heute?"
„Schon viel besser, danke. Ich würde
auch gerne heute raus, wenn ich darf?"
Der Arzt schaute auf die Unterlagen,
dann nickte er: „Das müsste in Ordnung
gehen."
Dann zur Schwester gedreht: „Machen
sie bitte die Papiere fertig für den weiter
behandelten Arzt in Kanada."
Als sie wieder draußen waren, sagte
Hanna:
„Lass uns gleich darüber in Ruhe reden,
sonst bekommt noch einer was mit."
Als sie sich vom Krankenhaus
entfernten, wählte Hanna die Nummer
von Lasse.
Dem erzählte sie von den Kindern im
Krankenhaus in der fünften Etage.

Lasse versprach, sich sofort darum zu kümmern, dann legten sie auf.

Als beide wieder im Hotel ankamen, trommelten sie alle zusammen.

Hanna entschuldigte sich, dass es so lange gedauert hatte, aber Samira hatte ihr Kind verloren. Sie aber davon ausgehen, dass sie das Krankenhaus gefunden hätten, wo der Reisebus abgeblieben war.

Sie zeigte Bilder, die sie gemacht hatte.

Eine Mutter schrie auf: „Noel!"

Ein Vater: „Nadja, Nadja, was ist mit dir, ich muss sofort zu ihr!"

Hanna versuchte die Gemüter zu beruhigen.

„Ruhe bitte, die Polizei ist schon benachrichtig worden, die bereiten alles vor, um das Krankenhaus zu stürmen. Dann werden alle gerettet, bitte bleiben sie doch ruhig, sonst gefährden sie die Rettung der Kinder!"

Alles redete durcheinander.

Ein Vater nahm ein Stuhl und schlug den auf einen Tisch, es krachte. Nun hatte er das Stuhlbein in der Hand und schrie:

„Ich hole meine Tochter da raus, wer ist dabei? Wer will sein Kind wiedersehen?"

Samira schrie: „Sie bringen ihre Kinder um, wenn sie da jetzt hingehen und rumschreien.

Die Kinder werden alle an Maschinen am Leben gehalten und wenn sie die abstellen, sind sie Tod. Wollen sie für den Tod verantwortlich gemacht werden?"

Allgemeines gegrummelt ging rum.

Eine Frau mischte sich ein: „Die beiden haben recht, wir warten bin morgen, wenn dann nichts passiert, können wir das immer noch in die Hand nehmen!"

Die Leute beruhigten sich und nickten sich zu.

Samira schaute Hanna an und meinte: „Das ist gerade noch mal gutgegangen. Sage bitte Lasse Bescheid, dass er sich beeilt, sonst haben wir morgen einen Aufstand vom Feinsten."

*N*icht mit mir

Als sich die Gemüter beruhigt hatten, aßen alle zu Abendbrot. Einige unterhielten sich, ob oder welche Kinder wohl überleben haben, andere schauten Fernsehen. Eine kleine Gruppe spielte Karten.

Hanna wurde ruhiger, als sie sah, dass alle da sind. Sie ging auf ihr Zimmer und rief Lasse an. Sie berichtete den Vorfall von heute Nachmittag.

Lasse: „Die sollen bloß nicht was in Alleingang machen, sonst fliegt das alles schon vorher auf. Der Überraschungseffekt ist dann weg.

Wir werden es aber übermorgen schaffen, in aller Frühe, um 05:00 Uhr geht's los. Morgen laufen die letzten Vorbereitungen. Die deutsche Polizei ist auf die italienische Polizei angewiesen. Da nützt es nichts, mit zwei Mann aufzutreten. Wir werden mit dreißig Mann da sein müssen.
Zeitgleich versuchen sie auch Ärzte aufzutreiben, die die Bewusstlosen wieder ins Leben zurückholen."

Hanna: „Das macht Sinn. Ich werde gleich morgen früh beim Frühstück die Leute informieren, damit sie danach ihre Kinder in Empfang nehmen können."
„Gute Idee, lass uns morgen nochmal telefonieren, ich habe noch einiges zu tun, bis bald, mein Schatz."
„Ja Okay, bis morgen."
Der Abend verlief ruhig. Die meisten lagen schon in ihren Betten. Hanna wollte jetzt nicht sagen, dass sie erst übermorgen zuschlagen werden. Wenn sie es morgen erfahren, reicht es immer noch.
Hanna nahm sich und Samira noch eine Flasche Wein mit aufs Zimmer. Jetzt

durfte Samira wieder trinken. Sie redeten noch die halbe Nacht. Samira kommt erst jetzt zur Ruhe, um darüber nachzudenken, dass sie ihr geliebtes Kind verloren hatte.

Es flossen viele Tränen der Verzweiflung, auch die Sorge um Torsten. Wie es ihm wohl gehen mag? Gegen 08:30 Uhr gingen die zwei zum Frühstück. Sie sagte, dass um 10:00 Uhr eine kurze Information stattfand, wo bitte alle zu erscheinen haben.

Es versammelten sich alle, außer Herr Schneider, der fehlte. Ein anderer Mann sagte: „Gerd hatte gestern noch ganz schön gebechert, vielleicht liegt er ja noch im Bett.

Hanna fragte: „Können sie mal eben so gut sein, und ihn holen, dann muss ich nicht alles doppelt erzählen?"

Der Mann nickte und lief die Treppen hoch zu Gerd Schneider. Er klopfte laut und rief:

„Gerd, wach auf, wir warten alle auf dich!"

Er klopfte nochmal, nichts. Eine Putzfrau kam und er fragte höflich, ob sie mal im Zimmer schauen mag, ob der Herr

Schneider noch schläft, wir warten alle auf ihn.

Die Putzfrau schloss auf und das Zimmer war komplett leer, keine Koffer, kein Gerd.

Er lief nach unten und fragte am Empfang, ob ein Herr Schneider abgereist sei.

Hanna war unruhig, weil die Leute unruhig wurden. Dann kam der Mann und übergab Hanna einen Brief.

Herr Schneider ist abgereist und der ist für sie."

Hanna fragte nach: „Abgereist, ohne seine Tochter, verstehe ich nicht."

Dann las sie den Brief lauf vor:

„Liebe Hanna, liebe Samira, liebe Freunde,
es tut mir leid, dass ich nicht auch hoffen kann. Ich bin mit den Nerven völlig fertig. Ich spüre, dass meine geliebte Tochter Nadja nicht mehr lebt. Ein Vater spürt so etwas.
Deshalb habe ich meine Koffer genommen und bin abgereist. Ich wünsche euch allen viel Glück, ihr werdet es brauchen,

herzlichst, Gerd Schneider.

Ich kann das nicht verstehen, gestern
wollte er noch eine Revolte anzünden
und heute gibt er einfach so auf."
Ein Getuschel machte die Runde.
Hanna fing sich wieder und erzählte, wie
der Plan ist. Natürlich gab es wieder
Stress, von wegen, warum erst morgen
und nicht heute, aber Hanna hatte sie
beruhigen können.

In der Nacht zuvor.
Gerd wälzte sich von links nach rechts
und wieder zurück. Er konnte kein Auge
zu tun.
„Wieso soll ich hier schlafen, während
meine Nadja um ihr Leben kämpft. Ich
muss sie herausholen."
Er schrieb einen Brief und packte seine
ganzen Sachen. Er wusste, dass es unten
neben dem Empfang einen kleiner Raum

gab, für Koffer zum Aufbewahren. Da stellte er seinen Koffer unter.

Dann checkte er aus und hinterließ diesen Brief. Schnurstracks ließ er sich mit dem Taxi bis kurz vor dem Krankenhaus fahren. Den Rest wollte er zu Fuß gehen. Es war überall ruhig. Die Patienten schliefen alle. Er wartete einen Augenblick und beobachtete den Pförtner, wie der kurz aufstand und die Toilette aufsuchte. Schwupp, war er drin.

Gerd suchte das Treppenhaus auf und nahm immer zwei Stufen auf einmal nach ganz oben, wie er es von Hanna erfahren hatte, lagen da die Kinder. Als er auf der letzten Etage ankam, war er ganz schön aus der Puste. Er versprach sich, weniger Alkohol zu trinken, aufzuhören mit Rauchen und mehr Sport zu machen. Auf der Etage war es alles ruhig.

Er schlich sich in ein Zimmer. Dann stockte ihm der Atem.

Er sah die Jugendlichen alle an Maschinen da liegen. Alle waren sie mit Masken und Schläuchen angeschlossen.

„Oh mein Gott." Sofort hielt er sich die Hand vor den Mund.

Er ging zu jedem Bett und schaute, wer da drin lag.

Zur selben Zeit, der Pförtner kam zurück und sah auf seine Monitore. Er bemerkte, dass sich in einem Zimmer eine fremde Person aufhielt.

Sofort wurde der stille Alarm ausgelöst. Zwei Männer und eine Krankenschwester wurden über Funk informiert, die Person festzunehmen.

Als Gerd wieder aus dem Zimmer kam, schlich er in das nächste Zimmer, und da sah er sie, seine Nadja.

„Nadja, wach auf!" Er nahm ihr die Maske ab. Dann versuchte er umständlich an dem Gerät rumzufummeln.

Der Pförtner gab per Funk durch, dass die gesuchte Person sich jetzt in Raum fünf befand. Gerd hatte einfach alle Kabel einfach gezogen und wollte gerade seine Tochter hochnehmen, als zwei Männer in das Zimmer stürmten.

Sofort ließ er Nadja wieder los. Die Männer hielten ihn fest.

„Was wollen sie hier?"

Gerd bekam Panik: „Das ist meine Tochter, ich will sie hier rausholen, Sie haben soundso keine Chance, die Polizei ist schon informiert und schlägt hier gleich auf. Sie haben den ganzen Reisebus mit unseren Kinder zur Strecke gebracht, das werden sie teuer bezahlen und jetzt lassen sie mich gefälligst los.
Dann wurde Gerd Ohnmächtig. Eine Krankenschwester hatte ihn eine Schlafspritze gesetzt.
Als der Pförtner Bescheid wusste, er hatte alles mit angehört, rief er bei dem Grafen an.
Es muss dringend der Plan B. herhalten, und zwar so schnell wie möglich.
Morgen wimmelt es hier nur so von ungebetenen Gästen.
Einen Augenblick später starteten drei Hubschrauber und landeten auf dem Dach des Krankenhauses, hintereinander. Sie wurde gefüllt mit jungen Menschenkörpern.
Es waren auch drei Erwachsene dabei, einer hieß Gerd.

*

Von allem dem wussten weder die besorgten Eltern noch Hanna und Samira etwas.

Lasse hatte alles eingefädelt und leitete aus Deutschland die Aktion. Die anderen Polizisten sind sofort noch gestern mit dem Flugzeug gestartet und warteten jetzt auf ihren Einsatz.

Punkt 05:30 Uhr sagte Lasse: „Und los!"

Aus mehreren Richtungen stürmten die Polizisten in voller Montur und Maschinengewehren das Krankenhaus.

Der Pförtner, der jeder Nacht Wache schob, hob sofort seine Hände. Er hatte ein leichtes Zucken in seinen Mundwinkeln.

Die ganze Aktion war nach fünfzehn Minuten beendet.

Lasse hörte nur: „Es sind weder Jugendliche noch Erwachsene, die klinisch Tod sind gefunden. Auf der fünften Etage sah es so aus, als wenn es noch nie benutzt worden ist. Alles frisch

bezogen Betten reiten sich auf wie die Orgelpfeifen.
Lasse fluchte: So eine verdammte Scheiß......!"
Er rief Hanna an, und berichtete ihr von den Misserfolg.
Er meinte, es sah ganz danach aus, als wenn die gewarnt worden waren.
Jetzt sind wir wieder am Anfang."
Als Hanna noch mit Lasse telefonierte, kam Samira rein. Sie meinte: „ich wurde gerade angesprochen, wie lange das Gepäck von Gerd Schneider noch in der Kammer stehen soll?"
Die Frauen wussten jetzt, wo das Leck war, aber es brachte die Kinder nicht wieder zurück.

egräbnis

Es wurde alles für das angebliche Begräbnis vorbereitet. Die Polizei ging davon aus, dass Viktor da erscheinen wird, um Samira zu schnappen. Die war aber bei Hanna und Lasse wieder in Deutschland. Der Plan ist gewaltig nach hinten losgegangen, weil ein Vater meinte, den Helden spielen zu wollen. Jetzt wird erst einmal recherchiert, wo eventuell die Jugendlichen untergekommen sind. Die waren wie von Erdboden verschwunden.

Torsten lag noch im Krankenhaus. Es ging ihm schon etwas besser. Er wollte so schnell als möglich nach Deutschland fliegen zu Samira und seinen Freunden.

In einer Stunde würde die Beerdigung in Kanada stattfinden. Alle waren auf ihre Posten. Sie hatten sogar eine blonde Polizistin mit einem schwarzen Schleier, die Samira ähnlich sieht zum Begräbnis, dabei.

Die Trauergäste waren alles Polizisten. Sogar der Priester war Polizist. Die falsche Samira ging traurig mit einem

Taschentuch hinter dem Sarg her. Sie wurde regelrecht abgeschirmt. Alle waren mit einem Knopf im Ohr verbunden.

Zur selben Zeit, kam zum ersten ein schwarzer Transit, der am Straßenrand draußen vor dem Friedhof stehen blieb. Da die Scheiben schwarz waren, konnte man nicht erkennen, wie viele da drin sind.

Dann fuhr ein Gärtnerwagen wie gewohnt auf dem Friedhof.

Der Polizeichef: „Was soll das? Ich habe doch angeordnet, dass keine private Personen auf dem Friedhof sein sollen?"

Dann ging alles blitzschnell, es sprangen zwei Männer aus der Seitentür und schossen sofort auf die Trauergäste. Es war ein völliges durcheinander. Zwei weitere Männer rannten zur falschen Samira. Sie zogen ihr einen Sack über den Kopf und zogen und zerrten sie in den Gärtnerwagen.

Erst jetzt konnte endlich das Kommando abgegeben werden, das es los geht. Sofort kamen von alles Seiten Sirenen.

Es begann eine wilde Schießerei
zwischen Entführern und Polizisten.

Jetzt kam der schwarze Transporter mit
einer Geschwindigkeit reingefahren und
fuhr voll in die Menschmenge der
Trauerden.
Die Gangster schmissen eine Granate
zum ausgegrabenen Loch, wo der Sarg
niedergelassen wurde. Alle gingen
sofort in Deckung, der schwarze
Transporter startete durch.
Durch die Ablenkung der Granate,
wechselten die Leute mit der falschen
Samira in den schwarzen Transporter.
Der Polizeichef rief:
„Los lasst sie nicht entwischen!"
Ein Polizeiauto nahm die Verfolgung auf
und kamen an den Gärtnerwagen. In
diesem Moment explodierte der und
ging völlig in die Luft.
Als der Rauch sich verzogen hatte, war
der schwarze Transporter über alle
Berge.

*

Die Freunde warteten alle ungeduldig zu Hause, ob die Polizei Viktor geschnappt haben. Als das Telefon endlich klingelte, ging Lasse ran.

Er hörte nur zu und war Kreideweiß. Die anderen am Tisch hörten auf zu atmen und schauten alle auf Lasse. Als der den Hörer auflegte, fragten die anderen: „Was ist los?"
Lasse setzte sich und erzählte dann: „Es gab sechs tote Polizisten, vier Schwerverletzte, sieben leichtverletzte. Und die Frau, die Polizistin, die sich als Samira verkleidet hatten ist entführt worden. Wenn die das mitbekommen, ist die Frau auch Tod. Sie sagten, dass sie nicht mit sowas gerechnet hätten. Auf der anderen Seite gab es nur zwei Tote. Jetzt wissen sie, dass sie es mit Viktor zu tun haben, der vor nichts zurückschreckt."
Samira fing fürchterlich an zu weinen: „Ich will, dass Torsten sofort hierherkommt, das ist eindeutig zu

gefährlich. Die wissen jetzt, dass das ein
Falle war."
„Du hast Recht, er muss da ganz schnell
weg. Ich werde mich sofort darum
kümmern," versprach Lasse.

urchschaut

Viktor wartete mit einem Glas
Champagner auf seine Samira. Es wurde
schon angekündigt, dass sie Samira
haben und direkt zu ihm bringen.
Als zwei Leute die Frau reinbrachten,
immer noch mit dem Sack über den
Kopf, saß Viktor mit einem breiten
Grinsen in seinem Thronstuhl. Nehmt
ihr den Sack weg.
Einer der Beiden zog den Sack über den
Kopf. Die blonden Haare fielen zerzaust
über ihr schönes Gesicht. Der andere
hielt sie fest.

„Guten Tag, schöne Frau, lange nicht gesehen, ich freue mich, dass wir wieder zusammenkommen," sagte der Graf im freundlichen Ton.

Er stand auf und strich ihr die Haare aus dem Gesicht.

„Was soll das, wer sind sie? Das ist nicht Samira!"

„Nein, ich bin nicht Samira, ich bin Polizistin und jetzt lassen sie mich gefälligst gehen.....Herr Graf Viktor....." Sie betonte es extra und wollte damit signalisieren, dass sie keine Angst vor ihn hat.

„Ach, das sollte eine Falle werden, sehr gerne. Ich glaube, ihr wisst gar nicht, mit wem ihr euch angelegt habt." Seine Augen funkelten, als er das sagte, seine Wangenknochen bewegte sich und seine Zähne knirschten.

Er schaute auf die Männer und meinte ganz trocken: „Das ist euer Spielzeug, wenn ihr mit ihr fertig seid, kommt sie zur Verarbeitung und jetzt schafft sie mir aus den Augen."

„Hey, was soll das, lassen sie mich sofort los. Die Polizei wird gleich hier sein!"
„Weg mit ihr!"
Die Männer grinsten und schafften sie nach draußen. Ihre Schreie wurden immer leiser, bis sie ganz verstummten. Viktor ließ den Champagner stehen und schenke sich einen Whisky ein und dachte nach.

,Ihr wollt Ärger, den könnt ihr haben. Ihr habt mir zu viel kaputt gemacht, erst Portugal, dann Ibiza, Mallorca, dann Italien, klar, hat nicht alles für euch funktioniert, aber Kanada war ganz eindeutig eine Falle.
Ich werde das Institut Torben Antorf in die Luft jagen.
Und dich, Miststück Samira, werde ich auch noch finden und dann gehörst du mir, versprochen!'

Leitung

Lasse veranlasste, dass Torsten nach
Deutschland transportiert wird. Es
würde aber noch zwei Tage dauern.
Da die Eltern von Hanna auch schon seit
zwanzig Jahren nach Kanada
ausgewandert sind, würde sie Torsten
begleiten, um dann auch gleich Hanna in
Deutschland zu besuchen. Sie hatte sich
seit drei Jahren nicht mehr gesehen. Es
ist eben nicht um die Ecke, Kanada-
Deutschland.
Samira telefoniert mit ihrem
zukünftigen Mann und sagte, er solle

sich keine Sorgen um sie machen, Hauptsache, er komme endlich. Sie rief noch ihre Nachbarin Carina an, fünfzehn Kilometer entfernt wohnte in Kanada und fragte, ob sie nicht ein paar Sachen packen, könnte für Torsten, weil er nicht mehr nach Hause kommt, erstmal. Carina war mit Tom verheiratet und sie hatten einen zweieinhalbjährigen Sohn, wo sie die Patentante war. John, so hieß der Kleine, liebte Sabrina und er war auch öfter bei ihr, um außergewöhnliche Sachen zu machen, wie zum Beispiel Reiten.

Der kleine hatte schwarze Haare wie der Papa und dunkle große Augen.

Sie fragte, ob sie nicht das Bild mit einpacken könnte, bis sie wieder da sind. Es steht in der Diele. Carina versicherte ihr, sich um alles zu kümmern, das wäre kein Problem.

Hanna fragte: „Und hast du es schon Torsten erzählt?"

„Was?"

„Na, das mit eurem Kind."

Sabrina schüttelte den Kopf: „Nein, er soll sich nicht aufregen. Ich mache es, wenn er hier in Deutschland ist. Ich habe auch Carina nichts erzählt, weil ich Angst hatte, dass sie sich verplapperte." Hanna wollte wieder davon ablenken. „Weißt du, dass Lee in drei Tagen vierzig wird. Vielleicht können wir dann alle zusammen feiern. Ich lade noch diverse Nachbarn ein, und zwei, drei Klienten, zu denen wir einen guten Draht haben. Dann würde ich ein Catering beauftragen mit Essen." Zoey kam herein.

„Hallo ihr zwei, gibt es etwas Neues?"

Hanna: „Ja, Torsten kommt in zwei Tagen mit meinen Eltern und dein Mann hat in drei Tagen Geburtstag, er wird vierzig."

Zoey: „Oh ja, den hätte ich beinahe vergessen. Es ist so viel zu tun. Wollen wir den feiern?"

„Welch eine Frage, natürlich feiern wir den."

Sabrina: „Das passt doch ganz gut, es ist ein Samstag.

Hanna: „Wir können im Garten auch ein Pavillon aufbauen lassen, vor allem für die Raucher, dann haben wir das nicht in der Wohnung."

Sabrina: „Ich würde das gar nicht in der Wohnung machen, lass uns doch den Kreativraum in dem Institut umräumen. Nebenan in der Küche, da wird das Catering aufgebaut, die ist groß genug. Hier sind zwei Toiletten für Männer und Frauen. Die beiden Schiebetüren können wir ganz aufschieben und Jin kannst du nach oben ins Bettchen legen und hast unten ein Babyfon, wenn etwas ist."

Zoey: „Meine Herren, hast du ein Organisationstalent. Aber das hört sich super an. Dann teilen wir uns auf. Hanna, kümmerst du dich um das Catering?"

Hann salutierte: „Jawohl Samira, wird gemacht!"

„Zoey, du sagst Lee und Lasse, die sollen alles umräumen und den Pavillon draußen aufbauen mit Stehtischen. Ich kontrolliere alles. Außerdem lade ich noch ein paar Freunde ein, die rufe ich gleich an."

Samira wollte das Festnetz nehmen, aber es war stumm.

Sie drückte mehrfach auf die Gabel,
aber es war alles tot in der Leitung.
Sie nahm ihr Handy und rief den
Störungsdienst an, weil, das Festnetz
musste gehen, sonst würde das
Geschäft nicht weiterlaufen.

Seit zwei Tagen beobachteten die Leute
von Viktor das Institut Torben Antorf.
Sie überlegten, wie sie ins Haus
kommen könnten, weil, es war immer
jemand da. Wie die Fliegen gingen die
rein und raus. Was das für Leute sind,
wussten die Männer nicht. Das war auch
nicht der Auftrag vom Grafen, sondern
nur den Laden in die Luft zu sprengen.
Als ein Wagen vom Störungsdienst vor
dem Haus hielt, sagte der eine zum
anderen: „Guck mal, das ist unsere
Chance. Sofort liefen sie auf den
Transporter zu.
„Sie sie der Störungsdienst?"
Der Fahrer schaute aus seinem
Seitenfenster und fand die Frage

ziemlich blöd. Stand riesengroß auf dem Auto. Also grinste er und meinte: „Ne, der Pizzabote, sieht man doch." Dabei lachte er herzhaft.

Die Tür vom Fahrer wurde aufgerissen und sofort zwei Schüsse auf diesen Mann abgegeben mit Schalldämpfer.

Mit weit aufgerissenen Augen schaute er auf die Pistole in der Hand des Täters und meinte noch: „Das war doch nur Spaß."

Er sackte zur Seite und war sofort Tod. Der andere ging um das Auto rum. Er zog ihm seine Jacke aus, und zog sie sich über. Dann nahm er den Kasten mit dem Werkzeug und ging wie selbstverständlich zur Tür des Hauses und klingelte.

Hanna rief: „Ich mach schon auf!"

Sie öffnete und sagte gleich: „Das ging ja schnell, kommen sie bitte hier lang."

Sie ging vor und der Mann hinterher. Sie zeigte auf das Telefon.

Der Mann machte das gleiche, wie zuvor schon Samira gemacht hatte. Er drückte auf die Gabel.

Er sah, dass das Kabel vom Telefon nicht richtig drin war, sagte aber nichts. Er nahm das Telefon und schraubte es auf. Hanna meinte: „Wenn sie mich brauchen, ich bin zwei Zimmer weiter." Damit ging Hanna weg. Sie musste ja nicht die ganze Zeit danebenstehen. Der falsche Kundendienstmann schlich zu Tür und ließ unbemerkt seinen Komplizen rein. Der verzog sich direkt in den Keller.

Da konnte er ungestört seine Bombe deponieren und zusätzlich machte er noch ein kleines Leck in die Gasheizung, was durch den Druck immer größer werden würde.
Aus dem Keller zurück, gab er seinen Kumpel ein Zeigen, und verschwand wieder durch die Eingangstür.
Der erste schraubte das Telefon wieder zusammen und steckte den Stecker richtig ein.
Er rief: „ich bin fertig, funktioniert wieder alles. Ich bin dann wieder weg!"
Hanna kam an: „Ah okay, was bekommen sie?"

„"Kundendienst, gar nichts."
Dann verschwand der Mann wieder,
setzte sich in den Transporter, wo im
Inneren die Leiche lag und fuhr weg. Im
einem Waldstück hielt er an, zog die
Jacke mit dem Logo für den
Kundendienst wieder aus, und ging zu
seinem Kumpel, der ihn mit dem
anderen Transporter gefolgt war.
Erfolgreich fuhren sie zu ihrem Chef,
den Grafen.
Viktor freute sich und meinte: „Wann
geht die Bombe hoch?"
„Das haben sie in der Hand, wenn sie
noch ein, zwei Tage warten, dann ist die
Explosion etwas größer, weil das Leck im
Gastank dazukam."
Okay, danke, schicke mir bitte die
Küchenhilfe, die dralle Frau, wie hieß die
noch?"
„Erna?" „Ja, Erna. Sie soll bitte mal
kommen."
Viktor mochte Erna, sie kochte immer so
gut und war immer höflich und stellte
keine Fragen.
Einen Augenblick später war sie oben.

„Hallo Erna, kannst du mir einen Gefallen tun?" Klar Herr Graf, was wollen sie Essen?"

Viktor lachte. „Nein, es geht diesmal nicht ums Kochen, sondern um einen kleinen Anruf." Er erklärte ihr, was sie sagen sollte.

Erna nickte und den Hörer, wählte die Nummer vom Institut.

Hanna meldetet sich: Guten Tag, sie sprechen mit Hanna König, was kann ich für sie tun?"

„Guten Tag, hier ist Erna Schmitte, es geht um meinen Sohn, der ist nicht wieder aus dem Urlaub gekommen. Wann kann ich mal zu ihnen kommen, um alles weitere zu erläutern?"

Hanna sagte: „Einen Moment, ich schaue mal in meinen Kalender. Wenn es geht, am Montag, denn wir bereiten eine große Geburtstagsfeier für Samstag vor. Davor haben wir noch ein paar Vorbereitungen zu treffen für das große Fest."

Ach, das ist überhaupt kein Problem, mir passt das eh am Montag besser, denn da bin ich in ihrer Nähe."

„Ja prima, dann machen wir das so, auf
Wiedersehen Frau Schmitte."
Sie notierte den Namen in den Kalender
mit einem kurzen Vermerk.
Hanna wollte sich nicht vorher noch die
Laune verderben lassen und auch mal
an etwas Schönes denken. Dann machte
sie weiter, denn die Vorbereitungen
liefen auf Hochdruck.

Viktor freute sich und bedankte sich bei
Erna mit einem Bündel Geldscheine:
Sie wehrte zwar ab und sagte, sie hätte
das doch gerne getan, aber in
Wirklichkeit schickte sie ihrem Sohn
immer ein bisschen Geld, weil, ihr Junge
hatte ja nie welches.
Viktor schenkte sich einen Whisky ein
und prostete sich zu.
„Auf Samstagabend und eine schöne
Feier!"
Er lachte vorher noch laut auf und dann
trank er einen richtigen Schluck.

*T*orsten

Torsten ging es schon viel besser, vor allem, weil er bald seine Zukünftige wiedersehen würde.

Er traf sich mit den Eltern von Hanna am Flughafen Vancouver.

Sie hatten alle einen Flug zusammen gebucht. Der Vater von Hanna hatte sich darum gekümmert.

Als sie endlich im Flugzeug saßen, atmete Torsten auf und dachte: ‚*Endlich in Sicherheit. In Deutschland wird Viktor uns nicht vermuten. Kanada ist im Moment zu gefährlich geworden. Wer hätte das gedacht.*'

Dann schlief er selig ein.

Am Flughafen Tegel wurden sie von Hanna, Samira und Lasse abgeholt. Hanna konnte es nicht abwarten, ihre Eltern wieder zu sehen. Sie hatte ein

sehr gutes Verhältnis zu ihren Eltern.
Damals, als sie ausgewandert sind und
ihr Rentnerleben genießen wollten,
haben sie kurzen Prozess gemacht und
hatten Kanada in Betracht gezogen.
Andere Rentner gehen vielleicht zu den
Kanaren, oder den Balearen, nicht so die
Beiden.
Samiras Herz klopfte bis zum Anschlag,
dann sah sie ihn endlich. Völlig
erschöpft kam er durch die Tür, die sich
immer automatisch öffnen. Tränen vor
Glück flossen über ihr Gesicht.
Er begrüßte sie mit den Worten: „Na,
wie geht's denn meinen Beiden, so ohne
mich?"
Samira stockte etwas und antwortete:
„Mir geht es gut." Dann küsste sie ihn
Leidenschaftlich, damit er keine
weiteren Fragen stellen konnte.
Nach einer kurzen Begrüßung von Lasse,
holte der den Wagen, damit Torsten
nicht so weit laufen musste.

Zu Hause wurde von Zoey ein Tablett
mit Sekt gereicht und ein paar Canapés
für Zwischendurch. Am Abend wollten
sie grillen, das ging am schnellsten.

Salate wurden schon in der Früh angerichtet.

Zoey meinte, dass es dafür morgen leckeres Essen gab bei der Gartenparty.

Zoey war so frei und hatte auch ein paar enge Freunde für die Eltern von Hanna eingeladen. Dann sind sie nicht so ausgegrenzt und haben auch Seinesgleichen zum Quatschen.

Oben im Zimmer half Samira, die Sachen vom Torsten auszupacken. Dabei fiel ihr auf, dass das Bild fehlte, worum sie ihre Freundin gebeten hatte.

Torsten erzählte, dass ihr Haus aufgebrochen wurde, aber nichts weiter fehlte, außer das Bild. Und das Bild von uns Beiden, lag kaputt auf dem Boden.

Die Polizei geht davon aus, dass es Viktor war. Es war derselbe Tag, wie der Überfall.

Aber sie hat mir ein Bild von dem Jungen für dich mitgegeben." Er kramte in seinem Brieftasche rum und zog es schließlich aus. Als sie das Bild sah, kamen ihr die Tränen. Torsten nahm sie in den Arm.

„ich muss dir was sagen, Liebling. Komm, setzte dich."

Er setzte sich auf einen bequemen
Sessel und nahm Samira auf den Schoß.

Sie erzählte ihm, wie sie ihr Kind
verloren hatte, von den anderen Kinder
und diesem Mann, der alle anderen
Kindern. Durch seine Aktion hat er alle
in Gefahr gebracht.
Sie war froh und erleichtert, dass sie
ihm das jetzt alles erzählen konnte,
bevor er noch über ihren Bauch strich.
„Oh mein Gott, Darling, was hast du
alles mit durchgemacht, das tut mir so
leid. Und ich war nicht bei dir, um dich
zu unterstützen."
„Na, du warst ja selbst in Gefahr.
Möchtest du darüber reden, oder lieber
nicht?"
Torsten überlegte kurz, dann meinte er:
„Ich erzähle es euch beim Mittagsessen,
wenn alle zusammen sind. Dann
brauche ich nicht immer wieder von
vorne anfangen.
Aber eins muss ich dir noch beichten,
Süße.
Es kann sein, dass ich Zeugungsunfähig
geworden bin. Einer der Typen hat mir
so in die Eier getreten, dass es erst mal

vorbei ist mit Kinder machen. Aber es könnte vielleicht noch zurückkommen. Es tut mir leid. Auch mit Sex muss ich leider noch warten. Es ist alles grün und blau und tut höllisch weh."
Sie nickte, gab ihm einen Kuss auf die Stirn und erhob sich von seinem Knie. Dann sagte sie:
„Mach dir keine Gedanken, Sex und Kinder ist nicht alles. Hauptsache ist, wir haben uns.
Er stand auf und verzog sein Gesicht.
„Was ist los?"
„Ach nichts, ich bin nur noch nicht ganz fit. Wenn ich plötzliche Bewegungen mache, tun mir die gebrochenen Rippen, mein gutes Stück und der Arm noch weh, von dem Streifschuss."
Dann gingen sie nach unten zu den anderen. Hanna schaute Samira stumm an und sie schloss nur für einen kurzen Augenblick ihre Augen.
Damit wusste Hanna, dass Samira Torsten jetzt endlich erzählt hatte, dass sie ihr Baby verloren hatte.

*B*ombenstimmung

Der große Tag war gekommen. Lee
wurde vierzig Jahre alt. Jeder hatte gute
Laune. Alle hatten genug zu tun.
Jin, sein Sohn, war der erste, der seinen
Papa ein Bild gemalt hatte. Darauf
waren irgendwelche Kritzeleien zu
sehen, aber der Kleine erzählte, dass das
Mama, Papa, Jin, und der Hund, Greif
ist. Der Hund sah mehr aus wie ein
Zebra, aber das war nicht so wichtig.
Papa fand das Bild großartig und würde
das auch gerne aufhängen.
Seine Frau Zoey kam als Nächstes und
übergab ihren Mann eine
Herrenarmbanduhr.

Lee freute sich, obwohl er für einen
kurzen Gedanken darin verschwand, als
er das letzte Mal eine Uhr bekam, war
das von Viktor. Er hatte ihn eine Rolex
geschenkt. Viel zu protzig an seinem
Handgelenk.
Diese hier war sehr schön mit einem
Lederarmband, kein Geschnörkel. So,
wie es Lee liebte. Er zog sie gleich an.
„Geburtstag ist was Schönes," lachte er
und gab seiner Frau einen dicken Kuss.

Am frühen Abend kamen die ersten
Gäste.
Die Leute hatten zusammengelegt,
und hatte Lee einen Fallschirmsprung
geschenkt mit Filmaufnahmen.
Nachbarn brachten meistens eine
Flasche Wein oder Bier aus aller Welt
mit. Auch an Süßigkeiten dürfte es nicht
fehlen, und sogar Blumen.
Viele kamen und wollten sich auch das
Institut von innen anschauen, was sie
sonst nur aus der Zeitung kannten.
Musik hatten sie von einer Anlage, wo
sie auch für draußen zwei Lautsprecher
hatten. Die Charts und auch Oldies, oder
deutsche Schlager wurden gespielt und

es wurde getanzt, gelacht und viel erzählt.

Es war eine super Stimmung. Beim Essen hatten viele geschwärmt, lange nicht mehr so gut gegessen zu haben. Alle hatten Spaß, nur Greif, der Schäferhund fiepste immer wieder mal. Ihm war das zu viel durcheinander.

Gegen 20:00 Uhr wurde Jin ins Bett gebracht in die oberste Etage. Er war todmüde von der ganzen Aufregung. Der Abend war lau und man konnte noch gut draußen sitzen. Die Frauen holten sich eine Strickjacke oder sie gingen ins Haus. Schließlich war da auch alles gedeckt und geschmückt.

Es wurde gemütlicher so gegen 01:00 Uhr.

Hanna und Samira räumten schon einiges an Geschirr weg, taten viele Sachen in Plastikschälchen, um vielleicht am nächsten Tag noch davon zu essen.

Gegen 01:07 Uhr läutete da Telefon. Lasse rief von außen: „Lee, da gibt es noch Nachzügler, die dir gratulieren wollen, gehe du mal gleich selbst ran.!"

Lee lachte und meldete sich mit: „Institut Torben von Antorf, sie

sprechen mit Lee, was kann ich so spät noch für sie tun?"
„Guten Abend, mein Freund, lange nichts mehr von dir gehört seit damals."

Lee erstarrte am Hörer, er erkannte genau diese Stimme, die er schon früher gehasst hatte, und vor allem immer der Ausdruck, *mein Freund*. Es war Viktor.
„Viktor, was kann ich für dich tun?" Er sagte das extra laut, damit andere es mitbekamen. Sofort stellte er den Lautsprecher an.
„Ich denke mal, es sind heute alle zusammen und feiern schön.
Ich möchte etwas dazu beitragen, damit ihr eine Bombenstimmung habt. Alles Gute für euch!" Damit legte er auf. Die Freunde sind alle reingekommen, weil sie mitbekamen, das Viktor anrief.
Lee meinte: „Was meinte er damit? Bomenstimmung?" Genau in diesem Moment flog das gesamte Institut in die Luft!

*

‚Ach, was war das schön, für die Stimmung zu sorgen. Ich habe es euch doch gesagt:
Legt euch nicht mit Viktor an.' Dabei lachte wieder laut und trank genüsslich seinen Whisky.

*D*as *W*aisenhaus

Laura hatte lange blonde Haare, die sie oft als geflochtene Zöpfen trug. Sie war ein aufgewecktes fünfjähriges Mädchen. Sie hatte meistens gute Laune und die versprühte sie auch auf andere Kinder. Wie zum Beispiel an Jonas.
Jonas mochte Laura sehr und er passte immer auf sie auf, wie ein großer Bruder.
Er war schließlich schon sechs Jahre. Manchmal legte er den Arm um ihre Schulter und fand das großartig. Einmal

hatte Laura ihm ein Küsschen auf die Wange gegeben. Jonas war superstolz darauf.

Gute Freunde von den zwei waren Bernard und Beverly. Mit Bernard spiele Jonas immer Fußball auf dem Hof und Laura spielte mit Beverly gerne Schule. Dabei brachte Beverly Laura Französisch bei.

Alle vier hatten das gleiche Schicksal, sie waren Vollwaisen und lebten in einem Kinderheim mit dreißig anderen Kindern.

Bei den meisten Kindern waren die Eltern gestorben.

Wiederum andere Kinder sind in der Babyklappe gelegt worden, oder andere waren Heroinabhängig und als Mutter oder Vater überfordert.

Es gab Möglichkeiten, nach dem ganzen Papierkram, dass sich Eltern, die selbst keine Kinder bekommen konnten, sich ein Kind aussuchte. Dann wurde eine Probezeit vereinbart und vom Jugendamt begleitet. Laura war schon zweimal weg, kam aber immer wieder, weil sie nicht von Jonas getrennt werden wollte. Wenn sie allerdings nochmal so tobt wie bei den letzten Eltern, würde sie Ärger bekommen.

Die Kinder hatten ein Alter von eins bis zehn Jahren und das Waisenhaus stand abseits von der Stadt in Frankreich auf einer Ranch.

Hier waren auch viele Tiere untergebracht, sowie Hühner, Enten, Kaninchen, Meerschweinchen, Mäuse, Ziegen, Kühe mit Kälbchen, Ponys und einen Esel. Jedes Kind hatte unterschiedliche Aufgaben, die Tiere zu versorgen.

Im Grunde genommen war es eine große Familie, wenn da nicht immer das liebe Geld fehlen würde, und zwar an allen Ecken und Kanten.

Jade, die Frau und Leiterin dieser Ranch hatte zwar viel Gemüse angepflanzt, aber auch die Tiere brauchten etwas zu fressen.

Vincent, der Herr des Hauses und mit dem man sich auch nicht verscherzen will, hatte da einen Tipp bekommen.

Er hatte von einem Grafen gehört, der gleich mehrere Kinder nehmen würde und für jedes würde er noch 20.000,00 Euro bezahlen.

Bei zehn Kindern wären das 100.000,00 Euro. Damit wären sie aus dem Schneider und könnten locker alle Schulden bezahlen. Sie hätten zehn Mäuler weniger zu stopfen und zwanzig Kinder wären ja auch genug.

Den Kindern würde es an nichts fehlen, hätte sein Kumpel gesagt.

Um die passenden Papiere solle er sich keine Sorgen machen, da würde er sich schon drum kümmern. Er müsste nur wissen, wie die Kinder heißen, dann könnte da schon was laufen.

Vincent grübelte immer und immer wieder darüber nach. Vor allem, wenn seine Frau wieder mal Ärger macht, weil nicht genug zu essen da ist. Und all diese Schulden und überhaupt und so.

Viktor hatte großartige Laune, er pfiff und war zu jedem auf am Board nett und zuvorkommend. Er war in Bombenstimmung………

Gerade riefen noch die Araber an, die brauchen dringend Kinderorgane, und zwar schnell. Sie zahlen Höchstpreise! Da würde ihn das Waisenheim gerade recht kommen.

Sein Telefon klingelte. Er schaute aufs Display und sah die Detektei Mang.

Oh, er war freudig überrascht.

„Graf Viktor von Anstetten," meldete sich Viktor.

„Ja hallo Herr Graf, hier ist Harry Mang von der Detektei, ich hätte da ein paar Informationen für sie, oder ist ihre Frau schon wieder bei ihnen?"

„Nein, leider nicht, ich habe sie zwar da aufgesucht, aber sie nicht angetroffen, leider. Ich werde es aber nochmal versuchen."

„Das brauchen sie gar nicht, Ihre Frau hält sich zum jetzigen Zeitpunkt gar nicht in Kanada auf, sondern Der Freund von Samira hatte einen Unfall, genaueres weiß ich nicht, aber Samira ist jetzt mit ihm in Deutschland bei Freunden untergekommen, in einem Institut Torben……" Viktor unterbrach ihn.

„Ja, ja, das kenne ich. Ich melde mich später nochmal bei ihnen, ich bekomme gerade hochrangigen Besuch, sorry."
Damit legte er auf. Kreideweiß setzte er sich auf ein Stuhl.
Es klopfte an der Tür. „Jetzt nicht!"
Er konnte nicht reden, nicht denken, nicht fühlen. Es war so, als hätte man ihn ein großes Loch in den Bauch geschossen.
Er dachte: ‚*Alles was ich wollte, ist die Bagage auszulöschen, aber doch nicht Samira, meine große Liebe, was habe ich nur getan…….was habe ich nur getan…….*'
Tränen liefen über sein Gesicht. Er stand auf, nahm seine Whiskyflasche und setzte sie an den Hals und trank in großen Schlucken direkt aus der Flasche.

*

Jade war einkaufen. Das wollte Vincent ausnutzen und rief alle Kinder zusammen.

Allgemeines Getuschel wurde laut.
„Ruhe, rief er. Bitte ruhe. Es geht
darum, dass eine Grafenfamilie Kinder
suchen. Das heißt, es ist genügend Geld
vorhanden und es können mehrere
Kinder angenommen werden. Ich mache
jetzt ein paar Gruppenbilder und dann
Einzelaufnahmen.
Wer möchte dann freiwillig zu einer
Steinreichen Familie. Da wird euch jeder
Wunsch erfüllt. Eigentlich hielten alle
ihre Hände nach oben. Es werde
kleinere und auch größere Kinder
genommen. Es werden zwischen vier
und sechs Kinder sein, vielleicht auch
acht."

Jonas schaute seine Freunde an und
meinte:
„Das wäre doch was für uns, da können
wir zusammen sein, für immer."
Vincent machte Bilder von allen Kindern
einzeln und auch wer mit wem sich gut
versteht.
Die vier taten sich zusammen und
meinten, uns gibt es nur zu viert. Dabei
legte jeder seinen Arm auf die Schulter
des anderen. Zwei ältere Freundinnen

dachte auch darüber nach, sich alles leisten zu können. Die eine meinte: „Komm, lass uns es versuchen."
Drei Jungs stellten sich auch zusammen, die sahen aus wie Tick, Trick und Track, die Neffen von Donald Duck.
Ein Junge sah aus wie Harry Potter, weil er den Haarschnitt so hatte und eine Brille trug.
Es ging noch eine ganze Weile so weiter.
Vincent: „So, wir sind jetzt durch, bitte sagt Jade noch nichts von alle dem.
Dann darf bestimmt keiner gehen. Ihr wisst ja, wie sie ist." Die Kinder nickten.
„So, und jetzt alle wieder an die Arbeit!"
Er zog die Bilder alle auf einen Stick und löschte sie dann wieder, weil seine Frau immer so neugierig war.

Viktor war am Boden zerstört. Er musste wissen, ob seine Samira überlebt hatte. Er wurde alles für sie tun, wenn er nur wüsste, dass es ihr gut ginge.
Betrunken ließ er die beiden Jungs kommen, die die Bombe angebracht hatten.

Sie hatten jeder zusätzlich 100.000,00 Euro bar in die Hand bekommen, wegen der guten diskreten Arbeit.

Die beiden Männer klopften.

„Kommt rein!" Sie sahen, dass ihr Chef betrunken war, sagten aber nichts.

Er holte das Bild, was er aus dem Haus von Samira mitgenommen hatte, raus und zeigte ihnen das Bild.

„Habt ihr diese Frau in dem Institut gesehen. War sie da irgendwo?"

Beide schauten sich das Bild an. Der eine hatte eine andere Frau außer Hanna gesehen, aber ob das jetzt genau diese war, wusste er nicht genau, sagte aber:

„Ja, diese Frau hatten Tischdecken zugeschnitten für so lange Holztische. Aber sie war allein."

So eine Scheiße,' dachte Viktor.

„Ich möchte gerne, dass ihr rausbekommt, wie viele Tote es gab, Verletzte, Namen und ihr wisst schon, den ganzen Kram einfach und jetzt verschwindet, aber schnell."

Ohne eine Wiederrede verschwanden die beiden Männer nach draußen.

Draußen schauten sie sich nur an und
meinten: „Der ist ja geladen, der Alte."

Vincent hatte den Stick an seinem
Vermittler gegeben, der steckte ihn
unbemerkt ein und meinte nur:
„Je prendrai contact." (Ich melde mich)
Der Typ wollte damit sofort zum Chef,
aber die Jungs meinten: „Heute wäre
nicht so gut, der Alte ist schlecht drauf."
Deshalb ließ er den Stick wieder in die
Hosentasche zurückwandern. Morgen
ist schließlich auch noch ein Tag.

Jade kam vom Einkaufen zurück und sie
wunderte sich, dass alle Kinder am
Arbeiten waren, keine spielte oder
maulte rum.
Sie ging zu Laura, die war immer so
aufgeweckt ist und fragte so beiläufig.
War irgend etwas Besonderes, während
ich weg war?"
Laura wurde knallrot: „Nein, wieso
fragen sie?"

Jade wusste sofort, dass Laura sie anschwindelte, wollte aber dem Mädchen nicht unnötig Druck machen. Deshalb sagte sie: „Nö, ich hatte nur was gehört von Vincent und dachte, dass du mir das erzählen möchtest."
Laura war jetzt völlig überfordert.
,Wieso hat Vincent das denn erzählt und wir sollen nichts sagen, dass finde ich doof.'
Deshalb sagte sie: „Wir dürfen dir nichts sagen, sonst nimmt uns der Graf nicht."
Jade drehte sich um: „der Graf?"
„Ja, die nehmen gleich mehrere Kinder und da kann ich mit meinen Freunden zusammenbleiben, bitte verrate mich nicht, bitte?"
Sie nahm Laura in den Arm und flüsterte: „Ich werde kein Wort sagen, großes Indianerehrenwort."
Dann ließ sie Laura wieder weiter die Meerschweinchen füttern.
Jade verschwand im Haus, als sie sah, dass ihr Mann sich ins Auto setzte und nochmal losfuhr.
Sie nutzte die Zeit und ging an seinem Computer. Sein Passwort ist schon seit Jahren das gleiche, deshalb war sie

schnell drin. Vincent dachte immer,
Frauen, die können nur kochen, von
anderen Dingen verstehen sie eh nichts.
Jade ging sofort zum Mülleimer und
fand die ganzen Bilder der Kinder. Sie
nahm sich einen eigenen Stick und
schob die Bilder rüber.
Dann schloss sie den PC wieder und ließ
den Stick bei ihren Stricksachen
verschwinden. Das war der einzige Platz,
wo Vincent garantiert, nicht gucken
würde.

*K*ampf

Lee versuchte seine Augen zu öffnen.
'Was war passiert?'
Als er sich ein bisschen gesammelt
hatte, fiel ihm ein, das Viktor am Telefon

war und es einen großen Knall gegeben
hatte.

Jetzt sperrte er seine Augen ganz auf
und richtete sich auf. Es brannte, überall
war Feuer.

*Jin, oh mein Gott, Jin lag oben in sein
Bettchen.'*

Lee rannte die Treppe hoch und rief
nach ihm. Überall war Rauch und Feuer.
Er tastete sich zum Bettchen vor. Das
war leer.

„JIN, WO BIST DU! JIN!"

Er hörte ein Wimmern, ganz leise.

„Jin? Bist du hier irgendwo?"

„Papa, Papa!"

Lee sah ihn in einer Ecke sitzen im
Zimmer mit seinem Kuscheltier.
Er schnappte sich den Jungen und
rannte die Treppe runter. Kurz vor dem
Erdgeschoss, brach die Treppe ein und
Lee stürzte mit Jin die Treppe runter.
Ohnmächtig blieben beide unten liegen.
Das Feuer kam immer näher.

*

Hanna hielt sich den Kopf, Blut lief über das Gesicht. Sie rief laut: „Lasse? Mama? Papa?"

Sie sah Lee mit seinem Sohn etwa drei Meter weiter liegen.

Dann bellte Greif. Sie rief ihn: „Greif, hierher!"

Der Hund kam direkt zu ihr.

„Kannst du Jin rausziehen? Ziehe Jin nach draußen!" Greif lief zum Kind und zog an seiner Nachthose das Kind nach draußen. Sie robbte zu Lee. „Lee, wach auf, Lee!" Hanna gab ihn eine Ohrfeige. Er machte seine Augen auf. „Wo ist Jin?"

„Draußen, Greif hat ihn rausgezogen."

„Wo sind die anderen?"

„Ich weiß es nicht, Lee."

Sie halfen sich gegenseitig auf die Beine und gingen nach draußen. Da kam ihm sofort Jin entgegengelaufen. „Wo ist Mama?"

Lee war schlagartig ganz da.

„Ist Zoey hier irgendwo? Zoey!"

Er nahm eine ältere Frau ihr Tuch ab, tränkte es mit Wasser und band es sich um den Mund. Dann stürzte er humpelt wieder rein. Lee rief „Zoey!" Immer und immer wieder. Keine Antwort. Dann sah er Samira am Boden liegen. Sie war ohne Bewusstsein.

Lasse kam jetzt auch zu Lee, auch mit einem Tuch. Lee krächzt: „Nimm Samira mit raus, ich suche weiter, hust, hust." Lasse nahm sie auf dem Arm und trug sie raus. Von weitem hörte man jetzt die Feuerwehr.

Hanna rief: „Zoey wollte in den Keller, Wasser holen." Lasse nickte und schoss wieder nach drinnen.

Er rief Lee, fand ihn und zeigte auf die Kellertür. Direkt davor lag Torsten, blutüberströmt. Lasse zog ihn an den Beinen nach draußen. Die Sanitäter kamen ihn entgegen und nahmen ihm Torsten ab.

Dann fragte die Feuerwehrmänner: „Ist noch jemand im Haus?"

Ja, mindestens noch zwei Personen im Keller und zwei Ältere in der Küche oder so."

Dann bekam auch Lasse einen Hustenanfall.

Lee versuchte langsam die Kellertrappe nach unten zu gehen. Da sah er seine Frau am Treppenansatz unten liegen. Er schrie: „Zoey, Zoey, mein Liebling!"

Sie hatte die Arme und ein Bein völlig verdreht. Blut klaffte über ihr Gesicht. Sie war ohne Bewusstsein.

Ein Feuerwehrmann rief von oben: „Ist da jemand?"

„Ja, hier, kommen sie, meine Frau, sie blutet und ist nicht ansprechbar, bitte schnell!"

Der Feuerwehrmann sagte etwas im Mirko und schon kamen zwei Sanitäter an und versuchten so gut es ging, Zoey aus dem Keller herauszuholen.

Dann meinte einer: „Da liegt noch einer?"

Lee schaute hin: „Oh Gott, Hannas Vater."

Ein Sanitäter fühlte seinen Puls. Dann schüttelte er den Kopf. Für ihn kam jeder Hilfe zu spät.

Kurz bevor sie mit Zoey draußen waren, gab es nochmal eine große Explosion. Die Feuerwehr schob die Schaulustigen weiter hinter die Absperrung.

Hanna: „Zoey, was ist mit ihr?"

Jin lief sofort zu seiner Mama und drückte sie. „Kann mal einer den Jungen nehmen?"

Zoey, Samira und Torsten kamen mit schweren Verletzungen ins Krankenhaus.
Aber auch Hanna, Lasse, Hannas Mutter gingen mit einer Rauchvergiftung ins Krankenhaus.
Kleiner Hausabschürfungen, Platzwunden, die genäht werden mussten, hatte Hanna auch. Deshalb das viele Blut.
Ob Zoey, Samira oder Torsten es schaffen, steht noch in den Sternen. Die Schwerverletzten schweben alle in Lebensgefahr.
Der Vater von Hanna ist um Leben gekommen, zwei Nachbarn, die Freunde von Hannas Eltern sind auch ums Leben gekommen und zwei befreundete Paare von Lasse, Hanna, Lee und Zoey, haben es auch nicht geschafft.

ier

Vincent rechnete sich schon aus, was er mit dem Geld machen könnte. Klar, wollte er auch einen kleinen Teil die Schulden bezahlen, aber er wollte unbedingt diesen neuen Jeep haben.
Er hatte den Jeep Compass gesehen. Den gab es schon ab 37,900,00 Euro, aber mit seinen Extras wird er schon noch etwas teuer. Der High Altitude ab 40.000,00 Euro mit Extras ca. 45.000,00 Euro. Das müsste drin sein. ,*Vielleicht nimmt er ja auch gleich mehrere Kinder, am besten alle, dann bin ich die kleinen Fressratten los.*"
Sein Telefon läutete und aufgeregt nahm er ab. Es war der Vermittler.
Er fragte auf gebrochenen Deutsch, ob sie sich in einer halben Stunde treffen könnte, dann würde er sagen, wie es weiter ginge.
Klar hatte Vincent alle Zeit der Welt.

Er nahm seinen Autoschlüssel und wollte gerade zu dem Treffpunkt, da hielt ihn seine Frau zurück.

„Wo willst du denn jetzt schon wieder hin?
Die Pferde müssen gefüttert werden und die Säcke müssen noch in den Schuppen, außerdem…..“
„Ja, ja, ja, das mache ich gleich auch noch, ich komme gleich wieder, muss nur schnell etwas holen, dann bin ich wieder da.“
„Was musst du denn holen?“
„Äh, das ist eine Überraschung, Tschüss!“
Weg war er. Er gab so viel Gas, das der Kies hinten hochspritzte.
Am Treffpunkt wartet schon dieser Typ. Vincent war ganz aufgeregt.
„Hallo,“ begrüßte er ihn. Der Typ nickte aber nur.
„Also, es werden Papiere für vierzehn Kinder fertig gemacht.
Er zeigte auf verschiedene Namen, darunter waren auch Laura und Jonas.

„In einer Woche unternimmst du mit genau diesen Kindern einen Ausflug und fährst zum Meer.
Damit es nicht so auffällt, machst du zwei Gruppen. Erst nimmst du die Kinder, die wir noch nicht nehmen und am nächsten Tag nimmst du die Kinder, die wir alle nehmen.
Der Graf persönlich wird sie in Empfang nehmen. Keine Sorge, den Kindern wird es sehr gut gehen.

Der Graf ist sehr reich.
Aber erst, wenn du mit der zweiten Truppe unterwegs bist, sagst du den Kindern, dass sie die Auserwählten wären, Okay soweit?"
Vincent: „Klar, alles Okay, und wie machen wir das mit dem Geld?"
„Ach so ja, das Geld bekommst du bar vom Grafen selbst, er rundet auf, wie gesagt, er ist sehr großzügig, also 300.000,00 Euro.
Alles klar?"
„Ja, super, so machen wir es, bis in einer Woche." Sie verabschiedeten sich und als er wieder zurückfahren wollte, leuchtete seine Tankanzeige.

Er tankte und nahm gleich ein paar
Blumen für seine Frau mit. Er wollte sie
überraschen. Gut gelaunt fuhr er wieder
zurück.
Zu Hause überreichte er ihr die Blumen.
Sie bemerkte sofort, dass das Blumen
von der Tanke waren. In einer Folie
eingewickelt und der Preis von 2,99
Euro stand noch drauf.

Viktor musste sich zwischendurch auf
die Geschäfte konzentrieren, deshalb
hat er den Arabern die Organe zugesagt
und gemeint, dass die Ware ganz frisch
ankommt.
*,Das mit dem Waisenheim war eine gute
Idee, die wird eh keiner vermissen, weil
sie ja keine Eltern haben.*
*Schade, dass bei vierzehn Kinder Schluss
ist, aber die Kapazität reichte nur für
vierzehn Kinder."*

Es klopfte an der Tür und Viktor sagte
unwirsch: „Ja!"
Die Tür ging auf.
Die beiden Jungs kamen rein und hatten
schlechte Nachrichten.
Die Liste mit den Toten, den
Verwundenden und den
Leichtverletzten nahm er entgegen.
Dann wartete er darauf, dass sie wieder
weg war.
Er setzte sich und nahm die Liste.
Dann füllten sich seine Augen mit
Tränen. Das war das zweite Mal, das er
um ein und dieselbe Frau weinte.
Samira stand auf der Liste der
Verstorbenen.

affiniert

Nachdem Lee seine Aussage vor der Polizei ausgesagt hatte und ganz stark davon ausging, dass die Bombenstimmung von Viktor kam, meinte der Polizist:
„Wir haben es mit einem Gemeingefährlichen zu tun, der vor nichts zurückschreckt. Die Untersuchungen haben ergeben, dass im Institut im Keller eine Bombe gelegt wurde.
War irgend etwas außergewöhnliches in letzter Zeit passiert. Denken sie in Ruhe nach. Auch ein noch so kleines unwichtiges Detail kann wichtig sein?"
Lee überlegte und meinte: „Hanna hatte einen vom Störungsdienst da, weil das Telefon nicht ging, aber sonst war alles ruhig."
Als Hanna verhört wurde, sagte sie: „Ja, das stimmt. Unser Telefon ging nicht und der Herr war supernett. Der hat gar nichts für die Reparatur genommen. Er meinte, das wäre Kundenservice."
„Das könnte hinkommen. In ihrer Nähe wurde ein Transporter gefunden mit einer Leiche drin.

Den Vorteil haben die Gangster genutzt. Wo waren sie denn, als der vom Störungsdienst da war?"

„Na, ich saß jetzt nicht daneben, wenn sie das meinen. Der hat circa eine halbe Stunde gebraucht, dann war er wieder weg."

„Wir denken, dass er hinter diese Samira her ist. Wir werden öffentlich erst einmal darstellen, dass sie bei dem Anschlag verstorben ist, zu ihrer eigenen Sicherheit, genauso ihr Lebenspartner. Es wir Zeit, dass wir ihn eine Falle stellen. Mit seiner Jacht, Hubschrauber oder Flugzeug kann er sich überall aufhalten."

Hanna nickte und meinte: „Vielleicht fällt uns ja etwas ein. Ich melde mich dann."

Sie fuhr mit Lasse direkt ins Krankenhaus.

Sie wollten Hannas Mutter besuchen, die noch gar nicht wusste, dass ihr Mann Tod ist.

Dann Torsten, dem es gar nicht gut ging, und Samira, die vor allem einen Schock hatte und deshalb nicht vernehmungsfähig war.

Das Leben von Zoey steht auf Messers Schneide. Sie wurde ins künstliches Koma verlegt. Zoey hat schwere Verletzungen und Verbrennungen vom Unfall davongetragen.

Lee ist dauernd bei ihr. Jin, den es so weit gut geht, ist im Moment bei Hanna oder Lasse. Einer passt immer auf ihn auf.

Als Hanna bei ihrer Mutter ins Krankenzimmer erschien, war sie fürchterlich am Weinen.

„Mama, was ist den los?"

Hanna ging direkt zu ihr und nahm sie in den Arm.

„Weißt du Kind, wir sind hier nach Deutschland gekommen, um dich ein paar Tage zu besuchen, dann diese Explosion!

Dein Vater war noch nicht einmal hier, um nach mir zu sehen."

„Ja weißt du Mama, Papa kann dich nicht besuchen, er hat es nicht geschafft Mama, es tut mir leid. Papa war im Keller und wollte Zoey bei den

Getränken helfen, da ging die Bombe hoch."

„Bombe? Wieso Bombe? Wieso Tod, dein Vater ist nicht Tod, ich bin mit ihm zusammen hier angekommen. Kind, das musst du doch noch wissen? Ihr habt uns doch vom Flughafen abgeholt?" Hanna merkte, dass ihre Mutter verwirrt ist.

Jetzt fing auch Hanna an zu weinen.

„Mama, alles wird gut, ich bin bei dir, Scht," beruhigte Hanna ihre Mutter.

Eine Krankenschwester kam herein.

„Können sie meiner Mutter etwas zur Beruhigung geben, bitte?" Die Krankenschwester nickte, ging kurz raus, kam mit einer Spritze wieder und spritzte es in den Infusionsbeutel. Hanna streichelte ihre Mutter, bis sie eingeschlafen war. Dann ging sie aus dem Zimmer.

Zwei Zimmer weiter lag Samira, aber sie war auch noch nicht ansprechbar, also ging sie eine Treppe höher zu Lee. Sie zog sich eine Desinfektion Kleidung an und betrat das Zimmer.

„Und, was neues," fragte sie Lee, der ihre Hand hielt. Der schüttelte nur den Kopf.

Seine Augen waren richtig rot vom Weinen.

Sie nahm ihn in den Arm.

„Möchtest du nach Hause, duschen und frische Sachen anziehen?"

Lee drehte sich zu ihr um und fragte: „Welches Zuhause?"

„Ach ja, das habe ich dir noch gar nicht erzählt. Wir können bei Freunden unterkommen, bis wir wieder etwas haben. Die Wiechers, Ulrike und Bernd waren so freundlich, uns eine Unterkunft zu geben.

Na ja, für den Übergang geht's. Da fühlt sich Jin auch wohl, weil er mit seinem kleinen Freund spielen kann."

„Das ist gut, danke. Aber ich will hier noch nicht weg."

Als Hanna Im Fahrstuhl wieder nach unten fahren wollte, kam ihr Lasse entgegen. Der war gerade bei Torsten. Er ist bei Bewusstsein. Er macht sich große Sogen um Samira. Ich habe ihn erzählt, dass die Polizei ihn und Samira

mit auf die Todesliste gesetzt haben, aus Sicherheitsgründen.
Außerdem sollen wir überlegen, wie wir Viktor eine Falle stellen können.
Er hatte eine gute Idee. Der Rechtsanwalt TomTom aus Portugal.
Das ist einer, den er vertraut."
„Ja, stimmt, aber werde erst einmal gesund, dann sehen wir weiter, habe ich ihm gesagt."
„Ja, sagte Hanna schlapp, das könnte funktionieren, vielleicht, vielleicht auch nicht. Ich bin es müde gegen diesen Mann zu kämpfen." Dann kamen auch bei Hanna die Tränen und Lasse nahm sie tröstet in den Arm.

An der Cote d'Azur tummelten sich Kinder. Sie spielten ausgelassen am Strand. Spielten Federball, oder Beachvolleyball. Vincent freute sich schon auf morgen. Da würde er richtig absahnen. Er kann sich sein Auto kaufen, er hatte schon mal angefragt wegen Probefahrt, und dann mit dem Jeep Futter kaufen für die Tiere, obwohl, dann wird er ja ganz schmutzig. Egal, er muss ja dann seiner Frau erklären, dass er vierzehn Kinder untergebracht hatte und man ihn so eine Art Belohnung gegeben hatte. Er dachte: ,Ach irgendwie werde ich ihr das schon verklickern.'

Das seine Frau ihn beobachtete, wusste er nicht. Sie hatte von Laura und Jonas mitbekommen, dass sie morgen ihre neue Familie kennenlernen durften. Jade hatte vorsichtshalber die Polizei informiert, falls ihr Mann vorhatte, die Kinder, nein, meine Kinder zu verschiffen.

Zuzutrauen wäre es ihm. Jade hing an den Kindern. Jedes einzelne Kind hatte was. Klar, sie hatte auch Lieblinge drunter, aber im Grunde sind die Kinder dankbar, dass überhaupt jemand da war und sich um sie kümmert. Ihre Mitarbeiterin, die ihr regelmäßig half, sagte: „Irgend etwas stimmt da nicht. So viele Kinder auf einmal?" Antonia, kurz Toni genannt war Ende dreißig, hatte einen Alkoholsüchtigen Mann zu Hause auf der Couch sitzen und hatte keine Kinder; Leider.

Vielleich war es auch gut so, denn ein Vorzeige Papa war ihr Mann nun wirklich nicht.

Als Vincent wieder mit den Kindern zu Hause war fragte er gleich nach seiner Frau.

„Die ist nochmal schnell weggefahren, was besorgen, müsste aber gleich wieder da sein," antwortete Toni.

Das passte Vincent gut, also sagte er den anderen Kindern, dass sie morgen mit zum Strand dürften und sie nur das Nötigste mitnehmen dürfen, weil sie morgen die Grafenfamilie kennenlernen dürften.

*

Die Polizei hatte einen internationalen Haftbefehl gegen Viktor, den Grafen ausgeschrieben.

Als sie von der Frau hörten, dass eventuell Kinder in Empfang genommen werden sollten, wurden sie hellhörig.

Sie versuchten, die Polizei in Deutschland zu informieren. Der Einzige, der einigermaßen fit ist, war Lasse. Der hatte einen Schutzengel. Sofort wurde er hellhörig, als er hörte, dass an der Cote d'Azur vierzehn Kinder an einem Grafen übergeben werden sollten. Er besprach das mit Hanna. Die wollte aber weder ihre Mutter allein lassen noch Samira oder Torsten. Also beschloss Lasse, allein dahinzufahren, mit ein paar Kollegen, um diesen Grafen endlich das Handwerk zu legen.

*

Am nächsten Tag meinte Jade zu ihren Mann: „Ich muss weg, ich habe zwei Tiere, die zum Tierarzt müssen. Schaffst du das allein hier? Toni müsste auch gleichkommen."

„Ja, klar, mach dir keine Sorgen, trällerte Vincent in eine super Laune, lass dir Zeit."

Jade dachte: *Du Idiot, denkst auch, deine Frau ist strohdumm, was?*

Etwas gekränkt ging sie zu den Tieren, nahm sich zwei kleine Hasen raus, verfrachtete sie im Auto in einer Stroh Box und gab noch zwei Mohrrüben rein. Dann fuhr sie los. Sie sah noch, wie sich die Gardine am Fenster bewegte.

An der Ausfahrt kam ihr Toni entgegen. „Hallo Toni, schreibst du mir, wenn er mit den Kindern losfährt mit dem Kleinbus?"

„Klar, mache ich. Bist du sicher, dass er die Kinder abschieben will?"

„Ja, leider."

„Okay, dann bis später."

Sie fuhr direkt zur Polizei und meinte:

„Sie können sich darauf einstellen, dass heute der Graf die Kinder in Empfang nehmen wird." So hatte sie ein Gespräch belauscht.

Überall waren am Strand Polizisten. Sie sahen mit dem Fernglas, eine Yacht einlaufen. Es war nicht die Zakk, mit der er immer sonst unterwegs ist.

Ein Polizist meldete ein Mann mit Zopf im hellen Anzug.

Lasse: „Das ist er, das ist Viktor, Einhundert Prozent." Lasse war aufgeregt.

Die Kinder spielten am Strand und waren aufgeregt: „Gleich würde ein neues Leben beginnen. Jonas und Laura schauten immer wieder zum Meer hinaus und hielten sich dabei an der Hand.

Lasse sah das durch das Fernglas und dachte: *Sind die süß und dann müssen sie so eine Erfahrung machen, das tut mir richtig leid. Die Kleine sah aus, wie Samira in Klein und der Junge wie Torsten.'*

Kurze Zeit war Lasse von seinen Gedanken abgelenkt. Da rief einer durch das Walkie-Talkie: „Macht euch bereit, es geht los!"

Die Yacht war geschmückt mit einer Piratenflagge.

Die Kinder waren ganz aufgeregt.

Wieder eine Durchsage: „Wir dürfen auf keine Fall die Kinder gefährden. Wir müssen vorher eingreifen, bevor es zum Schusswechsel kommt, hat das jeder verstanden?"

Ein kleines Boot fuhr mit dem Mann im beigen Anzug zum Strand. Er trug eine Sonnenbrille. Die Statur passte, auch das markante Gesicht. Lasse: „Da ist dieses Schwein!"

Der Mann stieg aus. Ein anderer Mann stand neben ihn mit einem großen Koffer.

Vincent war aufgeregter als die Kinder.

Er begrüßte die Männer wie alte Bekannte.

Der Mann mit dem Koffer übergab Vincent den Koffer.

In dem Moment strömten von allen Seiten Polizisten und unterbrachen das Schauspiel.

Es klackten Handschellen.

Lasse kam angerannt, sah diesen Mann, nahm ihn die Brille ab und sagte: „Es ist vorbei, Viktor."

Der Mann grinste ihn an.

„Wer ist Viktor und was wollen sie?"

Lasse starrte diesen Mann an: „Das ist nicht Viktor, verdammt! Machen sie sofort den Koffer auf." Der andere Mann öffnete den Koffer, da waren lauter Piratensachen drin.

„Die Kinder wollen einen Ausflug machen, verstehen sie. Die kommen alle aus dem Waisenhaus, da wollten wir denen eine Freude machen."

Vincent lief der pure Schweiß in den Nacken.

Der Polizist sagte: „Stimmt das, sind sie der Heimbesitzer?" Vincent nickte nur.

Seine Frau Jade schaute aus sicherer Entfernung zu und grinste sich eins.

Nun standen alle hilflos da.

Drei Polizisten ließen sich zur Yacht rüberbringen und durchsuchten alles.

Sie fanden weder Viktor noch einen Grafen, gar nichts.

Eine Schatztruhe stand geöffnet für die Kinder mit lauter Geschenken.

Lasse platzte vor Wut.

Die Kinder durften tatsächlich diese
Tour machen, aber es fuhren Vincent,
Lasse und fünf andere Polizisten mit. So
war es für die Kinder noch schön. Alle
hatten gute Laune, außer Vincent, der
saß in einer Ecke und schmollte.

 Kuba

Die dicke Zigarre glühte und daneben
stand ein Glas Whisky. Viktor war
zufrieden und hatte sich wegen Samira
beruhigt.
Er trauerte noch.
Das es mit den Kindern so gut
funktioniert hatte, war Tonis Mann zu
verdanken.
Toni hatte ihm das erzählt und er hatte
sich sofort informiert, wo das Ganze
denn stattfinden sollte.

Während die einen alle auf den abgelenkten Deal warteten, wurden die anderen Kinder vom Hof entführt.

Mitsamt Toni, die ja aufpassen sollte, aber allein mit sechszehn Kindern hatte sie das nicht geschafft.

Es ging alles rasend schnell. Zwei Männer stürmten auf den Hof, schrien rum, alle in den Bus, der Hof wird hier gleich in die Luft fliegen, schnell.

Sie hatten Polizeiuniformen an.

Alle glaubten es und flohen in den Bus so schnell sie konnten.

Es wurden zwei Kapseln mit Gas in den Bus geworfen und die Türen verschlossen. Die Kinder und Toni hatten keine Chance.

Viktor hatte ein großes Geschäft gemacht.

100.000,00 Euro für den Tipp und sechzehn Kinder direkt nach Arabien zur Verarbeitung.

Die Geschäfte liefen gut.

Toni hatte er nicht mitgeschickt. Die hatte er ausgesucht, damit seine Jungs auch mal ein bisschen Spaß hatten.

Viktor musste sich noch eine Zeitlang in Kuba aufhalten und von da die

Geschäfte leiten. Kuba war ein Land, das nicht nach Deutschland ausliefert.

Er hatte zufiel Stimmung in Deutschland gemacht. Jetzt musste er erst einmal die Füße stillhalten.

*S*amira & *T*orsten

Da es Torsten schon wieder etwas besser ging, besuchte er Samira, die im selben Krankenhaus lag, wie auch die anderen.
Samira war sehr schwach, aber beim Bewusstsein. Sie lächelte schwach, als sie Torsten sah. Er dachte: ‚*Sie sieht müde und abgekämpft aus. Erst unser Baby, jetzt noch die Explosion, das war zu viel für sie.*‘

„Wie geht es dir mein Liebling," fragte er ganz leise. Sie nickte schwach und meinte:

„Es könnte mir besser gehen, aber wie geht es dir? Du siehst fertig aus?"

„Na ja, zwei Anschläger in drei Wochen. Das sollte nicht zur Gewohnheit werden."

Dabei versuchte er zu lachen, aber er hielt sich sofort seine Rippen fest. Es tat alles noch so weh.

Samira: „Hast du was von Zoey gehört, wie geht's ihr, ist sie aus dem Koma aufgewacht?" „Nein, leider nicht. Lee sitzt die meiste Zeit bei ihr. Er ist völlig fertig mit den Nerven. Jin fragt laufend nach seiner Mutter. Er kann es nicht verstehen, dass seine Mutter immer nur schlafen will."

Samira: „Apropos Mutter, wie hat es Hannas Mutter aufgenommen, dass ihr Mann es nicht geschafft hat?"

„Sie will es nicht wahrhaben, sie ist völlig durch den Wind. Sie versteht nicht, dass ihr Mann sie nicht besuchen kommt. Der Arzt sagt, sie stände noch unter Schock."

„Oh Gott, die Arme."

Es klopfte an der Tür und Hanna kam
herein.

„Oh schön, so habe ich gleich beide, die
ich besuchen kann."

Torsten: „Ja, ich habe es nicht mehr
ausgehalten ohne meine große Liebe."
Dabei drehte er den Kopf und lächelte
Samira an.

„Hast du was von Lasse gehört wegen
den Kindern?"

„Ja, leider, Viktor hat sie ausgebotet.

Während die einen Kinder eine
Schifffahrt machten, sind die anderen
vom Hof alle wie von Erdboden
verschwunden, weiter weiß ich auch
noch nichts. Lasse kommt erst morgen
zurück. Sie versuchen noch die Kinder zu
suchen."

Samira: „Wie lange sollen diese
Spielchen denn noch gehen. Ich kann
den Namen Viktor nicht mehr hören. Er
ist uns immer eine Nasenspitze im
Voraus. Wenn es mir besser geht, werde
ich mich dem Herrn mal vornehmen,
sonst schnappen wir den nie."

Torsten: „Ganz bestimmt nicht, erstens
lasse ich dich nicht mehr aus den Augen

und zweitens bist du offiziell Tod meine Liebe, schon vergessen?"

Hanna: „Torsten hat Recht, das ist viel zu gefährlich für dich. Denke mal, was er als Letztes mit dir gemacht hatte?"

Samira: „Ist ja schon gut. Aber wir müssen uns einen sehr guten Plan einfallen lassen, ihn in eine Falle zu locken. Bis jetzt wissen wir nicht mal mehr, wo er sich gerade aufhält."

Hanna: „Lasse sagte, er könnte sich nur in Kuba, Bangladesch, Guatemala, Iran, Kasachstan oder Philippinen aufhalten. Das sind die einzigen Länder, die nicht ausliefern.

Er meinte noch, wenn er Viktor wäre, entweder Kuba oder die Philippinen.

Da hat er bis jetzt noch keinen etwas angetan.

Der Haftbefehl gilt für alle Länder, außer eben die gerade Aufgezählten. Und das weiß der ganz genau. Der steuert gemütlich aus einem Land und seine Leute machen die Drecksarbeit. Mit Geld kannst du heute alles schaffen."

Torsten: „Ich hatte da eine Idee. Dieser Anwalt TomTom aus Portugal, wenn ich den kriegen würde mit einem Trick, Viktor da hinzulocken, kann er festgenommen werden.

Ich werde mal darüber nachdenken, wie man das anstellen kann. Auf alle Fälle geht es nur, weil Viktor persönlich kommen muss. Vielleicht fällt mir da noch was.

Die drei diskutierten noch eine Weile zusammen. Für einen kurzen Moment war alles beim Alten.

Nach einer halben Stunde wurde Samira wieder so müde und sie wollte schlafen. Hanna und Torsten gingen zu Zoey.

Lee saß auf einem Stuhl vor dem Bett und hielt ihre Hand. Er drehte sich kurz um, als die Tür aufging.

„Schön, dass ihr kommt, das wird sie bestimmt freuen."

Hanna: „Hallo Lee, und zur Zoey gewandt, Hallo Süße, mach mir ja keine Sorgen und werde schnell wieder wach, hörst du? Wir brauchen dich, ganz doll sogar und Jin braucht dich auch und Lee kann ohne dich nicht leben."

Torsten blieb am Bett hinten stehen. Das Sitzen schmerzt ihn noch zu sehr. Er ist selbst Arzt und weiß, dass man

geduldig sein muss, damit später alles
wieder gut wird.
Lee: „Wie geht's Samira?"

„Wir kommen gerade von ihr. Wir
haben eine halbe Stunde reden können,
jetzt schläft sie wieder. Aber es wird
jeden Tag ein bisschen besser."
„Das ist gut. Wenn ich dieses Schwein in
die Hände bekommen, mache ich
Hackfleisch aus ihm, das könnt ihr mir
glauben."
Torsten legte seine Hand auf die
Schulter von Lee und meinte: „Da bin
ich ganz bei dir, ich mache mit:"

Gutgelaunt fuhr Jade wieder nach Hause.

Sie hatte versucht, Toni anzurufen, aber leider nicht erreicht.

Als sie auf dem Hof fuhr, war es ungewöhnlich still. Sie hupte, aber keiner kam. Wo waren Toni und die Kinder.

Sie stieg aus und lief ins Haus. „Toni, wo bist du? Kinder?" Es stand ein Teig auf den Küchentisch, für einen Kuchen. Mittendrin wurde es unterbrochen. Sie bekam leicht Panik.

Dann lief sie zum Stall und rief, suchte jeden Winkel ab, aber der Hof bestand nur aus Tiere. Hastig rief sie die Polizei, die wirklich sofort kamen.

Die hatten die Spurensuche gleich mitgebracht. Der Inspektor sagte: „Während wir alle darauf warteten, dass etwas mit den Kindern passiert, waren sie hier und haben genau die anderen Kinder mitgenommen.

Sie nahmen Reifenspuren auf und machten viele Fotos.

Jade weinte nur noch.

Der Inspektor sagte: „Das war von vornerein geplant, dass sie die anderen Kinder nehmen. Sie hätten auch alle nehmen können. Aber nein, so war der Plan eins A. aufgegangen. Wir werden alles versuchen, die Kinder so schnell als möglich wiederzufinden, es werden Straßensperren aufgestellt. Sie können eigentlich nicht entkommen. Wir kümmern uns und melden uns dann so schnell wie möglich."

Jade nickte. Dann hörte sie einen Bus, sie stand auf und lief raus. Es war Vincent mit den anderen Kinder, die gutgelaunt aus dem Bus rausprangen. Vincent sah den Inspektor: „Was wollen sie denn noch hier. Sie haben doch gesehen, dass es nur einen Spaß mit den Kindern gegeben hatte."

„Wir sind auch nicht wegen diesen Kindern hier, sondern wegen den anderen Kindern.

Die sind nämlich alle entführt worden mitsamt der Kindergärtnerin."

„Was? Das kann doch wohl nicht wahr sein, diese Verbrecher. Bescheißen wollen die mich!"

„Ach, wie interessant. Wir werden sie jetzt mitnehmen und dann erzählen sie erst einmal alles, was sie wissen."
Jade ging auf ihren Mann zu und gab ihn eine schallende Ohrfeige.
„Du Schwein und mit sowas bin ich verheiratet!"
„Ich habe das doch nur gut gemeint, dann hätten wir keine Schulden mehr und wir hätten auch nicht den ganzen Stall voller Kinder. Wer muss denn die Mäuler stopfen, na ich!"
Der Inspektor nickte seinen Leuten zu und die Handschellen klickten.
Die Kinder standen alle dabei und sahen sich das Schauspiel aus der Nähe an.

Schlau

Viktor fühlte sich in Kuba wohl.
Trotzdem musste er immer wieder an
Samira denken.
Was nützen ihm die Millionen, wenn sie
nicht an seiner Seite steht. Er dachte
nochmal über alles nach.
,Diese Falle, die sie ihm gestellt haben.
*Damals in Kanada. Sie hätten ihm
glauben lassen, Torsten sei Tod. Samira
würde zu Einhundert Prozent an seinem
Grab stehen. Vielleicht haben sie das
jetzt nochmal gemacht und Samira und
Torsten sind gar nicht ums Leben
gekommen bei dem Anschlag. Hm, das
muss ich irgendwie rausbekommen.'*
Viktor rief einen guten Freund in
Deutschland an.
„Hallo Ferdi, Viktor hier, wie gehts dir,
mein Freund?"
Viktor, bist du das wirklich? Oder
vielleicht der Graf, ha, ha."
Ja, ich bin beides."

„Ich weiß, die Zeitungen stehen ja voll davon. Wo bist du denn untergekommen?"

„Ich bin zurzeit auf Kuba, ist mir ein bisschen sicherer. Sage mal, kannst du mir einen Gefallen tun und bitte rausbekommen, ob Samira mit bei den Todesopfer ist. Der große Knall in dem Institut, du verstehst?"

„Warst du das? Hey Viktor, das ist mir zu heiß und eine Nummer zu groß. Nach dir wird überall gefahndet........ich weiß nicht.

Weißt du, ich habe hier einen Haufen Schulden, weil meine Frau mit unseren Kinder weg ist.

Die ist mit meinen besten Freund durchgebrannt und hat mir hier mit den Schulden sitzen lassen. Wenn ich mir jetzt, was zu Schulden kommen lasse, bin, ich geliefert. Dann droht Knast, verstehst du?"

Dieses rumgejammerte nervte Viktor nur, aber er antwortete: „Pass mal auf, du bist mein Freund, warum hast du denn nichts gesagt, wieviel Schulden hast du denn?"

„Na ja, so einiges fast sechzigtausend Euro."

Das ist für Viktor ein Trinkgeld.

„Pass auf, ich zahle deine Schulden und packe noch vierzigtausend drauf. Dann hast du einhunderttausend Euro, Okay?"

„Das würdest du tun?"

„Ja, klar Mann, das macht man so unter Freunden. Würdest du mir denn auch einen Gefallen tun?"

Ferdi ahnte schon was: „Klar, ich werde es rausbekommen, ob deine Samira noch lebt, noch jemand?"

„Ja, der Arzt, Torsten, wäre aber nicht so wichtig."

„Wie kann ich dich erreichen?"

„Ich melde mich wieder bei dir, so in einer Woche?"

„Ja, bis dahin weiß ich bestimmt was und wie machen wir das mit dem Geld?"

„Ich lass mir auch was einfallen."

Beide legten auf.

Ferdi überlegte:

‚Ich wäre alle meine Schulden los, aber korrekt wäre es nicht.

Es ist schließlich eine Million auf seinen Kopf ausgesetzt.'

Er griff zum Hörer.

„Hallo, ist da die Polizei? Ich möchte gerne eine Aussage machen mit dem zuständigen Polizisten, der mit der Reporterin zusammen ist."

„Sie meinen Lasse? Um was geht es denn genau?"

„Um Graf Viktor von Anstetten."

„Wie war nochmal ihr Name?"

Ferdinand Schulze."

„Einen Moment bitte.

Lasse wurde ans Telefon gerufen. Sofort wurde das Telefon auf laut gestellt.

„Ja hallo, was kann ich für sie tun?"

„Hallo, mein Name ist Ferdinand Schulze, aber sie können mich Ferdi nennen.

Ich wurde mich gerne mit Ihnen unterhalten.

Ich hatte gerade einen Anruf bekommen von Viktor. Ich spreche nicht am Telefon darüber, also, wo können wir uns treffen?"

„Kennen sie das Kaffee König in der Kaiserstraße?"

„Ja, kenne ich."

„In einer Stunde komme ich allein. Dann können wir in Ruhe sprechen."

„Okay, bis gleich."

oey

Lee war verzweifelt. Auf der einen Seite
wollte er bei seiner Frau sein, auf der
anderen Seite wollte er Jin auch nicht
andauert bei seinen Freunden lassen.
Er hielt ihre Hand und betete darum,
dass sie endlich die Augen aufmacht.
Es klopfte an der Tür und sofort danach
kam Lasse rein. Er hatte Jin an der Hand.
„Hallo Lee, es tut mir leid, aber ich hatte
den Jungen mit auf der Wache, bis ein
Anruf kam. Es geht um Viktor.

Mehr kann ich im Moment noch nicht sagen. Du musst Jin nehmen für ein paar Stunden."

Jin sah seine Mutter und stürzte sofort zu ihr.

„Mama, Mama, warum schläfst du so viel.

Du kannst doch nachts schlafen, wach auf!"

Jin rüttelte an seiner Mutter.

Lee ging sofort um das Bett und zog den Jungen weg. „Jin, nein, komm da weg, lass Mama schlafen."

„Nein, Mama soll jetzt aufwachen!"

Während Lee versuchte, Jin aus dem Zimmer zu ziehen, sagte Lasse: „Lee, schau mal, sie bewegt ihre Augen."

Sofort verharrte Lee in seiner Bewegung.

„Zoey, Zoey. Lasse, sie wird wach, hole einen Arzt, schnell." Lasse stürmte aus dem Zimmer. Jin lief wieder zu seiner Mutter und meinte: „Endlich bist du aufgewacht, wollen wir was spielen, Mama?"

Lee musste lächeln, er dachte: ‚Typisch Jin.‘

Ein Arzt und eine Krankenschwester
kamen herein. Er schaute ihr in ihre
Augen.

„Sie wird wach." Ihre Augen blinzelten.
Dann öffnete sie ihre Augen ganz und
sah Jin und Lee.

„Was ist passiert?"

Jin: „Du hast ein paar Tage geschlafen,
sonst ist nichts passiert, oder Papa?"

„Stimmt, du brauchtes nur mal einen
richtigen gesunden Schlaf.

Lasse kam jetzt mit Hanna, die er kurz
von ihrer Mutter weggeholt hatte und
sie bat, den Kleinen zu nehmen.

Sie freute sich so sehr: „Gottseidank ist
sie aufgewacht." Tränen liefen ihr übers
Gesicht. Dann nahm sie Jin und brachte
ihn raus. Lasse fuhr zum Treffpunkt und
Lee erzählte seiner Frau, was alles
passiert ist, aber nur in kleinen Stücken.

Ferdi

Ferdi saß schon im Kaffee und wartete
auf Lasse. Sie hatten vergessen, ein
Erkennungszeichen auszumachen.
Als Lasse rein kam, wusste er sofort, wer
Ferdi war. So oft, wie der sich umdrehte,
als wenn er verfolgt wird.
„Hallo, ich bin Lasse."
„Ja hallo, ich bin Ferdi, lass uns bitte
duzen."
Lasse nickte und bestellte sich einen
Kaffee. Ferdi hatte schon einen.
Das Erste, was Ferdi fragte, war:
„Bekomme ich dann die Belohnung,
wenn ihr ihn fasst?"
„Ja klar, merkte Lasse an, obwohl er sich
nicht sicher war.
„Also, Viktor hat mich angerufen aus
Kuba."
Lasse machte sich Notizen.

„Ich soll ihn einen Gefallen tun und rausbekommen, ob Samira und Torsten noch leben. Er glaubt nicht, dass sie bei dem Anschlag auf das Institut ums Leben gekommen ist. Ich bekomme Einhunderttausend Euro, wenn ich ihn die Auskunft gebe. Ich habe eine Woche Zeit."

Lasse: „In Kuba ist er, soso. Was ist denn, wenn eine von den Beiden noch lebt, oder beide Tod sind, was hat er davon."

„Er erzählte mir, dass Samira die Liebe seines Lebens ist und dass all seine Millionen, die er verdient nichts ist, gegen Samira."

„Woher kennst du Viktor eigentlich?"

„Das ist ganz einfach erklärt.

Unsere Väter kannten sich und wir haben als Kinder zusammengespielt. Ich kenne ihn schon sehr lange. Unsere Väter waren im selben Kegelclub. Viktor mochte keiner und ich war sein einziger Freund.

Als unsere Tochter eine neue Niere brauchte, hatte er es sofort besorgt. Wir haben keinen Cent bezahlt."

„Und jetzt willst du ihn verpfeifen?"
„Nein, ich will ihn nur schützen, er weiß
nicht mehr, was er tut. Er hat so viele
Menschenleben auf dem Gewissen, und
er wird immer weiter machen. Ein Viktor
gibt nicht auf, niemals."
„Ich verstehe. Okay, ich werde mir was
überlegen und sage dir Bescheid, wo
kann ich dich erreichen?"
Ferdi gab ihm eine Telefonnummer und
seine Adresse für alle Fälle.
Dann verabschiedeten sich beide und
Lasse wusste, dass Ferdi das ehrlich
gemeint hatte.

lan

Die Mutter von Hanna hatte endlich
begriffen, dass ihr Mann bei der

Explosion ums Leben gekommen ist. Der Schockzustand, indem sie sich befunden hatte, war vorbei. Sie wollte nach der Beerdigung wieder zurück nach Kanada. Da hatte sie ihre Freunde, die ihr helfen wurden, nicht alles allein zu bewältigen. Hier hatte keiner mehr ein Zuhause, obwohl die Feuerwehr die Räumlichkeit wieder freigegeben hatte. Das es ein Anschlag war, wussten sie und wer es war, auch.

Es war vieles kaputt und nicht mehr brauchbar. Der Gutachter meinte, dass die Grundbalken in einwandfreien Zustand wären und man es neu aufbauen könnte.

Da es noch ein Haus war, was unter Denkmalschutz stand, würden sie mit Hilfen von Spenden alles wieder aufbauen.

Das hatten sie auch vor. Nun war aber erstmal Viktor dran, der schnell hinter Schloss und Riegel gehörte. Also saßen alle zusammen bei Zoey im Krankenzimmer und heckten einen Plan aus.

Samira sagte offen:

„Wenn ihr mich fragt, wird Viktor nur aus Kuba zurückkommen, wenn es um mich geht. Das wäre das Einzige, wo er sich noch die Finger schmutzig machen würde."

Torsten hob sofort die Hände: „Moment mal, das ist viel zu gefährlich, das lass ich nicht zu."

Lee: „Samira hat Recht, ich weiß von damals, dass er sie unbedingt besitzen wollte und er war auch verliebt, also auf seiner Weise."

Torsten: „Klar besitzen, verliebt oder nicht, ich mach da nicht mit."

Lasse: „Wenn wir sie komplett verkabeln und überall um den Ort Polizei, oder sogar die Hundertschaft mit Hunden rings um das Gebäude justiert, könnte das funktionieren."

Hanna: „Wenn Viktor die Hunde sieht, weiß der sofort Bescheid, das kannst du vergessen."

Lasse: „Ja, da hast du auch wieder Recht.
Also Hunde weg, dafür keine Fluchtmöglichkeiten für Viktor."

Zoey: „Meinst du denn überhaupt, dass der kommt und dann allein? Ich denke, der schickt wieder ein paar seiner Handlanger, um Samira zu holen."

Lee: „Zoey hat Recht, es gibt nur einen Ausweg, um Viktor aus Kuba wegzulocken."

Alle Augen waren auf Lee gerichtet.

„Wenn Ferdi mitspielt, weißt du Lasse, von den du uns erzählt hast, dann haben wir eine Chance.

Ferdi findet dich und du erzählst ihm von Viktor, dass du ihn nie ganz vergessen konntest. Torsten ist ums Leben gekommen."

Torsten: „Na großartig."

Lee: „Versuche mit ihm in Kontakt zu treten, über Ferdi. Telefoniere mit ihm, keine Angst, wir sind bei dir. Erzähle ihm, dass du öfter an ihn denken musstet. Er wird dich fragen, warum. Dann erzählst du ihn, weil ihr einen gemeinsamen Sohn habt. Er hatte doch das Bild von dir, wo du mit einen Jungen drauf bist, von deiner Nachbarin, oder Freundin drauf warst, erinnerst du dich?"

Samira: „Ja stimmt, das könnte funktionieren."

Torsten: „Hallo, hört mir auch noch jemand zu, ich will das nicht!"
Torsten wurde schon lauter.
Hanna: „Ich kann ja zur Sicherheit bei dir bleiben, dann bist du nicht allein?"
Torsten: „Das wird ja immer besser, fliegt doch gleich zu ihm hin!"
Lasse: „Die Idee ist gut."
Torsten: HALLO?"
Samira: „Ich brauche unbedingt noch ein Foto von Nils, dem kleinen Jungen meiner Freundin, oder warte mal."
Sie verschwand aus dem Zimmer und kam nach drei Minuten wieder zurück.
„Hier, das hatte ich tatsächlich noch im Portemonnaie. Wenn ich mir das Bild so anschaue, könnte das wirklich von Viktor sein."
Torsten: „Ha, Ha, Ha, ich lache später."
Lasse: „Ich werde das erst mit meinem Chef besprechen und dann rufe ich Ferdi an. Wir müssen alles Haarklein planen, es darf uns kein Fehler unterlaufen. Ich mach mich mal direkt los."
Samira: „Ich geh wieder in mein Zimmer und überlege mir, was ich genau sagen werde."
Hanna: „Gute Idee, ich komme mit."

Lee: „Ich muss dann auch los, Schatz, unser Sohn wartet auf mich, Tschüss."
Zoey: „Ja Tschüss und liebe Grüße, ich werde ein bisschen schlafen und mich ausruhen." Sie drehte sich zur Seite und schloss die Augen.
Torsten: „Hallo, hört mir denn keiner mehr zu, ich glaube es ja nicht. Das geht so nicht, ich glaube, es hackt."
Damit verließ er auch das Zimmer und stürzte in das Zimmer von Samira. Aber das Zimmer war leer.
Die beiden hatten beschlossen, in der Cafeteria einen Kaffee zu trinken, um alles in Ruhe zu besprechen.

Lasse setzte sich mit seinem Chef von der Polizei hin. Dazu kam Ferdi, unser Kontaktmann, Samira natürlich, und Hanna.
Zuerst waren sie allein, damit nicht immer einer dazwischen spricht.
Später, wenn sie alles soweit besprochen hatten, kommen noch Lee und Torsten dazu.
Zoey durfte das Krankenhaus noch nicht verlassen.
Ferdi hatte Angst, den großen Meister wieder zu begegnen. Auch Samira war nicht wohl dabei.
Sie musste an die letzte Entführung denken und dabei geht es an ihre Substanz.
Aber, es gab keine andere Möglichkeit, Viktor hinter Gittern zu sehen.
Samira erzählte den anderen, wie sie sich das mit Hanna gedacht hatte.

„Also, Ferdi wartet auf den Anruf, dann wird er Viktor erzählen, dass ich nicht nur lebe, sondern er sich auch mit mir unterhalten hatte. Ich hätte ihm erzählt, dass es mein Mann nicht überlebt hat, und sie sich jetzt Sorgen machen wurde,

*das der Junge, John, ohne eine
männliche Bezugsperson aufwachen
würde.*
*Sie hat mir von Paris erzählt und das sie
glücklich war. Sie weiß auch, dass du im
Grunde deines Herzens ein guter Mensch
bist. Da Samira aber auch
verständlicherweise ein wenig Angst
hat, will sie ihn zwar treffen und in Ruhe
reden, aber unter vier Augen. Keine
Polizei und keine Bodyguards, die gleich
alles wieder zertrümmern.*
*Sie wurde mit ihrer Freundin, um nicht
ganz allein zu sein, sich bei Ferdi mit ihm
treffen. Sie, also ich will erst das
Gespräch abwarten, um zu spüren, ob es
da eventuell eine Zukunft zu dritt geben
könnte."*

Samira schaute in die Gesichter von den
Leuten. Keine sagte etwas.
„Was, fragte sie, nicht gut?"
Lasse: „Das ist fantastisch." Auch Hanna
bemerkte: „Das hörte sich so an, als ob
du es wirklich ernst meinst, Wahnsinn."
Ferdi: „Ich habe mal eine Frage: „Liebst
du Viktor noch?"

Samira: „Bestimmt nicht, dafür hat er mir zu viel angetan."

Der Polizeichef kommentierte: „Das ist großartig. Samira wird nicht verkabelt, damit das nicht schon vorher auffliegt. Wir müssen uns aber Ferdis Wohnung anschauen, und gegeben falls umstellen. Es werden Minikameras so eingebaut, dass wir von draußen alles beobachten können, um dann zuzuschlagen. Das Haus wird komplett umstellt, aber erst, wenn Viktor im Haus ist. Er wird supervorsichtig sein, wenn er überhaupt kommt. Er wird erst vorher mit ihnen sprechen wollen, um zu sehen, dass sie das auch wirklich sind. Aber so könnte es wirklich funktionieren."

Jetzt durften auch die anderen rein. Torsten sah das betretene Gesicht von Samira.

Er fragte als erstes:

„Und, abgeblasen nicht. Ist auch besser so, das wäre sowieso Wahnsinn, es mit einem Massenmörder aufzunehmen."

Er ging zu Samira und nahm sie beschützend in den Arm. „Alles wird gut."

„Wieso, es ist alles gut, wir ziehen das jetzt so durch, basta."

Lee: „Echt jetzt?"

Hanna nickte und meinte: „Es wird noch ein bisschen an den Gesprächen gefeilt, aber wir müssen es so probieren. Sonst bleibt der ewig in Kuba und schadet noch mehr Menschen."

Torsten war mucksch. Er drehte sich zu Samira um und meinte: „Das ist doch verrückt, was ihr da vorhabt, aber ich kann es dir soundso nicht ausreden."

Sie stand auf und gab ihren zukünftigen Mann einen Kuss.

Lasse meinte: „Jungs, ich bräuchte euch mal, und zwar für Frankreich. Da sind doch sechzehn Kinder entführt worden, die haben jetzt eine heiße Spur, wo die Kinder eventuell abgeblieben sind. Ich kann hier nicht weg, ihr wisst schon. Viktor steht auf der Prioritätenliste auf Platz eins."

Torsten: „Okay, dann stehen wir euch nicht im Weg und machen auch etwas Nützliches, oder Lee?"

Der wollte Zoey natürlich nicht allein lassen.

„Und was ist mit Jin?"

Samira: „Meine Freundin Carina kommt mit ihren Mann Tom und den kleinen John nach Deutschland. Da könnten die zwei doch prima zusammenspielen. John ist zweisprachig aufgewachsen."
Lee: Okay, ich spreche das noch mit Zoey ab und dann können wir auch schon buchen."
Jeder hatte seine Aufgabe. Samira dachte: *Ich denke, dass ich John noch brauchen werde, aber das muss ja keiner wissen.*

Cote d'Azur

Torsten und Lee flogen am nächsten Tag nach Frankreich. Sogar das Wetter spielte mit. Es war ein herrlicher Sonnentag, nicht zu heiß, also angenehm.

Als die beiden mit einem Leihauto auf den Hof fuhren, tummelten sich da eine Menge Kinder.

Als sie ausstiegen, kam ihnen schon Jade freudestrahlend entgegen.

„Hallo, meine Name ist Jade. Sie müssen Lee sein und dann sind sie Torsten, der Arzt."

„Richtig, antwortete Torsten, sind sie allein? Ist ihr Mann nicht da?"

„Nein, wir haben uns getrennt. Vincent, also mein Mann wollte vierzehn Kinder an den Grafen verkaufen. Mit so einem möchte ich nicht zusammen sein, verstehen sie?"

Lee und Torsten nickten.

„Aber kommen sie doch erst einmal rein, ich habe einen Kuchen gebacken und frischen Kaffee aufgesetzt."

Als die beiden hinter Jade her gehen wollten, kamen zwei Kinder angelaufen.

Jonas und Laura freuten sich über
Besuch.

Jonas nahm Torsten an die Hand und
Laura Lee.

Sie riefen ganz aufgeregt: „Kommt
schnell, wir müssen euch was zeigen!"

Jade ging dazwischen: „Kinder, nun lass
den Besuch doch mal in Ruhe."

Aber die zwei gaben keine Ruhe.

Also sagte Torsten: „Wir kommen gleich,
will nur mal schnell sehen, was die
Kinder uns zeigen möchten."

Sie liefen zum Stall. Laura zeigte auf
zwei Hasen, die gerade Babys
bekommen haben.

Sie waren noch winzig.

Torsten und Lee gingen in die Hocke.

Torsten meinte: „Och, sind die süß."

Lee: „Wenn mein Sohn die sehen
würde, will er bestimmt eins haben
wollen.

Laura ist eine guten Beobachterin und
bemerkte, dass Torsten nichts von
Kindern erzählt. „Hast du keine Kinder,"
fragte Laura nach. „Nein, leider nicht,
meine Frau.....
ach egal."

Laura nahm ihn in den Arm und drückte ihn.

„Das ist schlimm, siehst du, wir haben keine Eltern und wir wünschen uns nichts sehnlicher als so glücklich zu sein, wie diese Hasenfamilie."

Jonas legte wie ein Großer seine kleine Hand auf die Schulter des gebückten Torsten.

Lee sagte zu Torsten: „Warum adoptiert ihr den nicht ein Kind?"

Jonas quatschte dazwischen: „Oder zwei?

Laura und ich gibt es nur zusammen, wir lassen uns nicht trennen. Wir wollen später eine Familie gründen und genauso viele Kinder haben wie die Hasen hier."

Torsten schaute sich die Beiden genauer an.

„Wie alt seid ihr denn?"

„Fünf und sechs Jahre."

Sie redeten noch ein wenig und dann rief Jade vom Hof, wir sollen doch bitte kommen.

Torsten fragte Jade: „Laura und Jonas, sind das Geschwister?"

Jade lachte: „Ja, das sind sie, aber sie wollen trotzdem heiraten und ganz viele Kinder bekommen."

„Was ist mit den Eltern?"

„Die sind beide beim Autounfall ums Leben gekommen. Jetzt sind es Waisen und suchen ein neues Zuhause. Sowie alle anderen auch hier."

Dann wurde das Gespräch wieder auf eine andere Bahn gelenkt.

Jade: „Die Polizei sagte, die Kinder sollen wohl nach Dubai gebracht werden, da sollen sie reicheren Leuten ihre Organe spenden. Es sind sechzehn Kinder und Toni, die sie auch mitgenommen haben.

Das Flugzeug hatte aber einen Schaden, so das die Maschine zwischenlanden musste, und zwar in der Türkei. Da sind sie seit gestern. Unsere Polizei hier in Frankreich ist da aber machtlos, weil das nicht nachgewiesen worden ist, dass die Kinder da drin sind. Außerdem ist die Türkei keine EU.

Deshalb hoffen wir auf sie.

Können sie etwas machen?"

Lee überlegte: „Kann ich von hier mal kurz telefonieren?"

„Ja klar, bitte nehmen sie dieses Festnetz. Der Handyempfang ist hier nicht so gut."

Lee nahm sein Handy, suchte eine Nummer raus und telefonierte dann mit dem Festnetzt.

Torsten und Jade schauten ihn an, weil sie kein Wort verstanden. Er sprach Chinesisch.

Er legte auf und sah in die zwei fragenden Gesichter: „Alle klar, mein Onkel ruft in der Türkei an, da hat er einen Neffen, der ein großes Tier in der Türkei ist. Sie werden versuchen, den Weiterflug rauszuschieben, bis wir da sind. Wir bekommen Polizeischutz und können sehen, ob die Kinder da drin sind."

Jade war außer sich vor Freude: „Das ist ja großartig, dann sollten sie nach dem Kaffee und Kuchen schon wieder los. Vielleicht haben wir Glück."

*

Als Lee und Torsten am Flughafen
ankamen, wurden sie schon von der
türkische Polizei begrüßt.

Sofort wurde durch ein
Sprechfunkgerät den anderen Polizisten
Bescheid gegeben.
Sie gingen auf das Flugzeug zu, was in
der Wartungshalle stand.
Die beiden Männer wurden sichtlich
unruhig, als sie die ganzen Polizisten
sahen.
Sie wurden gefragt, ob sie Leute an
Board hätten, sie verneinten es. Also
gab der Chef der Polizei den Befehl, das
Flugzeug zu durchsuchen.
Die zwei Männer wollten fliehen. Es
gelang ihnen aber nicht. Die
Handschellen klickten.
Im Flugzeug waren alle sechzehn Kinder.
Sie waren alle dicht nebeneinander
gerollt, wie Würstchen in der Pfanne.
Sie waren gefesselt und die Münder
waren verklebt. Alle schliefen, durch
eine Schlafmittel, was die Verbrecher
den Kindern verabreicht hatten.
Torsten fragte: „Wo ist Toni," aber die
Männer schwiegen.

Auch als sie gefragt wurden, ob der Graf dahintersteckte, schwiegen sie und konnten angeblich die Sprache nicht verstehen.

Torsten schaute sich die Kinder nach der Freilassung kurz an und veranlasste, dass alle Kinder ins Krankenhaus müssten, um sicher zu stellen, dass es denen an nichts fehlt. In Frankreich wurden sie eine Physiologische Unterstützung bekommen.

Torsten rief Jade an und berichtete, dass es den Kindern den Umständen entsprechend gut geht.

Torsten und Lee flogen wieder zurück nach Deutschland.

Lee schlief augenblicklich ein, aber Torstens Gedanken kreisten um Samira und auch um Laura und Jonas.

Das erste Telefonat

Samira und Ferdi waren nervös. Die
Telefone waren verkabelt, so dass die
Gespräche aufgezeichnet werden
konnten.
Sie warteten schon seit geschlagenen
vier Stunden, dann läutete es.
Ferdi meldete sich: „Ferdinand Schulze."
„Ja hallo Ferdi, ich bin es, hast du etwas
rausbekommen?" Viktor sprach nie
lange um den heißen Brei, er kam sofort
zur Sache.
Ferdi: „Oh, ich grüße dich, klar habe ich
was rausbekommen, also dieser Torsten

ist draufgegangen, sowie einige
andere."
„Komm zur Sache Ferdi!"
„Deine Samira lebt allerdings, sie hatte
zwar eine Menge abbekommen, aber sie
lebt."
Am anderen Ende war es ganz ruhig.
Viktors Herz schlug ihn bis zum Hals. Er
wusste nicht wohin mit seinen
Gefühlen, er war so erleichtert.
„Wo ist sie jetzt?"
„Bei mir, ich hatte mit ihr gesprochen
und so wie sich das anhörte, hatte sie
sich sogar ein bisschen gefreut, als sie
gehört hatte, dass du nach ihr gefragt
hattest."
„WAS, willst du mich verarschen Ferdi,
oder was. Das glaubt dir doch kein
Mensch!"
Viktor wurde ungehalten.
Ferdi: „Einen
Moment........Samira.......Samira....
kommst du mal rein und lass Blumen
mal Blumen sein. Hier ist jemand für
dich am Telefon.!"
Viktor hörte vom weiten: „Wer ist es
denn?"

„Ist eine Überraschung," rief Ferdi zurück.

Ein bisschen außer Atem sagte sie: „Ja hallo, wer ist da?" Keine Antwort. Viktor versagte die Stimme. „Da ist keiner dran," sagte sie zu Ferdi.

Ferdi: „Frage nochmal."

Ein bisschen genervt sagte sie nochmal: „Hallo, ist da jemand?"

Ein leises: „Hallo Samira, hier ist Viktor."

Jetzt war Samira still.

„Hallo, bist du noch dran?"

Immer noch keine Antwort.

„Es tut mir leid, wirklich. Ich habe es nicht gewollt."

„Was hast du nicht gewollt?"

„Na alles eben, sorry."

„Ach, du meinst mit einem Sorry ist dann alles wieder gut, Viktor, oder was?"

„Nein, natürlich nicht."

„Wieso wohnst du denn bei Ferdi?" Viktor versuchte abzulenken.

„Ferdi war so frei und hat mir, Hanna und John zwei Zimmer angeboten, die wir im Moment mieten, weil unser Haus ja mit deiner Bombenstimmung in die Luft geflogen ist. Du erinnerst dich?"

Das ist, was Viktor an ihr so liebte. Sie ließ sich nichts gefallen und ist immer geradeaus.

„Dafür kochen wir und ich mache den Garten. Da sieht es aus wie Kraut und Rüben."

„Wer ist John?"

Jetzt war es auf Samiras Seite still geworden.

„Wer ist John?" Er wiederholte die Frage.

„John ist mein zwei Sohn."

Stille………

„Ist er von mir?"

„Ich weiß es nicht, überzeuge dich doch und komme ihn mal besuchen?"

„Das wird eine Falle!"

Schon kam der alte Viktor wieder durch. Samira:

„Weißt du Viktor, wenn du wirklich glaubst, dass ich dich in eine Falle locke, damit der Vater von unseren Sohn in den Knast landet, dann tut es mir wirklich leid.

Ich spiele nicht solche Spielchen wie du. Ich bin sauber und John auch.

Du kannst es dir ja überlegen und jetzt
tut es mir leid, ich möchte mich nicht
länger beschuldigen lassen, dass es ein
Falle wäre, Tschüss, wo immer du auch
bist. Ach ja, bevor ich es vergesse. John
weiß, wer sein Vater ist."
Damit knallte sie den Hörer auf die
Gabel.
Sie zitterte am ganzen Körper.
Hanna, die neben ihr saß, nahm sie in
den Arm: „Du warst großartig, einfach
großartig.
Der wird kommen, wir müssen jetzt nur
noch abwarten. Aber wo willst du ein
Kind so schnell auftreiben?"
Ich dachte an John von meiner Freundin
aus Kanada. Die kommen morgen an.
Du müsstest dann mit ihm
vorbeikommen, wenn Viktor da ist."
Ferdi: „Ist das nicht viel zu gefährlich,
stell dir mal vor, der schickt seine Leute
und entführt euch beide?"
Samira: „Das wird er nicht tun, er hätte
viel zu viel Angst, dass einem von uns
etwas geschieht. Er wird kommen,
bestimmt."

*

Viktor rief auf der anderen Leitung
sofort zwei Männer und veranlasste
einen Flug.
Die Männer sollten ihn begleiten.
Er wusste, dass es schwierig werden
würde, an den ganzen Kontrollen
vorbeizukommen. Also suchte er sich
einen neuen Namen, eine neue Frisur
und einen Bart anbringen.
Eine Brille veränderte sein Aussehen
noch dazu. Aber er fand, dass er gut
aussah.

*D*as große Wiedersehen

Seit Tagen warteten alle darauf, ob oder
ob nicht. Kommt er oder kommt er
nicht.
Samira hatte sich auf ihre Freundin
Carina gefreut. Auch der Kleine John
war begeistert. Ihr Mann Tom war das
erste Mal in Berlin. Er konnte das gar
nicht verstehen, dass man so viele
Nachbarn auf einmal hatte.

Samira erzählte nicht, was sie vorhatte.
Auch, dass Torsten sie im Moment nicht
mehr sehen durfte. Sie konnte nur mit
ihm telefonieren. Alles war zu
gefährlich, und würde den Plan
gefährden.

Es klingelte an der Tür. Ferdi schaute
aus dem Fester und sah einen
Pizzawagen vor der Tür. Er dachte sich:
,Ach, dann hatten die Damen heute

wohl keine Lust zu kochen, Pizza, auch gut.'
Er öffnete die Tür. „Kommen sie kurz rein, ich muss eben noch mein Geld holen. Der Pizzamann betrat das Haus.

*

Draußen waren Wachen postiert, aber kein Mensch kam auf die Idee, dass der Pizzabote gar keiner war.

*

Ferdi holte seine Geldbörse.
„Was bekommen sie?"
Der Bote öffnete einen Karton, es waren lauter Geldscheine zu sehen.
„Äh, ich verstehe nicht so richtig."
Ferdi hatte keine Ahnung.
Samira kam gerade rein: „Oh, du hast Pizza bestellt Ferdi, aber ich hatte doch schon Gulasch gekocht. Pizza ist so ungesund."

Der Bote drehte sich um und schaute in ein bezauberndes Gesicht, seine Samira. Er nahm die Mütze ab und den Bart.
„Hallo Samira, wie geht's dir?"
Samira schaute diesen Mann direkt ins Gesicht:
„Hallo Viktor, schön, dass du da bist. Wird auch Zeit." Sie ging einen Schritt auf ihn zu und gab ihn einen Kuss auf die Wange.
Ferdi kapierte erst jetzt, dass es gar kein Bote war, sondern Viktor.
Er dachte: ‚*Viktor ist hier und kein Mensch weiß Bescheid, das geht niemals gut.*'
Samira fragte: „Möchtest du etwas trinken?
Vielleicht einen Tee?"
Er hasste Tee, so wie damals schon, sagte aber: „Sehr gerne."
Dann zu Ferdi gerichtet.
„Ferdi, du musst mir noch einen Gefallen tun und dich mit meinen Klamotten verkleiden und den Pizzawagen wegfahren. Falls das Haus beobachtet wird, werden die Misstrauisch. Ich habe in der Nähe noch ein paar Kollegen, die, wenn etwas

schief geht, den Bullen einen kleinen Besuch abstatten.
Die Pizzen sind alle für dich, mein Freund."
Ferdi aufgeregt: „Wer soll denn mein Haus überwachen, weiß doch keiner, dass du hier bist?"
Samira: „Tue das, was Viktor dir sagt. Nimm ein Telefon mit, damit wir dich erreichen können, wenn Viktor hier wieder wegwill. Man kann nie sicher genug sein."
Erstaunt sah Viktor zu Samira. *‚Was für eine Frau, schön und klug und sexy.'*

Ferdi war erleichtert, als er verkleidet das Haus verließ. Er startete den Wagen und fuhr los, erst einmal durch die halbe Stadt, immer mit dem Gefühl, das er verfolgt wird. Aber es war keiner da. Dann legte er diese komischen Klamotten ab und ging zur Polizei.
Lasse saß da und fragte: „Hallo Ferdi, was machst du hier? Du sollst doch bei Samira bleiben, das ist zu gefährl……"
Ferdi unterbrach ihn: „Er ist schon da und ist gerade bei Samira?"
„WAS, das sagst du erst jetzt!"

Ferdi erzählte kurz, dann sagte er den Einsatzleiter Bescheid.

Der war auch überrascht. Ferdi erzählte noch, dass in der Nähe ein paar Freunde auf ihn warten, aber er hätte keinen gesehen, als er durch die Straßen fuhr.

*

„Wo ist er?" „Wer?" „Na John."
„Willst du ihn sehen?"
Viktor nickte.
Samira nahm das Telefon, was immer abgehört wurde und rief Hanna an.
„Hallo Hanna, bist du schon mit John im Tierpark oder hast du noch kurz Zeit, vorher vorbeizukommen?"
Genauso hatte sie es besprochen.
„Wir essen eben noch zu Ende, dann kommen wir, bis gleich."
Samira schaute Viktor in die Augen:
„Ich vertraue dir Viktor, obwohl ich gar keinen Grund hätte, aber ich kann es verstehen, dass du deinen Sohn sehen willst, sonst wärst du nicht hierhergekommen."

„Ich wäre auch deinetwegen gekommen, Samira. Was ich dir angetan habe, das wollte ich so nicht. Man hat mich wie eine Ratte in die Enge getrieben, ich wusste nicht mehr weiter, also musste ich springen.
Nur so bin ich damals aus dieser Falle rausgekommen. Ich habe viel nachgedacht und ich weiß, dass dich keine Schuld trifft. Wenn ich könnte, würde ich die Zeit zurückdrehen, ehrlich."
Samira: „Ich glaube dir das sogar, weil ich den anderen Viktor kennengelernt hatte."
Viktor atmete erleichtert auf.
Er nahm seinen Tee und trank einen Schluck. Er fand, er schmeckte immer noch nicht.
Es klingelte an der Tür. Vor Nervosität verschluckte sich Viktor am Tee.
„Wer ist das?" Er wurde hektisch.
„Ganz ruhig, es ist Hanna, meine Freundin von damals, sie bringt John vorbei."
Sie begrüßte sie herzlich. Auch John nahm sie in den Arm. Der begrüßte sie:

„Hi, Sami. Hanna und ich gehen gleich in den Tierpark."

„Oh, das ist aber sehr nett von Hanna, freust du dich darauf?"

„Jaaaaaaa!"

Dann ging er in die Küche, gefolgt von Samira und Hanna.

Hanna war sofort schlecht, als sie Viktor sah. Alles kam wieder hoch. Da sitzt ein Mörder in der Küche und trinkt genüsslich einen Tee.

Aber sie wusste, was zu tun war.

John lief auf ihn zu und gab ihn brav die Hand: „Guten Tag, ich heiße John sagte er in einwandfreien Deutsch. John wurde zweisprachig erzogen, weil Carina Deutsche war und ihr Mann Tom in Kanada lebte.

Viktor strahlte ihn an und antwortete: „Auch guten Tag, ich bin Viktor, dein Pa….."

Samira unterbrach ihn und meinte: „Ihr wollt doch sicher los, sonst wird es noch so spät." Samira gab Hanna ein Zeichen, wieder zu gehen.

*

Draußen lagen alle auf der Lauer.
Lasse war auch in der Nähe. Er hatte es
vermieden, Torsten Bescheid zu geben,
sonst vermasselt er noch alles.
Lasse wurde unruhig, weil Hanna mit
dem Kleinen auch noch drin
verschwunden waren. Das wären
perfekte Geiseln. Seine Hände waren
schwitzig. Er saß in einem Bus und
verfolgte die Gespräche, die geführt
wurden. Seine Knie wackelten immerzu.
„Da, Hanna kam wieder raus und John.

Jetzt müssen wir nur einen passenden
Moment abwarten, um zuzuschlagen."

*

Viktor war hin und weg. Trotzdem
schaute er fragend Samira an: „Warum

durfte ich ihn nicht sagen, dass ich sein Vater bin?"

„Vielleicht ist dir aufgefallen, dass er nicht mal zu mir Mama sagt. Er nennt mit Sami. Ich erkläre dir auch den Grund. Wenn eine Frau ein Kind bekommt und es gibt weit und breit kein Mann dazu, möchte ich mein Kind nicht erklären, ich bin deine Mutter, aber ein Vater hast du nicht. Noch ist es für ihn normal. Aber stelle dir mal vor, wenn er in die Schule kommt, wird er gehänselt, weil sein Vater nie für ihn da war."

Viktor dachte nach: „Ja, wahrscheinlich hast du recht. Aber gibst du uns denn noch eine Chance?"

„Ich weiß es nicht, ich muss an John denken, er braucht einen Vater. Aber keinen Vater, der ein Mörder ist und nur auf der Flucht ist. Das wäre kein Leben für ihn und auch für mich nicht."

Lasse: „Was macht Samira denn da, gleich rastet Viktor völlig aus, sie schwebt in Lebensgefahr. Sie sollte

netter sein, verdammt." Sein Telefon
klingelte.

Ausgerechnet jetzt rief Torsten an.

Er fragte, ob ich keine Lust hätte mit ihn
und Lee Fußball zu gucken.

Lasse war ein schlechter Lügner.

„Du, Torsten, ähm, es geht heute nicht."

„Wieso, kommt heute Viktor, oder
was?"

Dabei lachte er, weil er daran nicht
mehr glaubte.

„Ja, also im Grunde genommen, ist er
schon da und ist gerade bei Samira. Wir
warten auf einen passenden Moment,
um zuzuschlagen."

Es war ruhig an der anderen Leitung.

Lasse fragte nochmal nach: „Torsten?"

„Wann wolltest du mir denn erzählen,
dass meine zukünftige Frau in
Lebensgefahr schwebt, wenn sie Tod ist,
oder was?"

„Nein, es läuft ja ganz gut, also bis jetzt.
Viktor ist handzahm," versuchte Lasse
seinen Freund zu beruhigen.

*

„Weißt du Viktor, ich weiß nicht, ob ich mit so einen Mann leben könnte, aber wir haben einen Sohn. Dann ist die Lage ganz anders. Ich möchte auch noch ein Kind, vielleicht ein Mädchen, oder noch einen Jungen, egal. Willst du überhaupt eine Familie haben?"

Viktor ging auf sie zu. Sie ging nicht zurück, dass hätte Schwäche gezeigt. Er streichelte ihre Wange und flüsterte: „Mit keiner anderen Frau würde ich eine Familie gründen, außer mit dir." Dann nahm er sie und küsste sie leidenschaftlich.

Sie musste die Augen schließen und musste an etwas Schönes denken, sonst hätte sie sich übergeben.

Sie wusste genau, dass der Plan auf ging. Sie hatte sein Vertrauen.

„Komm mit hoch, sagte sie, in mein Zimmer, da sind wir allein, falls Ferdi schon wiederkommt."

Viktor sträubte sich: Ich weiß nicht, was ist, wenn Ferdi mich verpfeift? Oder diese Hanna, die konnte mich noch nie leiden."

„Schalte doch mal ab, wer was wie denken oder machen könnte. Hanna ist meine Freundin und sie wird bestimmt nichts sagen. Sie weiß, dass ich noch Gefühle für dich habe."

„Echt, hast du das?"

Sie nahm ihn einfach an die Hand und zog ihn hinter sich her, ins Videoüberwachte Schlafzimmer.

Sie knöpfte sein Hemd auf, das er unter seinen Pulli getragen hatte. Er knöpfte ihre Bluse auf. Viktor schaute auf ihren makellosen Busen, der in einem mit Spitzen ausgestattete Reizwäsche vor ihm prallte. Er spürte etwas in seiner Hose. Das ist auch Samira aufgefallen. Sie öffnete ihren Rock und lies ihn an sich heruntergleiten. Sie hatte halterlose Strümpfe an. Jetzt machte sie sich an der Hose von Viktor zu schaffen. Sie öffnete sie und es gab einen Rums. Eine Pistole rutsche aus der hinteren Hose von Viktor.

Er wollte sie gerade aufheben, da schubste sie die Pistole mit einem geschickten Fuß kick einfach weg. Er drehte sich, aber Samira nahm sein

Gesicht zu sich und sie küsste ihn
Leidenschaftlich.
Dann öffnete sie ihren BH. Er fiel zu
Boden. Die Brüsten blieben trotzdem
oben. Sie hatte einen wunderschönen
Busen.
Sie ließ ihren Slip fallen, jetzt hatte sie
nur noch ihre halterlosen Strümpfe an.
Viktor stand vor ihr mit einem Ständer
und nahm sie vorsichtig, um gemeinsam
auf das Bett zu fallen.
„Sie schaute ihn an und sagte: „Ich liebe
dich, immer noch!"
Das war das Codewort für Hanna, die
mittlerweile neben Lasse saß.
Sie gab ihn ein Zeichen. Torsten war
noch am anderen Ende vom Telefon,
und hörte alles mit.
Hanna rief: „Rock 'n Roll!"
Das war schon damals ihr Spruch.
Innerhalb weniger Sekunden waren
sechs Mann im Schlafzimmer von
Samira und überwältigten Viktor. Es ging
alles schnell.

Auch Samira wurden die Handschellen
angelegt, darum hatte sie gebeten, um
nicht als Fallenstellerin dazustehen.

Einen Moment noch, sagte sie zum Polizisten, bevor ihre Hände gefesselt wurden:

„Warum tust du das Viktor, es hätte funktionieren können!" Dann verpasste sie ihn eine Ohrfeige, die sich gewaschen hatte.

Nun ließ sie sich Handschellen anlegen, bekam einen Bademantel über und wurde aus dem Haus gebracht.

Der Inspektor guckt Viktor an und sagte:

„Graf Viktor von Anstetten, sie werden im Zusammenhang mit mehreren Mordfällen, Entführungen und noch so einiges mehr, festgenommen.

Sie haben das Recht, die Aussage zu verweigern. Alles, was Sie sagen, kann gegen Sie verwendet werden."

Nachdem Viktor auch noch Fußfesseln angelegt worden waren, warfen auch sie ihm einen Bademantel über.

Als sie draußen waren, sah er wie Samira in einem Polizeiauto weggeführt worden ist.

Viktor selbst kam in einen gepanzerten Lieferwagen und es waren vier Polizisten hinten mit ihm drin und zwei saßen vorne. Ein Konvoi von

Polizeiwagen begleitete den Lieferwagen. Man hätte auch meinen können, es kommt der Staatspräsident persönlich vorbei. Die beiden Männer, die er mitgenommen hatte, sahen zu, dass sie wegkamen. Das war denen eindeutig zu viele Bullen.

Da alles weiträumig vorher abgeriegelt war, bemerkten auch die Polizisten, dass es kein anderes Fahrzeug mit Kollegen auf Viktor wartete. Es war eine Finte.

Ende

EPILOG

echs Monate später

Sechs Monate später war das Institut wieder aufgebaut. Es waren ganz viele Freunde, die mitgeholfen haben, alles im neuen Glanz erscheinen zu lassen. Sogar Eloisa, die jetzt mit Max in Deutschland lebte, nachdem ihre Oma auf Mallorca friedlich eingeschlafen war, halfen mit.

Zoey war nach zwei ganzen Monaten wieder aus dem Krankenhaus rausgekommen. Es geht ihr wieder besser.

Lasse und Hanna hatten den Freunden von Samira versprochen, sie mal zu Besuchen.

Samira und Torsten standen vor dem Traualtar, als er zuerst gefragt wurde:

„Ich frage sie, sind Sie hierhergekommen, um nach reiflicher Überlegung und aus freiem Entschluss mit Ihrer Braut Samira den Bund der Ehe zu schließen?"

Bräutigam: „Ja."

„Wollen Sie Ihre Frau lieben, und achten,
ihr die Treue halten alle Tage, ihres
Lebens

„Ja."

„Wollen Sie diese Frau…………"

„Ja, ich will."
Er konnte es kaum abwarten.

Dann wurde die Zeremonie noch für die
Frau gefragt.
Jetzt die Ringe!
Torsten drehte sich zu Laura und Jonas,
denn die zwei wurden von den Beiden
adoptiert.

„Kinder, die Ringe!"

Laura wühlte in ihren Blumenkorb, wo
sie gleich die Blumen streuen soll, und
fand auch.
Jonas bekam den Ring nicht von seiner
Hose ab, wo er ihn umständlich an eine
Schlaufe gebunden hatte, damit er ja
nicht verloren ging.

Laura half ihm.
Die Gäste lachten.
Als sie endlich die Ringe angesteckt
hatten, schaute Samira ihren
zukünftigen Mann an und sagte:

„Ja, ich will, weil ich dich liebe."

Das Wort, sie dürfen die Braut jetzt
küssen, hörten sie schon gar nicht mehr.
Sie waren überglücklich.
Alle standen auf und klatschten Beifall.

Viktor saß stattdessen in einer
Einzelzelle und grübelte nach, wer ihn
und seine Samira reingelegt hatte, denn
den würde er sofort zur Verarbeitung
schicken.

Auf ein Wort:

*Irgendwelche Ähnlichkeiten und Namen sind rein zufällig.
Die Geschichte ist frei erfunden.*

Trotzdem sollte man mal darüber nachdenken, seine Organe nicht mit in den Himmel zu nehmen, sondern einem anderen Menschen zu schenken.

Jeder sollte einen Organspendeausweis mit sich führen, denkt mal nach.

*Den, jeder einzelne ist ein Gutmensch!
Du auch?*